A TURNÊ DO CORAÇÃO PARTIDO

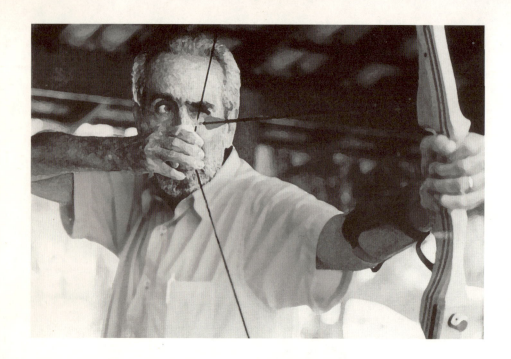

O Arqueiro

GERALDO JORDÃO PEREIRA (1938-2008) começou sua carreira aos 17 anos, quando foi trabalhar com seu pai, o célebre editor José Olympio, publicando obras marcantes como *O menino do dedo verde*, de Maurice Druon, e *Minha vida*, de Charles Chaplin.

Em 1976, fundou a Editora Salamandra com o propósito de formar uma nova geração de leitores e acabou criando um dos catálogos infantis mais premiados do Brasil. Em 1992, fugindo de sua linha editorial, lançou *Muitas vidas, muitos mestres*, de Brian Weiss, livro que deu origem à Editora Sextante.

Fã de histórias de suspense, Geraldo descobriu *O Código Da Vinci* antes mesmo de ele ser lançado nos Estados Unidos. A aposta em ficção, que não era o foco da Sextante, foi certeira: o título se transformou em um dos maiores fenômenos editoriais de todos os tempos.

Mas não foi só aos livros que se dedicou. Com seu desejo de ajudar o próximo, Geraldo desenvolveu diversos projetos sociais que se tornaram sua grande paixão.

Com a missão de publicar histórias empolgantes, tornar os livros cada vez mais acessíveis e despertar o amor pela leitura, a Editora Arqueiro é uma homenagem a esta figura extraordinária, capaz de enxergar mais além, mirar nas coisas verdadeiramente importantes e não perder o idealismo e a esperança diante dos desafios e contratempos da vida.

A TURNÊ DO CORAÇÃO PARTIDO

EMILY WIBBERLEY E
AUSTIN SIEGEMUND-BROKA

Título original: *The Breakup Tour*

Copyright © 2024 por Emily Wibberley e Austin Siegemund-Broka
Copyright da tradução © 2024 por Editora Arqueiro Ltda.

Publicado mediante acordo com a Berkley, um selo do Penguin Publishing Group,
uma divisão da Penguin Random House LLC.

Todos os direitos reservados. Nenhuma parte deste livro pode ser utilizada ou
reproduzida sob quaisquer meios existentes sem autorização por escrito dos editores.

coordenação editorial: Gabriel Machado
produção editorial: Ana Sarah Maciel
tradução: Carolina Rodrigues
preparo de originais: Cláudia Mello Belhassof
revisão: Ana Grillo e Rachel Rimas
diagramação: Guilherme Lima e Natali Nabekura
capa: Vi-An Nguyen
ilustrações de capa: Andressa Meissner
adaptação de capa: Ana Paula Daudt Brandão
impressão e acabamento: Bartira Gráfica

CIP-BRASIL. CATALOGAÇÃO NA PUBLICAÇÃO
SINDICATO NACIONAL DOS EDITORES DE LIVROS, RJ

W621t

    Wibberley, Emily
       A Turnê do Coração Partido / Emily Wibberley, Austin Siegemund-
Broka ; [tradução Carolina Rodrigues]. - 1. ed. - São Paulo : Arqueiro, 2024.
       288 p. ; 23 cm.

       Tradução de: The Breakup Tour
       ISBN 978-65-5565-631-2

       1. Ficção americana. I. Siegemund-Broka, Austin. II. Rodrigues,
Carolina. III. Título.

	CDD: 813
24-87972	CDU: 82-3(73)

Gabriela Faray Ferreira Lopes - Bibliotecária - CRB-7/6643

Todos os direitos reservados, no Brasil, por
Editora Arqueiro Ltda.
Rua Artur de Azevedo, 1.767 – Conj. 177 – Pinheiros
05404-014 – São Paulo – SP
Tel.: (11) 2894-4987
E-mail: atendimento@editoraarqueiro.com.br
www.editoraarqueiro.com.br

*Para os Swifties e as Swifties,
e para a Srta. Swift,
pela eterna inspiração.*

Prólogo

Riley

Nada se compara ao som de um coração partido.

Afasto os lábios do microfone, a exaustão enraizada no peito, a cabeça cantarolando a melodia sem descanso. Durante semanas, mergulhei nas lembranças mais dolorosas da minha vida, na mágoa mais profunda, buscando inspiração. É ali que vou encontrar aquilo de que preciso, eu sei que é. Só preciso continuar ouvindo.

Estou frustrada, sério. Depois de passar quinze horas dentro do estúdio, espero ter polido à perfeição o que quer que eu esteja fazendo.

Mas nada dá certo. O refrão é insignificante e rebuscado, artificial e pesaroso. As estrofes não culminam em nada, não têm urgência. A parte instrumental até que ficou boa. É nos vocais que eu não consigo acertar. É como se eu estivesse atuando, não sendo *eu mesma*. E aqui estou, regravando mais uma vez minha voz. Quanto mais me debato com a canção, mais longe fico da música no meu coração, os refrões implorando para serem libertados.

Quem dera eu conseguisse fazer isso. Chega a doer o tanto que eu queria conseguir. Essa música deveria ser minha obra-prima. Tem que ser minha obra-prima. Merece ser minha obra-prima.

Ele merece ser minha obra-prima.

Dou um suspiro irritado e giro os ombros sob as luzes fortes do estúdio. É fácil esquecer, nesse amplo espaço à prova de som, que já é uma da manhã. Nada muda neste lugar estéril e fechado, cheio de microfones e quase nenhum móvel. Em geral, aceito de bom grado o vazio, a falta de distrações, a liberdade de ir atrás de qualquer inspiração musical que eu estiver ouvindo.

Mas, neste momento, isso só me faz lembrar o progresso que *não* estou fazendo na canção que não consigo terminar.

Parte de mim quer dar a noite por encerrada. Estou meio desesperada para me render ao conforto impessoal da suíte que tem sido meu lar nos últimos meses. O Victory Hotel – nos arredores de San Vicente, perto de Sunset, um dos bairros mais badalados da indústria do entretenimento de Los Angeles – foi uma hospedagem discreta enquanto eu adiava a busca por uma casa e me jogava de cabeça na minha música.

Era inevitável. Depois do divórcio, o que mais eu podia fazer?

O fim do meu casamento foi uma intimação. Eu sabia que podia escrever sobre nós de um jeito inesquecível. A ruína perfeita e dolorosa. Tudo que eu esperava ter com ele, tudo que imaginei. Fui atrás da promessa da "música sobre nós" até que, finalmente, "Um minuto" estava pronta.

Enquanto eu fazia a mudança, guardando meus pertences em malas, ouvi a demo no *repeat*, sem parar. O lembrete da música que eu tinha encontrado na dor foi o que me impediu de chorar de soluçar. Meu ex não estava em casa: ele deixou eu me mudar em paz, uma das poucas gentilezas dele nos últimos tempos. Fiz as malas no meu ritmo, até que, do nada, aconteceu.

Veio a inspiração.

Fiquei orgulhosa da forma como retratei todo o nosso relacionamento em uma só canção. Ela me deu a ideia para o meu próximo álbum inteiro. Apresentei a premissa ao pessoal da gravadora, e eles amaram. Comecei a compor e não consegui mais parar. Isso me consumiu. Compor virou gravar, e em vários dias eu fazia um pouco de cada coisa.

Eu praticamente morei aqui no imenso estúdio de gravação da Stereosonic, passando horas e horas produtivas tocando e refinando, muitas vezes dormindo no sofá. Quando estou buscando inspiração, dormir no sofá é mais fácil. Sinceramente, devo ser a hóspede favorita do Victory Hotel.

As canções iam saindo, cada uma delas relembrando um relacionamento. Trabalhei sem parar até que elas ficassem exatamente como eu queria. O processo não se comparava a nenhuma inspiração que eu já tivera. Eu ouvia *tudo* que eu queria. Trabalhei dia e noite até executá-las à perfeição. Onze delas.

Era como se fosse magia. *O som de um coração partido*. A coisa toda estava fluindo surpreendentemente bem.

Até agora.

No começo, eu nem sabia se queria compor a música que está me dando esta dor de cabeça. Nosso relacionamento foi há muito tempo, estava guardado na privacidade do passado. Não é de conhecimento do público, ao contrário de meus infames casos e do casamento. Não chega nem a ser uma nota de rodapé nas muitas, *diversas* histórias dos músicos e astros de cinema que amei e perdi.

Ainda assim, concluí que eu precisava incluí-lo por uma única razão inquestionável.

Eu sei, sem sombra de dúvida, que ele foi a pessoa que eu mais amei na vida. Ouvi cada harmonia. Senti o encantamento de cada reprise que se aproximava. Eu era eternamente apaixonada por ele.

A música que compus para nosso amor passou dias se esquivando de mim. Depois que eu concluir a gravação, o álbum vai estar pronto. Nas semanas que se passaram desde que escrevi a letra, já gravei várias tentativas – nenhuma que tenha me deixado satisfeita. Sempre que ficava sem ideias, eu procrastinava, voltando meus esforços para outra música do álbum.

Agora não tem mais nenhuma música inacabada.

Merda, estou um caco. Minhas cordas vocais estão irritadas. Minhas costas estão doendo de ficar horas e horas sentada num banquinho em frente ao microfone do estúdio.

Com as ruas vazias na madrugada de West Hollywood, eu levaria menos de dez minutos até meu hotel. Imagino o conforto gélido do chão de mármore sob meus pés, a cortina transparente deixando a luz do horizonte baixo entrar no quarto, dando à mobília um tom suave de cinza. O edredom acolchoado da cama king size, a solidão que, asseguro para mim, é independência.

Em vez disso, vou até o sofá do estúdio. Não vou me dar o luxo de ficar confortável em "casa", decidi. Não quando falhei tão miseravelmente. Passar a noite no estúdio é um lembrete de que o trabalho ainda não foi concluído.

Nas profundezas da minha mente, espreita uma possibilidade perigosa. *E se eu só tiver onze músicas sobre coração partido dentro de mim?* Essa canção é importantíssima para mim. E se essa importância não for suficiente?

E se eu tivesse me exaurido nos meses do divórcio e de composição implacável e infeliz?

É insuportável de tão deprimente. Eu me obrigo a deixar de lado essa ideia.

Mas preciso mesmo dormir. Não tem como gravar do jeito que estou agora. Podre. Derrotada, frustrada, desesperada. Eu me sinto...

Abro os olhos de repente.

E se esse for o jeito perfeito de gravar?

Com todo o meu ser implorando para que eu descanse, volto para o microfone. Meu coração está disparado. Esse álbum fala das maiores dores da minha vida, das dificuldades. Das feridas de amor. Ele é dedicado à devoção e à derrota.

A ideia é soar desse jeito, me dou conta. *A ideia é doer.*

Começo a gravação, já que, depois de passar tantas horas aqui nos últimos tempos, sei como tudo funciona sem precisar da ajuda do meu engenheiro ou do meu produtor, que já foram para casa por conta do horário. As notas do piano enchem meus ouvidos.

Quando a estrofe vem, eu canto. Canto como se fosse a última chance que dou a mim mesma. Canto como se estivesse desistindo. Canto como se estivesse me despedindo.

Dou tudo de mim na música como se soubesse que meu tudo não é suficiente. Como se soubesse que não posso ser aquilo de que a canção precisa.

Dói. Dói muito.

Em meio à emoção que dedico a cada nota, ainda fico surpresa em como passa rápido cantar três estrofes, três refrões e uma ponte. A música termina, e o resto é só silêncio. Eu me afasto do microfone e seco os olhos com mãos trêmulas. Eu nem percebi que estava chorando. É claro que estava.

No estúdio silencioso, hesito. Estou sem inspiração, sem condições de lutar, sem nada a não ser uma débil esperança. Não sei se vou aguentar se essa canção partir meu coração assim como o homem que lhe serviu de inspiração.

Coloco a gravação para tocar. A música em que trabalhei por dias, semanas, meses, domina o ambiente. Ouço com atenção.

Está... perfeita. Porra, muito perfeita.

Valeu a pena, lembro a mim mesma enquanto dou passos pesados até o sofá sabendo que vou apagar no Uber se for para o hotel. A dor que doei valeu tudo que essa música vai me dar em troca, tenho certeza.

A gravação é... transformadora. Inegável. Parece um sucesso meu. Meu legado.

Valeu a pena, repito para mim, minha única canção de ninar nesse ambiente fechado. *Você fez valer a pena.*

QUATRO MESES DEPOIS

1

Max

Eu me lembro exatamente da música que estava tocando quando dei a partida no carro na noite em que meu coração se partiu.

Virei a chave na ignição. O rádio ligou. "The Same Situation", de Joni Mitchell, dominou o interior do Camry antigo que eu comprara por dois mil dólares depois de me formar no ensino médio. Sentindo-me um tolo e fingindo que estava tudo bem, deixei a música tocar, mesmo sabendo que ela ficaria atrelada às lembranças tristes daquele dia. Dirigi pelas estradas silenciosas de Los Angeles, voltando para casa e reconhecendo, com todo o meu ser, que a voz de Joni me assombraria dali em diante.

É por isso que, dez anos depois, eu me vejo com o dedo pairando acima da barra de espaço no teclado, incapaz de dar play.

Aberto no Spotify, está o novo álbum de Riley Wynn, emoldurado pela minha tela no pequeno escritório que divido com minha irmã na Harcourt Homes, a casa de repouso para idosos que gerencio com a ajuda dela. Estou sozinho aqui no momento, esperando por mim mesmo, ignorando as planilhas impressas na minha mesa. Janeiro é a época mais fria no Vale de São Fernando. O ar gélido da Califórnia me rodeia, se entranhando pelas pontas dos dedos, na expectativa, na ânsia. *Ouve, Max. Só ouve.*

Eu sei o que vai acontecer quando eu começar a primeira música. *Se eu* começar a primeira música. A voz da profetisa do country, a nova estrela queridinha, vai entrar na minha alma de um jeito que só ela consegue.

Eu devia ouvir, eu sei que devia. Devia apertar o play. Deixar a música de Riley – sua magia – me enredar. Principalmente "Até você", a incontestável música do ano. Precisei me esforçar para evitar ouvi-la, porque ela se escondia em cada esquina do labirinto das músicas de sempre que todas as rádios tocam.

Não fui totalmente bem-sucedido e ouvi trechos no supermercado ou mudando de uma estação de rádio para outra. E ainda tem a publicidade, Riley pairando acima de mim em meu trajeto pela Sunset. Usando vestido de noiva, ela aparece na capa do álbum, parecendo pega de surpresa enquanto chamas lambem as beiradas do véu. O e-mail da *Rolling Stone* com uma entrevista dela chegou na minha caixa de entrada uma semana atrás.

Mesmo assim, resisti à nova música de Riley até hoje, quando, de repente, eu soube que não conseguiria mais aguentar – a gravidade me puxava. De que corpo celeste, não faço ideia. Estrelas têm gravidade, mas buracos negros também. Os olhos de Riley são os dois, me encarando da tela do meu notebook.

Minha hesitação é meio patética, eu sei. Mas, para ser justo, poucas pessoas no mundo enfrentam a questão que me assombra quando se trata do novo álbum de Riley Wynn.

Como é que se ouve *O álbum do coração partido* quando você é o tema de uma das músicas?

Talvez a gente devesse formar um grupo de apoio – eu e os onze caras que Riley imortalizou no segundo disco, que dominou as paradas de sucesso. É o conceito cativante e genial da nova coleção de músicas dela: cada uma fala sobre um fim de relacionamento romântico da vida de Riley.

Portanto, os nove meses que ficamos juntos na faculdade devem ter sido incluídos na lista junto com os relacionamentos que saíam nas manchetes hollywoodianas, os casos passageiros e o badalado divórcio de Riley. Nove meses em que namorei a mulher que se tornaria uma das mais famosas musicistas do mundo. Nove meses em que eu achava que tinha encontrado o refrão dos meus versos em Riley Wynn, cujos lábios me incendiavam, cujo sorriso parecia as luzes de um palco, cuja risada tocava acordes secretos no meu coração.

Existe a possibilidade de eu não ter sido incluído, sussurrou uma parte esperançosa de mim. E se o nosso relacionamento não tivesse cumprido os requisitos necessários para isso?

Pensando bem, seria pior ainda.

Riley é conhecida pelas músicas sobre términos. Famosas ou infames, dependendo de quem fala. No primeiro álbum e nos primeiros EPs – quando ela era popular, mas ainda não a personalidade mais amada da indústria musical contemporânea –, as canções sobre términos de relacionamento faziam muito sucesso.

Era fácil entender o motivo. Quando eu ouvia as músicas dela uma ou duas vezes – por nostalgia, prazer masoquista ou alguma combinação dos dois –, a preocupação de Riley com a dor ou a alegria de términos de romances se evidenciava na potência da voz, na perspicácia das estruturas e na veemência das letras.

Sua reputação estava consolidada, e a mídia passou a chamá-la de "A Rainha dos Términos".

O álbum do coração partido era a metamanifestação da sua própria reputação, autorreferência e autorrealização em um só lugar. Era a genialidade de Riley: a criação de obras-primas em cima de infortúnios, conferindo uma honra cheia de ironia a fracassos românticos memoráveis o bastante para originar músicas. Embora seja bem avesso à fama, até eu ia preferir ser destrinchado em uma composição de Riley Wynn a passar pela desonra de ser o ex esquecido.

Sei que só tem um jeito de descobrir se ela fez uma canção sobre nós dois. Mas como eu me preparo para enfrentar a sensação de adentrar as chamas na capa do álbum?

Melodias contêm lembranças. Nada se compara à maneira como elas evocam sentimentos, lugares, momentos – a agulha caindo no sulco da vitrola da alma. Eu me recordo da música que estava tocando quando dei meu primeiro beijo, do que coloquei para tocar quando fui jantar sozinho na noite em que me mudei para o meu primeiro apartamento, do que tocava no rádio enquanto meu pai me avisava formalmente que eu precisaria administrar a Harcourt Homes se quisesse mantê-la aberta, porque meus pais não podiam mais gerenciar a propriedade.

Sempre que as ouço, retorno para esses momentos.

E vai acontecer a mesma coisa aqui. Quando eu colocar para tocar o que quer que Riley tenha escrito a respeito de nós, vou reviver uma época da minha vida que não sei muito bem se já superei, mesmo dez anos depois.

– Já ouviu?

A voz de Jess me faz fechar o notebook com um estalo. Na mesma hora, minha furtividade me deixa sem graça. Parecia até que eu estava vendo pornô ou algo do tipo.

Como era de se esperar, minha irmã sorri, com a cabeça enfiada na frestinha da porta que abriu, os cachos soltos do cabelo castanho balançando um pouco abaixo do ombro. A faísca nos olhos verdes diz que ela sabe exatamente o inferno que estou vivendo. Somos obviamente irmãos e temos características físicas significativas bem parecidas – a dupla perfeita para, digamos, a seção "Sobre nós" nos sites de casas de repouso.

– Já ouvi – respondo, com neutralidade.

– Mentiroso – retruca Jess. Ela se curva, fingindo desespero. – Qual é... Eu preciso que você escute pra me dizer qual delas fala de você.

– Você nem sabe se alguma delas fala de mim.

Estremeço diante da falta de convicção na minha voz. Jess revira os olhos.

– Hum... Você e Riley eram loucos um pelo outro. Eu tenho um zilhão por cento de certeza de que tem uma música que fala de você. Meu chute é "Até você". – Ela dá de ombros, fingindo que é apenas uma especulação casual.

Franzo a testa. Com certeza Jess está brincando comigo. Provavelmente eu tenho *uma* música – não *a* música. O single principal. Porra, sem chance. Com certeza fui colocado entre a segunda e a última faixa ou algo assim. O tapa-buraco. Aquela que quase ficou fora do álbum.

– Tenho certeza de que "Até você" é sobre aquele cara – respondo.

Jess me encara com incredulidade.

– O ex-marido, Wesley Jameson? Ele é um ator indicado ao Emmy, crush de todo mundo na internet. Ele não é "aquele cara" – me informa minha irmã com um quê de impaciência.

– Tanto faz. Esse aí – digo, sentindo o rosto ficar quente. Sem a menor dúvida eu sei quem é o ex-marido de Riley. Não sei por que insinuei o contrário. – A música fala dele. Não é o que estão dizendo por aí?

Não é que eu fique correndo atrás das manchetes de fofoca. Mas, quando se trata de Riley, é difícil não dar de cara com elas. Riley alcançou o tipo de estrelato que tornou a especulação sobre a vida amorosa dela um passatempo nacional. Todo mundo na internet está dizendo que o maior sucesso do álbum fala de Wesley, marido de Riley por três meses.

Fiquei surpreso quando ela se casou com um dos astros mais bonitos do horário nobre? Não, não mesmo. Riley é... tudo. Ela é linda, inteligente, sagaz, obstinada. Ela ia querer alguém que a complementasse. Que aguentasse o ritmo da incandescência implacável dela.

Fazia sentido ser Jameson. Ele tem aquela beleza esculpida na academia, com traços marcantes, os olhos semicerrados de um jeito sensual em todas as sessões de foto de que participou. Como Jess frisou, é inquestionável que ele seja o crush da internet toda, com o cabelo escuro ondulado, a melancolia sinistra. Nas telas, ele é cativante, indo de um criminoso em conflito na HBO até o protagonista nas fantasias dos fãs.

O relacionamento entre ele e Riley virou alvo da obsessão do público instantaneamente. Fotos dos dois próximos, de Jameson sussurrando no ouvido dela em um evento de caridade, em uma festa de revista ou algo do tipo, viralizavam. Eles ainda não eram uma novidade mundial. Riley não era famosa como é agora. Na verdade, *ele* era o famoso na época. A potente combinação de popularidade, prestígio e sucesso com as mulheres de Jameson deu início aos boatos.

As fotos dos dois juntos dominaram a imaginação dos fãs: a felicidade estonteante de Riley, o brilho nos olhos de Jameson. O príncipe sombrio que conquistara a estrela de língua afiada. Eles foram acumulando mais e mais retuítes e comentários, até que Riley Wynn e Wesley Jameson se tornaram os icônicos "protagonistas" do circo midiático.

Dois meses depois, eles se casaram. Três meses depois, se divorciaram.

Era o reflexo perfeito das vidas completamente diferentes que eu e minha ex levávamos. Era óbvio que eu não estava em casa, no sofá, vendo várias fotos de Riley com Wesley Jameson – eu tive relacionamentos, alguns sérios.

São passagens de lembranças angustiantes em sua finitude, desaparecendo da minha vida de um jeito tão definitivo que é difícil lembrar o tanto de espaço que ocuparam na época. Kendra, que era mestre em design e trabalhava na nova campanha progressista do prefeito, amava chá de ervas e a irmã. Elizabeth, neta de um dos nossos residentes, trabalhava com direito trabalhista, nunca gostou de Los Angeles e sonhava em morar na França.

No ano que passei com cada uma delas, quando eu dizia que as amava, estava falando sério. Só que... nunca foi para a frente. Não era o certo.

Ou *eu* não era o certo. Assumo a culpa pelo fim de todos os relacionamentos. Era sempre a mesma coisa: quando a ideia de morar juntos surgia, eu dava para trás. Não de cara, mas de maneira explícita. Os jantares eram mais silenciosos. O futuro ia ficando incerto. Eu sentia que faltava algo, ou pelo menos era disso que tinha me convencido. De qualquer jeito, era algo que me assustava, e eu fugia.

Nesse meio-tempo, me diverti um bocado com os casos de uma noite que rendem a combinação certa de cabelo despenteado e copos espalhados.

Jess me observa com ceticismo e fascínio.

– Você ainda não ouviu mesmo, né? – pergunta ela.

Eu me levanto, sabendo que isso é o suficiente para uma confirmação.

– Estou atrasado – respondo, tentando afastar a chateação da voz. O problema em trabalhar com parentes é que você não pode se esconder deles, mesmo que deseje. – Estão me esperando na sala de estar.

Passo por Jess na porta, torcendo para que ela deixe o assunto morrer.

É claro que ela não deixa.

– Uma daquelas músicas *é* sobre você, Max – diz ela.

Não respondo, entrando no corredor do segundo andar. Sinceramente, já dava para imaginar que minha irmã ficaria curiosa. Todo mundo que me conhece – o que, beleza, não é muita gente fora os residentes da Harcourt Homes, que não costumam escutar os mais recentes sucessos nas rádios – me perguntou avidamente qual é a música que fala de mim.

Eu me escondi atrás da resposta "não sei". Eu não *quero* saber. Dez anos não são suficientes para superar Riley Wynn. Talvez vinte anos sejam. Como é que o Springsteen canta? *In twenty years, I'm sure it'll just seem funny.* "Em vinte anos, tenho certeza de que tudo isso vai parecer engraçado."

Desço pela ampla escadaria até o saguão, ignorando os trechos com tinta descascando perto do carpete que está soltando do chão. Detalhes que nossos residentes não percebem, ou assim espero. Mas, para mim, são coisas que se destacam com escárnio, indícios condenáveis de demandas da propriedade de que não consegui dar conta.

A Harcourt Homes, que já foi um negócio dos nossos pais e agora é meu e da minha irmã, é o legado que carrego com orgulho, apesar de todo o seu peso. Nas planícies do Vale, relativamente perto de Los Angeles, evitamos que a vida dos residentes sofra mudanças. É o objetivo do que fazemos: conservar a saúde, o conforto, a consistência. Nosso foco é aguardar, perseverar.

Perseverar apesar do que vejo nas planilhas na minha mesa, das finanças mensais, que não são diferentes das do mês passado.

Já me debrucei sobre elas buscando custos a serem cortados ou eficiências secretas a serem exploradas, lutando para fazer o certo por este lugar. Não há solução, a não ser a extrema crueldade de aumentar os valores para nossos residentes, o que nunca faríamos. Planejar a aposentadoria é quase impossível. Quando alguém não calcula corretamente para quantos anos precisa economizar, pensamos em novos valores de mensalidade junto à família da pessoa com base no que eles podem pagar. Infelizmente, isso deixou a Harcourt Homes à beira da falência.

Eu queria ajudar. Foi por isso que troquei de especialização, deixando a música e optando pela administração. Eu *até* ajudei nos primeiros anos, mantendo a casa de repouso na ativa. Só entendi que não podia consertar o que era necessário quando me deparei com a contínua espiral descendente, que me deixou nessa posição precária, aprendendo sobre hábitos de redução de custos onde fosse possível.

Eu sei que a conversa *de verdade* está se aproximando. Aquela em que vamos ter que aguentar as consequências e dançar conforme a música, por assim dizer. Em que vou reunir todo mundo e admitir que não dá para continuar com a Harcourt Homes.

Mas não tenho como pensar nisso agora. Não quando o piano me aguarda.

Em alguns minutos, vou tocar piano para todo mundo: nossos residentes e seus familiares. Não quero que meu estresse com as finanças da casa respingue na minha apresentação hoje à noite, mas é claro que isso iria acontecer se eu permitisse que a dureza da realidade me preocupasse. Tudo que eu sinto transparece na minha música.

A música é a vida que alimenta os pulmões da Harcourt Homes, a centelha de sustentação nessas paredes. Quer sejam as peças musicais antigas que faço ecoar da vitrola pelos corredores ou eu mesmo tocando piano para os residentes durante o jantar, a música nos ajuda a esquecer os desgastes da vida. Desde a época da escola, raramente faltei à minha apresentação de piano aos domingos.

A sala de jantar está cheia de rostos familiares quando entro vindo do corredor principal. Os quatro octogenários que sempre usam quepes da Marinha em um canto. Keri está comendo com Grant, dupla que se tornou inseparável desde que perceberam que seus nomes juntos formavam o do antigo astro de Hollywood, Carrie Grant. Imelda entretém sua filha indulgente com fofocas sobre os residentes – que são muitas, não tenha dúvidas. Cruzo a sala, cumprimentando os residentes com um aceno de cabeça.

Quando me sento diante do antigo piano de armário, me sinto em casa.

– *Até que enfim*, Maxwell.

Dou um sorriso, nem um pouco surpreso. A voz é de Linda. É claro que a minha residente favorita da Harcourt Homes está sentada bem ao lado do piano.

– Minhas batatas já esfriaram – observa ela, com uma petulância jocosa no olhar.

– Perdão – falo, sincero. – Que tal um pouco de Sinatra para compensar?

Linda dá um sorriso magnânimo, satisfeita, e eu começo a tocar.

Foi no piano da casa de repouso que aprendi a tocar. Não é o melhor piano em que já toquei, nem de longe, mas é meu preferido. O som encorpado, a sensação de desgaste das teclas... é pura perfeição. A logística do manuseio complicado desse maravilhoso instrumento é parte do motivo para eu nunca ter corrido atrás da música, apesar de, a princípio, ter me especializado em piano. Não posso simplesmente empacotar o piano e carregá-lo comigo para as apresentações.

Ponho os dedos sobre as teclas, sentindo suas boas-vindas calorosas. Este piano é parte de mim. Quando meus pés encontram o pedal, é como se eu estivesse alongando os tendões para correr. Quando chego para a frente no banco, é como inspirar profundamente.

Eu toco, e me sinto voltar à vida.

A música jorra de mim, correndo como o vento pelas colinas de Mulholland Drive, a dez minutos daqui. "Come Fly with Me" é uma das músicas de que os residentes mais gostam, com sua exuberância rápida nas teclas e vibrante no contraponto. Ela é como seu título, "Venha voar comigo": a adrenalina do trem de pouso erguendo-se da pista.

Metade da sala de jantar se cala para ouvir. A outra metade continua conversando. Não me importo. A música não precisa da atenção de todo mundo. Ela está aqui para quem precisa dela. Nem toda canção é uma pregação no púlpito – algumas seguram sua mão do banco do carona.

Repasso meu repertório com as favoritas dos residentes, desde Sinatra a Elvis, de Bobby Darin a Etta James. Quando toco, esqueço os minutos enquanto vagueio, com leveza, pela melodia. Estou satisfeitíssimo. Todo o resto desaparece: a pressão financeira da Harcourt Homes, a ideia de voltar para o meu apartamento vazio, a percepção de que meus amigos da faculdade de música são bem-sucedidos ou desistiram de seus sonhos para arrumar empregos estáveis e famílias que eles também consideram gratificantes.

Esqueço a música para a qual possivelmente fui a inspiração. Esqueço *O álbum do coração partido*. Esqueço...

Bom, não, eu nunca esqueço Riley.

A chegada da sobremesa indica o fim da minha apresentação. Enquanto a equipe serve torta de limão com merengue, receita do meu pai – uma das maneiras de manter meus pais conosco, apesar de terem se aposentado e ido para Palm Springs –, termino de tocar a última música e me levanto, me curvando ao som dos escassos aplausos. Nem todas as mesas estão ocupadas, percebo, com um aperto desconfortável no peito, e lembro que não estamos com lotação máxima. Mas não posso aceitar mais ninguém, não sem ter dinheiro para aumentar a equipe de funcionários.

É surpreendente a rapidez com que o estresse me envolve outra vez em suas cordas retesadas. A rapidez com que a pausa da tranquilidade empolgante da música fica no passado. Observo os residentes curtindo sua refeição, e a ideia de decepcionarmos tanta gente é devastadora.

– Mais um!

Essas duas únicas palavras se destacam acima dos aplausos. A voz é jovem, feminina e vibra com um humor confiante.

Dizer que ela me distrai é o eufemismo do século. Ela faz meu coração parar.

Dou uma olhada no canto dos fundos e pisco, surpreso, certo de que estou tendo uma alucinação, fruto da minha imaginação perturbada, das paradas de sucesso que vi hoje de manhã na minha garagem. De ficar olhando para a arte da capa do álbum no Spotify.

De me lembrar do breve suspiro que ela dava antes de dedilhar o primeiro acorde de suas músicas na faculdade.

A figura sentada de modo discreto perto da entrada da cozinha parece uma miragem. Meu coração dispara, emoções que nem sei nomear vão crescendo e formando uma harmonia proibida.

Seu cabelo é tingido de dourado como o sol, mas as raízes permanecem escuras. Ela está usando calça jeans preta e uma blusa preta justa que deixa as laterais dos seios casualmente à mostra. Nada de sutiã. Ela nunca usava quando a conheci. Se ela virasse para a esquerda, daria para ver a primeira palavra do verso da poesia que ela havia tatuado sob o seio. É de Mary Oliver, sua poetisa favorita.

Who ever made music of a mild day? "Quem é que já compôs uma música em um dia tranquilo?"

Sua beleza é de parar o trânsito, e ela está me encarando. Com a cabeça pendendo de leve para o lado, seu sorriso me diz que ela sabe que saiu diretamente dos meus devaneios.

Sinceramente, *devaneios* nem chega perto de descrever o efeito distorcido que ela causa nos meus sentidos. Ela é uma sinfonia quando a gente espera ver um solo. Ela é um suplício. Ela é minha primeira música favorita.

No canto da sala, Riley Wynn ergue a mão em um "olá".

2

Riley

A casa de repouso não mudou nada. Eu me lembro da decoração, da distribuição dos cômodos, do cheiro. Cada detalhe da entrada para carros, as colinas secas e sinuosas dando lugar à extensão plana e confortável do Vale de São Fernando, tudo me é familiar. Até reconheço alguns dos residentes da última vez que estive aqui, quase uma década atrás. A Harcourt Homes está a mesma coisa.

Já Max Harcourt, nem tanto.

Eu sabia de cor cada faceta de sua personalidade enquanto estávamos juntos, então é claro que, agora, as mudanças ao longo dos anos sobressaem aos meus olhos. Seus ombros ficaram mais largos, o maxilar mais afilado. A barba por fazer cria sombras no queixo que, na época da faculdade, era liso, sempre barbeado. Lembro que seu cabelo meio ruivo era indomável, mas agora está levemente despenteado.

As veias das mãos desenham estradas no mapa até meu lugar favorito. Pequenas dádivas oferecidas pelo sorriso lapidado em granito.

Estou compondo uma letra para Max antes mesmo de falar com ele. Nada de novo sob o sol, suponho.

O estilo dele também mudou. Quando o conheci, Max vivia de camiseta e calça jeans. Agora, a calça verde-oliva casa bem com a camisa cinza, num estilo discreto. Seus óculos são redondos e a armação de metal é bem delicada.

Ele está mais lindo, sem dúvida alguma. Mesmo assim, cada mudança me faz lembrar de como éramos muito jovens quando nos falamos da última vez, apenas no segundo ano da faculdade. A década que vivi desde então me mudou, me inspirou, me assustou – e todos os dias desse período não tiveram Max. Passei anos sentindo que eu me apresentava em shows com ingressos esgotados em palcos solitários. Vivi músicas de amor que ele nunca ouviu.

Não vou fingir que os anos não foram solitários: essa vida radiante de buscar novos horizontes enquanto perco as pessoas com quem quero dividir essas conquistas. Deixei os dias passarem enquanto eu superava a dor ou a dúvida. As pequenas casas de show e entrevistas de rádio, em que minha vida começou a se transformar na que tenho agora – de visitas ao escritório da *Billboard* ou do YouTube, de fotógrafos de plantão do lado de fora da casa em que eu morava quando assinei o primeiro contrato com uma gravadora grande, do meu nome numa fonte estilizada, agora tão onipresente.

Nunca corri atrás dos relacionamentos que transformei em canção por um esforço em vão de lutar contra a solidão. Não fiquei com Hawk, Kai nem Wesley Jameson por sentir saudade de Max ou por precisar de companhia.

Fiquei com eles porque achava mesmo, de verdade, que tinha encontrado o amor. Este é o meu dom, às vezes a minha maldição: a convicção ardente de que todo sonho é alcançável, só esperando alguém ir atrás dele. Estrelato. Musicalidade. Amor. Tudo ao meu alcance, por uma razão inquestionável.

Eu sou a *porra* da Riley Wynn.

Riley Wynn, que tanto ama. Riley Wynn, que tanto sofre.

Riley Wynn, que talvez esteja com um pouquinho de medo de precisar brilhar para ser vista ou sofrer para ser ouvida.

Todo mundo acha que é por isso que a minha vida amorosa é tão caótica. Em comentários sobre *O álbum do coração partido*, ouvi falarem com desconfiança e sarcasmo que eu *provoco* os términos para continuar a compor ótimas canções. Pessoas me chamando de "maluca" por afugentar os parceiros de propósito ou dizendo que eu os dispenso sem cerimônia só para chorar por eles ao microfone.

Essas teorias são ridículas, óbvio. Não tem nada de planejado no meu histórico amoroso conturbado, nada a não ser paixões genuínas seguidas por dores genuínas. Quando dou voz a elas em uma canção, a dor é muito real.

Até com Max. *Principalmente* com Max.

Ele está me observando com um olhar desconcertante. Continuo aplaudindo, meus pedidos de "mais um" me rendendo olhares. Por sorte, uma mulher na frente se juntou ao coro e a situação está ganhando força.

Por fim, com esforço, Max desvia os olhos de mim. Ergue as mãos em um gesto de rendição ao público e se senta de volta ao piano.

Quando começa a tocar, sinto meus joelhos bambearem, deleitada. A música escolhida é "It's Been a Long, Long Time". Até pode ser uma das favoritas de Eustace ou Ethel ou só mais uma no impressionante repertório de clássicos antigos de Max, mas eu duvido. Tenho certeza de que ele está respondendo à minha presença na língua que usávamos entre nós.

A alegria me invade ao vê-lo tocar. Nunca vi ninguém como ele em todos os anos que toquei com os melhores músicos do país. Quando Max mergulha nas teclas, é como se ele *fosse* a música. Como se Max Harcourt fosse uma lembrança, deixando em seu lugar a forma bruxuleante de um som ressonante. Ele não toca as músicas – ele as personifica.

Foi por isso que me apaixonei por ele na noite em que nos conhecemos. Era uma da manhã, e ele tinha levado o teclado para o salão do nosso dormitório. Mais tarde, ele explicou que seu colega de quarto não conseguia pegar no sono com o clique baixinho do teclado enquanto ele tocava de fone. Então, sempre que queria praticar à noite, Max arrastava o teclado até o salão vazio.

Só que, em uma noite de setembro, eu estava dormindo no sofá do salão porque flagrei a minha colega de quarto se pegando com alguém na *minha* cama. Acordei – é claro – com o clique das teclas de Max e me deparei com aquele garoto contemplativo, tocando de fone e imerso na melodia que só ele conseguia ouvir. Seu sorriso tímido quando me viu me fez cancelar o encontro que eu tinha na noite seguinte na mesma hora.

Acho que isso não mudou em Max Harcourt, então.

Ele termina de tocar a música e recebe mais aplausos. Eu me junto ao público. O homem perto de mim não bate palmas, apenas espeta o garfo na torta. Sorrindo, eu me inclino.

– A sobremesa está boa? – pergunto.

O homem ergue o olhar como se não esperasse que alguém falasse com ele. Quando me encara, a surpresa toma conta de seus olhos. Contudo, não há reconhecimento ali. Sei que chamo atenção em todos os lugares aonde vou – ainda mais em uma casa de repouso. Ainda assim, aposto que ninguém aqui sabe quem eu sou.

– Está deliciosa – responde meu companheiro de mesa. O bigode notável sob os óculos grandes se move de um jeito expressivo a cada palavra. – A torta de limão e merengue de Hank foi um dos motivos para eu ter escolhido esta casa.

Uso meu tom de voz mais charmoso:

– Posso provar um pouquinho?

– Não é todo dia que posso dividir minha torta com uma bela mulher.

O homem desliza o prato até mim.

Sou da opinião de que nada guarda mais lembranças do que a música. Mas torta caseira de limão com merengue chega bem perto. Dou uma colherada no recheio de creme que pego do prato do meu companheiro de mesa, e tudo se agita em mim – ondas quentinhas de recordação, de jantares bem aqui nesta sala, da doçura de descobrir o que parecia a minha segunda casa.

– Ah, que nada, tenho certeza que você dividiu um monte de tortas na sua época – respondo, abrindo as cortinas aconchegantes da nostalgia.

Eu adoro conversar com estranhos. Embora eu seja conhecida pelas minhas músicas de términos, uma das coisas que mais aprecio no meu trabalho é saber que a inspiração pode estar escondida em qualquer lugar. Depois que você entende isso, fica intuitivo. Compor uma música é contar uma história. Todo mundo está no meio da história da própria vida. Logo, todo mundo tem músicas para compartilhar.

Você só precisa escutar.

O homem se senta um pouco mais ereto, o orgulho indisfarçável no modo de ajeitar os ombros.

– Pode-se dizer que sim – começa ele, dando a impressão de que vai se estender no assunto.

Mas a voz de Max nos interrompe:

– Riley.

O som grave do meu nome nos lábios dele é familiar de um jeito chocante. Ele envolveu a palavra curta em camadas de autocontrole. É um cumprimento ao mesmo tempo cauteloso e casual.

Sei que, de nós dois, sou eu quem está *um pouco menos* atordoada pelas lembranças do passado. Max nem sabia que eu vinha. Embora hoje em dia seja mais fácil ele ouvir a minha voz do que eu ouvir a dele, tenho certeza que Max procurou ficar longe dela.

Eu me viro e me deparo com os olhos dele em mim. Não há nenhuma pista do que está acontecendo por trás daquele verde perfeito.

– Max, você conhece essa jovem? – pergunta meu companheiro de mesa.

– Conhecia – diz Max, como se quisesse reprimir toda e qualquer emoção. – Por que você está aqui?

Sorrindo, ergo um ombro enquanto me recosto na cadeira. O homem sentado ao meu lado parece fascinado por cada palavra que dizemos. Para sorte dele, transformo tudo em espetáculo sempre que posso, é mais forte que eu.

– Vim por causa da torta – respondo com doçura, comendo mais um pedaço.

Max me encara por um momento, depois parece aceitar a minha resposta.

– Me avise se tiver mais alguma coisa que eu possa fazer por você.

E começa a ir embora.

Franzo a testa. Eu deveria saber que Max não ia entrar no meu jogo.

– Com licença – peço ao cavalheiro ao meu lado.

Eu me levanto correndo e sigo Max, saindo da sala de jantar. Os passos dele são curtos, mas eu me recuso a pensar que ele está fugindo de mim. Ele apenas acabou a apresentação no jantar. Apenas tem outras coisas para fazer.

– Max – chamo, fazendo-o parar. Eu me sinto uma boba pela urgência na voz, não muito distante de um apelo. – Tem algum lugar onde a gente possa conversar? – pergunto, com mais suavidade.

Ele fixa o olhar em mim.

– Quer dizer que você não veio atrás da torta – responde ele.

Não é uma pergunta. Não imagino um tom sarcástico naquela declaração serena.

– Não – confirmo. – Não vim.

Ele me estuda por um longo momento. Reconheço aquela expressão: é a mesma de quando os olhos dele corriam pelas partituras, pelas pausas, pelas notas de novos trechos de músicas. Ele… está me lendo.

Fico imaginando qual será a música que ele ouve. Se sou uma canção doce e encantadora, como nossas lembranças mais afetuosas, ou se sou algo triste – ou se eu não passo de uma melodia nostálgica de quando ele era mais novo. Não ouso ter esperanças de ser a canção que ele não consegue tirar da cabeça.

– Vem comigo – diz ele, por fim.

Tive medo de ser tratada com frieza por ele quando nos reencontrássemos, mas não é o que acontece. Max não parece feliz, mas, se algum dia guardou rancor, isso ficou no passado.

Eu também nunca me ressenti dele. Eu sei que podia. As escolhas dele foram as principais responsáveis pelo fim do nosso relacionamento. Eu só... não me ressenti. Não me ressinto. De todos os cadernos que eu poderia preencher falando de Max Harcourt, palavras que condensei em uma poesia de cortar o coração, nenhuma foi escrita por ressentimento. Ele não é meu *inimigo*, nem mesmo só meu ex.

Ele é meu enigma.

O abandono viveu às margens da minha mente na última década. Eu entendia perfeitamente a escolha que ele fez, ainda que não entendesse nem um pouco o motivo. Posso ignorar a charada ou compor versos em uma canção, mas, até hoje, não sei responder.

Sigo-o até a entrada e vejo que a mesa da recepção, onde a mãe dele, Ruth, recebia os visitantes, está vazia.

A cena me deixa triste. Acho que nem tudo continuou igual nos últimos anos. Tomara que ela esteja bem.

Subimos a escada. A Harcourt Homes ainda é do jeito que lembro, mas é impossível não pensar em como o contexto deste lugar mudou para mim.

A casa, obviamente, foi o motivo para Max ter me deixado. Não é só o local de trabalho dele. É a pessoa que ele se tornou. Vejo um novo desgaste na tinta desbotada e fico com a sensação de que estou entrando na personificação do próprio Max, nos corredores do coração dele.

Max não sorri nem se empenha em manter uma conversa enquanto subimos. Estou lutando para não deixar que a indiferença dele machuque o meu ego. É claro que procurei por ele ao longo dos anos, mas Max não é de usar redes sociais. Talvez seja casado e esteja desconfortável em me ver outra vez. Talvez o que a gente teve tenha sido só mais um de seus vários romances.

Talvez não tenha significado para ele tudo que significou para mim.

Andamos pelo longo corredor principal do segundo andar. Sei aonde estamos indo. E estou certa: Max abre uma porta para o pequeno escritório que lembro que pertencia ao pai dele.

Lá dentro, Jess, sua irmã, dá um gritinho quando me vê.

– *Eita, porra* – diz ela.

Saindo do meu estado pensativo, não consigo evitar um sorriso. Abro os braços para ela.

– É tão bom te ver – digo com sinceridade. – Você cresceu.

Quando vi Jess pela última vez, ela estava no ensino médio e era uma menina insegura. Agora, é uma mulher-feita, com um estilo clássico e discreto. Os cachos emolduram o rosto como se tivessem uma vida própria cheia de animação. Ela parece descolada. Assim como quando vi Max, isso me deixa confusa. Fico feliz por ela estar bem. Fico triste por ter perdido anos dessa vida enquanto eu estava por aí, vivendo a minha.

O sorriso dela se alarga. Nos quinze anos em que acumulei ex-parceiros, encontrei irmãs muito críticas e cautelosas ou amigáveis e conspiradoras. Jess Harcourt fazia parte do último grupo. Poucos minutos depois de me conhecer, ela já estava me mostrando vídeos de Max com 5 anos em recitais de piano.

– Você tá toda famosa agora – diz Jess ao sair do meu abraço.

Sempre fico constrangida quando alguém me lembra que sou uma figura pública. Ainda assim, com o tempo aprendi a agir como se não fosse nada de mais.

– É esquisito, né? – comento.

Ela balança a cabeça, o rosto se contorcendo em uma expressão dramática.

– Não. Esquisito teria sido você não ter ficado famosa.

Fico comovida com seu apoio imediato. Max, contudo, não deixa o momento se estender.

– Jess – diz ele com delicadeza –, podemos ficar a sós?

– Claro. Beleza. – Jess passa por mim, indo até a porta. – Mas, Riley, vou precisar de uma selfie e de um autógrafo antes de você ir embora. *Ai, meu*

Deus! – exclama ela, como tivesse acabado de se lembrar. Quando me pega pelo cotovelo, acabo sorrindo. – O álbum. É tão bom.

Meus olhos disparam até Max, que me observa. O silêncio dele é como um disco rodando sem a agulha. Ele não faz eco ao elogio da irmã – me pergunto se ele chegou a ouvir *O álbum do coração partido*.

– Falo com você antes de ir embora. Prometo – digo a Jess.

Jess me dá um olhar brincalhão de *é melhor mesmo*. Em seguida, sai e fecha a porta. Quando Max se recosta na parede, na mesma hora me dou conta do pequeno espaço em que estamos. Já nos pegamos aqui uma vez. Estava calor, como sempre fazia em muitas noites no Vale. As mãos habilidosas de Max encontraram meu cabelo, a curva do meu pescoço, meus quadris, enquanto eu estava em cima dessa mesma mesa. Ele tocou cada pedacinho da minha pele como se fosse uma escala. Seus lábios eram doces como torta de limão com merengue.

Lembrar como era estar enroscada nele me faz sentir um ardor. Me desperta. Max pode até ser a imagem perfeita de um músico nerd, mas o visual não transparece nada da sua destreza natural e da sua paixão dilacerante em... certos aspectos. Ele beijava com uma devoção ardente. Suas mãos me exploravam como se eu fosse sua obsessão favorita. Seus dedos tinham habilidades que nem mesmo o piano conhecia.

Eu me lembro agora, a recordação me atropelando. Apesar do sentimento totalmente fora de contexto, que destoa da seriedade dele, não me repreendo pelo lampejo de calor. Aprendi a evitar constrangimentos e arrependimentos: eles não são úteis para mim quando estou vasculhando a minha vida atrás de músicas.

Lembre sem medo, digo a mim mesma. *Sinta sem medo*.

– É bom te ver outra vez – diz ele.

Ergo uma sobrancelha.

– É?

– É sempre bom te ver, Riley. – Suas feições ficam um pouco mais suaves. – Isso nunca mudou.

Suas palavras sinceras me aquecem de um jeito que nenhuma crítica empolgada e nenhum perfil no Pitchfork conseguiriam.

– É bom te ver também – respondo, com sinceridade. – Você está bonito. Tocou lindamente.

Sentando-se à mesa, ele faz um gesto para que eu me sente no lugar em que Jess estava. É impressionante como ele ocupa esse espaço com tanta naturalidade. Ele também cresceu.

– O piano está um pouco desafinado – contesta ele.

Dou de ombros.

– Algumas músicas ficam melhores um pouquinho fora do tom.

– Isso *não* é verdade.

Ele parece horrorizado.

– Na era dos sintetizadores, é, sim – insisto. – É como um show ao vivo. Às vezes, você quer que o artista erre a letra só pra saber que ele está cantando de verdade.

– Você nunca erra uma letra – diz Max.

Será que ele sabe o quanto essa observação indiferente significa para mim? É só que... para mim, a letra é o objetivo principal das músicas. Eu nunca ia querer errá-las. Escolho cada palavra com cuidado, bem do jeito que estou fazendo agora. Como se essa conversa, essa reunião, fosse uma música que estou compondo para apenas um ouvinte.

Cruzando as pernas, observo-o com uma curiosidade que espero parecer casual.

– Você já foi a algum show meu?

– Não, eu só te conheço – responde ele. Quando percebe o que acabou de confirmar, ele fica pálido. – Quero dizer, não é que eu não tenha interesse de ir e... – emenda ele, nervoso.

– Ei, não esquenta – falo, tentando tranquilizá-lo.

E estou sendo 99 por cento sincera. Só um pedacinho, a parte mais íntima de mim, fica magoada. Toquei para milhares de pessoas durante todos esses anos, mais ainda se levarmos em conta a audiência do *Saturday Night Live* na semana passada. Max *nunca* foi uma dessas pessoas?

– Eu não esperava que você fosse a um show meu – afirmo.

Max engole em seco como se não soubesse o que dizer. Eu queria tanto conseguir lê-lo do jeito que ele fez comigo.

Mudo de assunto.

– Como está sua família?

Aliviado, Max assente.

– Estão bem, estão todos bem – responde ele, entusiasmado por entrar em um tópico de conversa mais seguro. – Jess deve se mudar em breve pra Nova York com a namorada. Meus pais se aposentaram e foram para Palm Springs, mas vêm uma vez por mês, em geral até mais. Eles estão animados pela Jess, mas dá pra ver que estão meio tristes por ela ir embora.

– Namorada – repito. – Uau. Sério?

– Sério.

– E você? – pergunto.

– É, estou feliz pela Jess.

– Não, eu quis dizer... é... – Me enrolo com as palavras de um jeito que nunca aconteceria diante de um microfone. – Tem alguém sério na sua vida?

Estremeço só de ouvir a minha falta de jeito ao fazer a pergunta.

Max desvia o olhar. Nessa pausa, concluo que odeio silêncio. Odeio. Meu ódio não se resume à guerra que travo contra o silêncio toda noite que preencho o palco com sons. É um ressentimento profundo e doído do silêncio que me deixa desesperada para que Max acabe logo com ele.

– No momento, não – responde ele.

Na mesma hora, meu coração explode com várias perguntas. Só eu sei o esforço absurdo que faço para me conter. Não foi para destrinchar cada detalhezinho da vida amorosa de Max Harcourt que vim aqui.

– Isso é estranho – diz Max. – Eu podia perguntar de você, mas, hum... Não há graça nenhuma no sorriso que dou a ele.

– Mas você já viu as manchetes.

– É difícil não ver – responde ele. O comentário até poderia ser insolente, mas não é. Não do jeito que ele fala. – Sinto muito pelo divórcio. Como você está?

Ele fala como se não soubesse como ter essa conversa, o que é compreensível.

Dou de ombros.

– Só ficamos juntos por cinco meses. – Essa observação é minha referência quando o assunto é Wesley, algo instintivo agora. Não é uma inverdade, mas não diz nada. Deixa o ouvinte livre para entender o que quiser, o que o satisfaz o suficiente para impedir que a conversa prossiga. – Você e eu..., – começo a falar, mas me detenho.

– ... ficamos juntos mais tempo do que isso – Max conclui a minha frase.

O que ele disse é bem simples, mas parece cheio de notas de rodapé que não consigo ler. Ele é capaz, mais do que qualquer pessoa que conheço, de transformar afirmações em perguntas. Eu só queria saber em quais.

Volto a sorrir.

– É. Estou bem.

Max começa a sorrir, até que algo novo aparece na expressão dele, deixando a sala em um tom menor.

– Por que você veio, Riley? – pergunta ele.

É claro que Max entende que não vim só para me atualizar das novidades. Respiro fundo, com a sensação de que estou no palco, me preparando para cantar os primeiros acordes. Para ser sincera, não sei onde os riscos são maiores. No começo de cada show, sabendo que a mais ínfima falha ou deficiência pode manchar a minha carreira, ou aqui, neste frágil flashback com o homem que eu amava.

– Quero te pedir um favor – digo.

3

Max

Eu me inclino mais para a frente na cadeira. *Riley Wynn quer* me *pedir um favor?* Ela se levantou do assento, andando de um lado para outro no pequeno espaço, como se ficar parada estivesse começando a lhe dar comichão. Observo seu nervosismo com uma confusão cada vez maior. Isso foge da personalidade extravagante, rebelde e confiante que sei que Riley tem desde a noite em que a conheci.

Eu nem acredito que ela está mesmo aqui.

Quando ela vai até a janela, vejo que sua blusa tem as costas nuas, deixando a pele à mostra até o cós da calça jeans. A visão mexe comigo de um jeito que ouvir sua voz ou tê-la diante de mim não mexeu. Isso me lembra os lugares em que pus minhas mãos quando ela era minha e eu podia abraçá-la.

Sento em cima dos dedos para me impedir de esticar o braço na sua direção. Eu sei como seria senti-la, doce e macia – ou toda melada de suor, como se tivesse acabado de sair do palco ou do nosso primeiro round e me desafiasse para o próximo. Seu cheiro me beijava mesmo quando seus lábios não me tocavam, a promessa inebriante de como eu me sentiria enroscado nela.

Riley.

Ela é uma magia implacável. Baixo os olhos, me controlando.

Sinceramente, nunca imaginei que voltaria a ver Riley, a não ser em ângulos orquestrados com meticulosidade para a câmera e sessões de foto. Em vez disso, é como se estivéssemos vivendo uma canção cover da nossa vida. Cada letra, cada movimento da melodia é o mesmo, mas o andamento mudou, a instrumentação foi reduzida a acordes solitários e a carga que flui através dela é algo que nunca ouvi. Eles latejam na ponta dos meus dedos do jeito que só músicas inesquecíveis fazem.

Aquelas que quero tocar várias vezes seguidas.

– Você ouviu o álbum, né? – pergunta ela, encarando seu reflexo na janela.

– Ainda não tive oportunidade – admito.

Ela se vira, e a incredulidade substitui por completo o nervosismo. Por um momento, é impressionante como a emoção a deixa iluminada, é como olhar para o flash de uma máquina fotográfica.

– Você não vai aos meus shows nem ouve a minha música. Você não é mesmo fã, né? – Ela assente para si mesma, assimilando a informação. – Que bom. Eu precisava disso. A fama mexe mesmo com a nossa cabeça. É bom ser colocada no seu devido lugar pelo namorado da época da faculdade.

– Ei – rebato, na defensiva. – Tenta ter uma ex como... *você*.

Riley ri. Quase entro em curto-circuito diante daquele som de pura alegria. *Centenas de flashes.*

– Max, eu namorei uns três músicos com canções bem populares.

– E você escuta as músicas deles?

– Claro que escuto! – exclama ela. – Um deles escreveu uma música pra mim que é bem cruel. Eu adoro.

Agora sou eu que dou uma risada.

– Adora nada – respondo.

Mas uma parte de mim sabe que estou errado. Riley trabalha para encontrar inspiração para músicas, mas vive como se quisesse ser a inspiração para elas.

– É sério – insiste ela. – Sempre escuto quando estou malhando.

Minha mente cruel me enche de imagens de Riley com roupas fitness, o tecido justo marcando o corpo que conheço tão bem quanto as teclas do meu piano. Afasto a ideia na mesma hora.

– Se eu fosse tocá-la agora...

Estico a mão para o computador.

– Eu cantaria junto. O nome é "Garota pesadelo".

Hesito.

– Espera, é sério?

Riley não estava errada. O recorte de ressentimento feito para o rádio *é* absurdamente cruel, o que não é uma grande surpresa, pois seu criador tem uma reputação de desprezo narcisista, sempre vestido com peças de couro.

– Você namorou o Hawk Henderson?

– Infelizmente, sim – responde Riley, sem se intimidar. – Sendo bem sincera, você foi o último cara legal com quem eu fiquei.

Sem saber como responder, abro meu notebook. É claro que, no momento em que faço isso, o rosto de Riley surge na tela, na página do álbum dela no Spotify.

Riley dá a volta na mesa e para ao meu lado, e o brilho da vitória reluz com uma faísca elétrica em seus olhos.

– Ora, ora, ora – zomba ela. – O que é isso?

Quando começo a fechar o computador, ela me impede. A mão no meu braço detém o movimento, sem falar nos meus batimentos cardíacos. Até o contato momentâneo é chocante, a lembrança ardente de cada instante em outra época em que a pele dela encontrava a minha, sentada ao meu lado no piano ou...

– Então você *ouve* a minha música – diz ela.

– Eu estava... pensando em fazer isso – explico, desconcertado. – Ainda não ouvi.

Ela arrasta a cadeira, chegando perigosamente mais perto, e se senta outra vez. Seu cheiro chega a ser devastador de tão familiar. Doce, defumado, como flores em chamas. Seus olhos reluzem daquele jeito que sempre me deixou louco para acariciá-la.

Quando ela fala, é como se eu ouvisse o diabinho no ombro sussurrando no meu ouvido.

– Você não quer pelo menos ouvir a sua música?

Sua música.

– Eu não sabia se preenchia todos os requisitos – confesso. – Já faz tanto tempo, e a gente era muito jovem.

Riley não desvia o olhar.

– Você preencheu todos os requisitos. Na verdade, a sua música é meio que a estrela do álbum.

Sinto meu estômago afundar. Eu realmente estava em negação quando Jess sugeriu que *eu* era a inspiração para a música do verão, a obra-prima das paradas de sucesso exposta em centenas de manchetes – de recordes quebrados no streaming a trends no TikTok e apostas para o Grammy.

É... sobre mim. Sobre nós dois.

– "Até você" – digo.

Riley sorri. O mais ínfimo quê de timidez lampeja em meio à alegria que ilumina suas feições.

– Tem certeza que não quer ouvir? – pergunta ela.

– Eu preferia que ela *não falasse* de mim.

Mantenho o tom calmo com muito esforço. Na verdade, estou em um embate interno. Nada te prepara para descobrir que seu primeiro amor intenso e malfadado é tema da música que milhões de pessoas decoraram, cantaram no chuveiro, ouviram a caminho de casa e tocaram para os amigos ouvirem.

Riley me observa.

– Eu não te entendo – diz ela, por fim.

– Não, não entende.

A resposta escapa de mim rápido demais. O silêncio de Riley me diz que ela sabe por quê. Não costumo passar pelo purgatório de reviver as razões do nosso término, a melancolia do *e se*. Em momentos de mais fraqueza, me perguntei se Riley fazia isso. Achei que, se eu ouvisse a nova música preferida do país, poderia descobrir.

Quando Riley suspira, irritada, é como se ela estivesse afastando as lembranças.

– Bom, é sobre você. O problema é que ninguém *sabe* que é sobre você.

Apesar de terem se passado dez anos desde a nossa última conversa, sou pego de surpresa quando reconheço a sombra escurecendo seus olhos. Ela está magoada.

– Em vez disso – continua ela, em um tom cortante –, meu ex-marido começou a dizer nas entrevistas que *ele* é a inspiração de "Até você". E, porra, eu odeio ver esse babaca me usando desse jeito. Quero dizer, o cara pediu o divórcio por causa da música que eu compus pra *Apenas uma vez*.

Assinto, me lembrando. *O álbum do coração partido* ainda não tinha sido anunciado quando pediram a Riley – que ainda não tinha se tornado um fenômeno com seu segundo álbum – que compusesse a música dos créditos finais para uma grande adaptação cinematográfica de um romance premiado. No fim, ela não foi indicada a nenhum prêmio, mas houve um momento em que Riley chegou a ser cogitada para o Oscar.

Imagino a reação de Jameson.

Riley balança a cabeça com uma fúria suave.

– Ele nunca vai admitir, mas odiava a ideia de eu ficar mais famosa do que ele.

Ela se levanta outra vez. Só que agora, quando começa a andar de um lado para outro, não é como se caminhasse empertigada até o microfone. É como se estivesse em uma gaiola.

– Dei início ao álbum no dia em que me mudei. Ele sabia que a gravadora queria algo novo de mim. Ele estava com medo disso – explica Riley, sua raiva faiscando como um fio desencapado. – Quando eu estava sozinha no meu quarto vazio de hotel, compus "Até você" e eu simplesmente... soube. Era *a* música. Passei semanas gravando, refazendo-a incontáveis vezes enquanto trabalhava em outras canções do álbum, sabendo que eu conseguiria deixá-la perfeita. Quando enviei a versão final, eles responderam em, tipo, minutos.

Mesmo em meio à explicação cheia de frustração, Riley abre um sorriso afetuoso. É fugaz, logo some quando ela balança a cabeça.

– Se você escutasse a letra, ia *saber* que é sobre você. Assim como ele sabe que não é sobre ele. – Ela faz uma careta. – Mas ele ainda finge pro público que é, só pro meu sucesso continuar à sombra dele.

Falar isso drena a energia dela de um jeito que eu nunca vi. Ela para de andar. Seus ombros desabam.

As palavras dela me atingem como uma facada no peito. Riley e eu temos nossas diferenças, mas não é difícil imaginar como é devastadora a sensação de perder o controle sobre a essência da criação que te dá mais orgulho.

– Sinto muito – comento com sinceridade. – Isso é terrível.

A risada de Riley é áspera como uma lixa.

– Esse é Wesley. – Seu olhar distante se volta para mim, com o foco agora renovado. – É por isso que estou aqui. Quero anunciar que a música fala do meu namorado da faculdade, não do Wesley.

Assinto.

– Eu.

– Sim – confirma Riley. – Você.

Penso no assunto.

– Não vejo nada de mau nisso. Você nem iria usar o meu nome.

O sorriso que ela me dá é divertido e pesaroso.

– Os fãs vão descobrir em, tipo, dois segundos.

– Ah. Nesse caso, não.

– Não? – repete Riley, como se não conhecesse a palavra.

– É, prefiro que não. Mas obrigado por perguntar.

Reconheço o olhar de incompreensão abismada de Riley pelas poucas fraturas fatais do nosso relacionamento.

– Max, *por quê?*

– As pessoas não costumam te dizer "não"? – pergunto com educação.

Riley arqueia as sobrancelhas.

– Não muito – resmunga ela.

– É bom pra você. Como você mesma disse, todo mundo precisa ser colocado no seu devido lugar – digo, provocando-a.

– É, tá. – Ela coloca a mão no quadril com impertinência, como se tivesse praticado a pose em videoclipes. Ergue o queixo, a imagem do autocontrole. – Cheguei à conclusão de que não gosto disso.

Dou uma risada, embora realmente comece a entender *por que* as pessoas não costumam dizer "não" para ela. A própria presença dela já é bem persuasiva. Não sei como ela faz isso: mesmo sendo mais baixa, Riley faz seu quase 1,60 metro se impor ao meu 1,80. Aliás, *faz* não é o verbo certo. É alguma coisa no jeito como Riley *é*.

– Inventa uma pessoa – sugiro. – Fala que a música é sobre qualquer um.

Fico surpreso ao ver os olhos de Riley brilharem.

– Seria mentira. As minhas músicas não são mentiras. Qual é – implora ela, e sua voz é viscosa como mel –, o que posso fazer pra te convencer?

Eu me remexo na cadeira. Com paciência, formulo as palavras:

– A única coisa pior do que sua ex-namorada se tornar a compositora e cantora mais importante de sua geração e compor um sucesso que fala de você é a sua ex-namorada se tornar a compositora e cantora mais importante de sua geração e compor um sucesso que *todo mundo sabe* que fala de você.

Riley enfim se cala.

Tenho a impressão de que está pensando no que levei anos para reconhecer. Riley é tudo que eu não sou. Isso é surreal, já que um dia fomos muito parecidos. Nesses dez anos desde que namoramos, não apenas nos separamos: seguimos em direções opostas – ela rumo a um mundo de sons e flashes, voando alto e virando notícia; eu rumo a obrigações, à ordem, ao agradável confinamento de uma casa tomada pela necessidade. Riley casou com um cara famoso, enquanto eu fugia de relacionamentos fracassados. Dez anos é tempo suficiente para nos tornamos pessoas totalmente diferentes, que apenas se parecem com os parceiros que amávamos.

Ela demora vários longos segundos até responder. Quando o faz, sua fachada de celebridade desapareceu. Ela é apenas a garota indefesa que eu conhecia.

– Você não vai mesmo ceder – diz ela.

– Você sabe que não.

Ela dá um sorriso tristonho.

– É. Eu sei.

Embora o escritório esteja em silêncio, é como se algo tivesse arrombado a porta, trazendo o passado para dentro do cômodo. A pressão das lembranças amargas, de um amor inacabado. Riley olha para baixo, parecendo desconfortável.

– Preciso dizer... – começa ela.

Mais uma vez, fico surpreso por reconhecer de cara a leve tensão na voz dela. Por me lembrar exatamente do jeito que a entonação de Riley preparava o palco quando ela queria puxar uma briga. Não discutíamos com frequência, mas claro que havia brigas. Éramos tudo um para o outro, o que aumenta os riscos e intensifica os atritos.

É engraçado como algo parecido com avidez desperta dentro de mim. Não estou preso ao passado, ao meu passado com Riley – sério, não estou. É uma parte culpada e não confiável de mim que anseia pela oportunidade de nos trazer de volta à vida na forma de palavras ácidas.

– É meio que um alívio ver que você ainda está aqui – continua Riley. – Você me largou pra fazer isso e realmente está fazendo.

Fico esperando a conclusão da piada. Ou a resolução, quando os acordes dissonantes voltam à harmonia.

– Tipo, pelo menos você me trocou por algo que realmente queria – diz ela.

Aí está. Perdi a conta de quantas noites passei pensando se um dia teríamos essa conversa. Se algum dia Riley Wynn, nova estrela da música, falaria com o ex absurdamente comum sobre o término.

– Você também me deixou – lembrei a ela com frieza. – Eu sempre estive aqui. Você não voltou.

No verão em que terminamos, todo dia eu ficava imaginando se Riley me convidaria para retornar à vida dela. Eu vigiava meu celular como se meu mundo todo estivesse ali, o que de certa forma era verdade. Ali residia a minha única esperança de ter notícias da garota que tornava íntimos os palcos e fazia os dias comuns parecerem o centro dos holofotes.

Passaram-se semanas. Meses.

O *talvez* se reduziu ao *não*, como acontece por aí.

– Não havia nada que pudesse me fazer voltar – responde ela. – Não de verdade.

Ouço o que ela quer dizer com uma clareza cortante. Esse é o dom dela, igual às suas letras. *Nada que ela quisesse.* Não era a vida de que ela precisava. Nada, a não ser o homem que a decepcionara.

– Mas me diz que você é feliz – pede ela. – Que você fez a *escolha certa*. Que você não pensa na estrada que a gente não pegou juntos.

Sei que ela não está atrás de consolo, que não quer que eu diga *no final deu tudo certo*. Ela está me instigando. Não fico frustrado de cara, mas não fui eu que apareci no local de trabalho *dela* sem dar a mínima para como eu ia virar sua vida de cabeça para baixo.

– Eu não me arrependo de ter ficado na Harcourt Homes – respondo, sucinto. – Você se arrepende de não ter voltado?

– Não.

– Ótimo. Fico feliz por saber, Riley. – A cordialidade forçada faz meu coração bater forte. – Fico mesmo.

– Fico feliz por saber que você está feliz, Max. – A resposta rápida de Riley diz tudo. O rosado nas bochechas diz mais ainda. – Bom, então acho que não tenho nenhuma razão pra estar aqui. Eu te daria ingressos pro show de LA na minha turnê, mas você já deixou claro que não é fã.

A ideia faz meu ressentimento vacilar. É desagradável o interrogatório que Riley faz sobre minhas escolhas na vida, esfregando na minha cara o motivo da nossa separação. Mas é intolerável ela achar que não ligo para a sua música.

– Riley, não é nada disso – digo, reprimindo o rancor em meu tom de voz.

Preciso que ela saiba que me importo com a música dela, ainda que não tenha mais o privilégio de me importar com ela. Na verdade, é porque me importo tanto que *não consigo* ouvir. Queria que ela entendesse, mas não sou capaz de dizer em voz alta: *As lembranças nas suas músicas me destruiriam.*

– Tudo bem. – Com a mão na porta, ela sorri. – É engraçado… Milhões de ouvintes, e a pessoa para quem compus a música não a ouviu. Se cuida, Max.

Como uma melodia perdida ao vento, ela vai embora.

4

Riley

Estaciono em frente ao restaurante mexicano vegano onde vou encontrar minha mãe para jantar. Fica no trecho pomposo no centro de Melrose e é um dos meus favoritos. Mesmo sem ser vegana, sigo rigorosamente qualquer dieta que envolva consumir os *soyrizo burritos* deles em grandes quantidades. Num aspecto mais prático, descobri que a agradável relação do restaurante com celebridades significa que eles entendem coisas importantes como um lugar discreto para sentar.

Desligo meu carro elétrico. Em geral, é nessa hora que o som do carro vai diminuindo aos poucos. Contudo, esta noite, há apenas um silêncio contínuo. Dirigi desde a Harcourt Homes até aqui sem música, e só faço isso quando estou seriamente abalada.

Vou precisar de uma orchata vegana excepcional para tirar da boca o gosto amargo da minha conversa com Max. O que me deixa frustrada não é só a recusa dele. É a revelação de que ele *nem sequer ouve as minhas músicas*. Se Max estivesse lançando canções, eu seguiria sua página no Spotify e aguardaria cada lançamento. Mas Max desistiu da música na faculdade.

Achei que ele estivesse acompanhando a minha carreira com um mínimo de interesse. Depois de descobrir que não é o caso, não sei o que sentir. Meu orgulho está ferido. Talvez meu coração também esteja.

Não continuo *apaixonada* por Max Harcourt. É só que ele... ainda é importante para mim, de um jeito que a minha alma se recusa a esquecer. É como saber para que lado a bússola aponta mesmo quando a jornada da minha vida está me levando para outras direções. Acho que eu só queria um sinal de que eu também era importante para ele.

Dane-se. Este é o melhor ano da minha carreira. Estou determinada a aproveitá-lo, não interessa se Max Harcourt escuta ou não as minhas músicas.

Na entrada do restaurante, o salto pesado da minha bota bate no azulejo intrincado sob as luzes cônicas no teto. O design daqui é uma combinação exótica, a miscelânea perfeita de uma personalidade como a dos velhos tempos e um estilo moderno da descolada Califórnia. O som das conversas vem em meio ao tilintar de copos com decorações elaboradas.

Vou atrás do som até o amplo espaço do pátio. Em um canto, vejo minha mãe sentada à nossa mesa de sempre. Ela deixou para mim a cadeira que fica de costas para a rua.

Eu era reconhecida de vez em quando antes de *O álbum do coração partido*, e com mais frequência quando saía com Wesley. Agora, se eu não tomar cuidado, é irritante a facilidade com que as multidões se formam, cheias de câmeras e perguntas enxeridas. Sair em público é parecido com alimentar lobos. É *claro* que eles estão empolgados por verem a gente. Só que é muito fácil essa empolgação toda virar algo mais sombrio e voraz.

A fama que ganhei com *O álbum do coração partido* é intimidadora, ainda que revigorante para mim, de verdade. O "M" de milhões de seguidores sob o selo de verificação ao lado do meu nome no Instagram, a empolgação gloriosa em torno da SUV da minha gravadora ao sair do *The Tonight Show* quando lancei "A última palavra", uma das minhas músicas novas favoritas. Dividir a minha música com inúmeros ouvintes nos maiores palcos do país faz parte dos meus sonhos mais loucos.

Mas... uma fama dessas é irreversível, e ainda estou aprendendo a lidar. Eu lembro quando, nos últimos nove meses, eu podia comer sushi em Santa Mônica, sorrir na selfie de alguns fãs e depois ir para casa à beira da calçada em Crescent Heights, onde nunca tive a preocupação de me perguntar se as sebes eram altas o bastante para manter os paparazzi longe.

Felizmente, Melrose conta com o benefício de estar repleta de celebridades e ter uma cultura de *manter a postura* perto deles. Metade das pessoas nesse pátio provavelmente está na indústria cinematográfica ou fonográfica.

Eu me sento. Apesar do humor sombrio, sorrio quando vejo como minha mãe se destaca aqui. Nesse espaço badalado e chique, Carrie Wynn, com seu cabelo louro curto, sempre com a mesma aparência em qualquer ocasião, está usando seu suéter roxo favorito, prezando o conforto em vez do estilo. Minha mãe é a cara do Meio-Oeste. Foi dela que herdei a autenticidade, ainda que nossas personalidades sejam muito diferentes.

Ela ergue o olhar do menu e sorri, surpresa.

– Chegou na hora – observa ela. – Você disse que ia se atrasar.

– Minha pendência acabou mais rápido do que eu pensei – digo com leveza.

– Está tudo bem?

O olhar da minha mãe se fixa em mim. Finjo olhar o cardápio, torcendo para me esquivar da intuição dela.

– Está tudo ótimo – minto. – Vamos pedir nachos?

Esse subterfúgio ardiloso funciona do jeitinho que eu queria. A menção a nachos distrai a minha mãe.

– Isso eu faço em casa – diz ela, me desaprovando.

Comprimo os lábios para segurar o riso. Há muito tempo, minha mãe sustenta a filosofia de nunca pedir em um restaurante uma comida que já tenha preparado e aprovado em casa. Para mim, isso inclui o menu todo. Minha mãe, ex-dona de casa e chef pessoal minha e do meu pai a vida toda, desenvolveu um repertório culinário fantástico. Não sei se ela conseguiria recriar *esses* nachos – que infundem pitaia com queijo de castanha--de-caju regado a *mole* coberto por batatinhas crocantes –, mas não falo isso para ela.

– Tudo bem, você escolhe – digo.

– Por que não pedimos as gorditas?

Ainda que gramaticalmente seja uma pergunta, ela não está perguntando.

Faço sinal para o garçom. Quando ele chega à mesa, percebo o choque pelo reconhecimento, mas ele logo se recompõe.

– Gostariam de pedir algo?

A voz dele é amigável e casual. Esse aí é dos bons.

Imito sua simpatia descompromissada, seguindo a dica de um dos meus assessores: *Se for simpática demais, as pessoas vão pensar que você está louca para ser reconhecida. Se for distante, vão achar que você é uma escrota.*

– Gorditas pra começar, por favor – digo, sorrindo. – E orchatas pra nós duas.

Quando ele vai embora, minha mãe não perde tempo:

– Os móveis chegaram. Já desembalei as suas coisas do banheiro e da cozinha. Você é uma mulher de 30 anos e pode muito bem desfazer as malas de roupa. Além do mais, você tem tantas que eu nem saberia por onde começar. Está na hora de marcar a minha passagem de volta pra casa.

Meu sorriso some.

– Você não precisa ir embora tão rápido.

– Preciso, sim. – Nessa resposta imediata da minha mãe, tenho quase certeza de ter ouvido algo além de impaciência. – Você não precisa de mim e com certeza não vai querer morar com a sua mãe. Eu preciso ir embora. Dar um jeito na minha própria casa.

Fico em silêncio, querendo minha orchata só para ter o que fazer com as mãos. Além dos olhos castanhos parecidos, minha mãe e eu temos divórcios parecidos, com poucos meses de diferença. Claro, os meus pais deram fim a 35 anos de casamento; o meu só durou três meses. Quando pedi a ela que viesse até LA para me ajudar com a mudança da casa em Malibu que eu acabara de comprar com Wesley para a minha nova casa em Hills, eu sabia que minha mãe ia adorar ter com o que se distrair. Nós duas íamos adorar.

– Lidar com... a casa pode esperar, mãe – digo.

Sob o zumbido incandescente dos aquecedores no terraço, me pergunto se dá para ver meu rosto corado com a minha falta de eloquência. Quando você concentra sua carreira toda em evocar emoções com letras perfeitas, é engraçado como as palavras certas às vezes te deixam na mão quando você mais precisa delas.

– Que tal você sair em turnê comigo? – sugiro.

Minha mãe solta uma risada abafada.

– Turnê é... coisa do seu pai – explica ela, ao perceber que não estou brincando. – Você sabe como eu me orgulho de você, mas eu só ia atrapalhar. Preciso viver a minha vida, meu amor.

Assinto, paciente, sabendo que ela ia dizer isso. É verdade que o meu pai me ensinou a tocar violão. Na minha primeira turnê, ele foi à metade dos meus shows. Será que ele ficaria maravilhado de ir comigo na próxima turnê? É claro que ficaria. Na verdade, eu sei que ficaria.

– Na verdade, eu conversei com o papai sobre isso – comento com delicadeza.

Na mesma hora, a animação forçada da minha mãe se dissipa.

– Foi ideia dele – continuo.

Peguei a estrada dias atrás, no intervalo entre os ensaios da turnê, para poder conversar com ele. Sua voz grave saía pelos alto-falantes e enchia o interior silencioso do meu carro enquanto eu seguia sem rumo pela Pacific Coast Highway. Foi uma conversa boa, ainda que um pouco dolorosa. Embora o divórcio tenha sido consensual, nem ele nem minha mãe estão *felizes* com o desenrolar da situação.

Mas meu pai tem a carreira de agrimensor em St. Louis. Minha mãe abriu mão da própria carreira quando eu nasci. Não tenho irmãos, nem ela. Nem mesmo a mais triste das canções que já ouvi consegue capturar a dor de imaginar minha mãe sozinha em casa – naquela que já foi a nossa casa –, sem ninguém. Meu pai sente a mesma coisa.

Minha mãe se remexe na cadeira e diz, com petulância:

– Eu achava que um dos efeitos do divórcio era *não* ter que ouvir o que o meu ex-marido acha que eu deveria fazer.

– Ele ainda se importa com você. Ele se preocupa – explico com delicadeza. – E não é só ele.

Conheço cada traço no rosto da minha mãe, logo sei identificar o momento exato em que a defesa dela cede, apesar de sua expressão quase não mudar. Sem dizer nada, ela olha para além de mim, onde o fio com luzes ilumina o pátio, com seu intrincado jardim e mais clientes.

– Eu estou *bem* – diz ela, de um jeito zombeteiro pouco convincente.

Eu a encaro. Foi com ela que aprendi meu olhar penetrante.

Dá certo.

– OK, eu não estou *tão* bem – corrige ela. – Mas estou chegando lá. Ficar sozinha está me fazendo bem, querida – diz ela, a voz demonstrando convicção e resignação, coisas que sei que ela passou décadas aprendendo. – Não precisa levar sua mãe triste e divorciada com você na sua turnê. Não preciso de uma babá.

– E se *eu* precisar? – insisto.

Eu tenho orgulho da minha capacidade de improviso, de conjurar a magia do nada. Por mais que tudo que eu faça hoje em dia seja bem calculado, ninguém chega aonde cheguei sem saber improvisar.

– Essa turnê vai ser imensa – continuo. – Todo mundo na minha equipe age como se estivesse do meu lado, mas na verdade estão todos nessa por interesse próprio. Não seria ruim ter alguém comigo só por mim. Não a pessoa, sabe... *Riley Wynn* – digo meu nome como se estivesse escrito em um letreiro neon. – Eu preciso de *você*.

No momento em que faço isso, sei que encontrei o ângulo certo. É como ouvir o riff perfeito se desenrolar pela ponta dos meus dedos. Tocar no instinto da minha mãe para ela fazer o que eu preciso é o jeito de convencê-la a fazer o que *ela* precisa.

– Sua boboca – diz minha mãe, claramente notando minha retórica.

Dou uma risada e percebo que ela não está discutindo. Assim como sinto quando o meu público está comigo, eu me deixo levar pelo impulso.

– Vai ser legal! – prometo a ela. – Solteiras em turnê! Ei, você pode ficar no ônibus comigo! Vamos ver filmes ruins e comer besteira!

Minha mãe franze a testa, mas não há desaprovação em seu olhar. Ela está curtindo a ideia.

Estou prestes a exaltar as virtudes das Noites de Cinema no Ônibus de Turnê quando meu telefone vibra. O nome do meu assessor na aba de notificação me faz abrir a conversa de um jeito relutante.

O rosto do meu ex-marido me saúda na conversa pelo iMessage. Seu sorriso torto e imutável está parado na foto do TikTok que o meu agente me mandou. Sentindo a fome diminuir, clico no link.

Quando ouço a música, fico feliz por manter o volume do telefone baixo. A cadência do piano sob a primeira estrofe de "Até você" é uma música que eu não preciso ouvir saindo dos *meus* alto-falantes no meio de um jantar em Melrose.

No vídeo, Wesley escova os dentes sem camisa, obviamente orgulhoso do peitoral malhado que desenvolveu para o drama medieval para o qual acabou de ser contratado. Ainda que não seja bonitão, ele é bem consciente do cabelo ébano e da seriedade milimetricamente calculada para entender que o status de "improvável" símbolo sexual é mais uma oportunidade a explorar em proveito próprio.

Em frente ao espelho do banheiro moderno que eu dizia ser nosso há, tipo, umas seis semanas, ele canta a letra mais conhecida do país no momento. A minha letra. *Seus dedos despertam meu coração*, canto perto do fim da estrofe inicial.

Quando chego a *meu coração*, ele pisca para a câmera.

A indignação faz o meu coração disparar, e dou uma olhada nos detalhes do vídeo. Milhões de visualizações desde que ele fez a postagem, hoje de manhã. *Mas é lógico.* É lógico que ele está colhendo todos os louros por essa merda. Ele sabe o que faz nas redes sociais, alimentando o #WesleyTok com respostas de fãs, soltando referências a boatos, tudo para impulsionar sua persona amada pela internet.

Esse não é nem de longe o primeiro vídeo que ele posta com a minha música. Quando estávamos casados, ele colocava legendas engraçadas em vídeos dele franzindo a testa para coisas idiossincráticas que me deixavam "brava com ele" e colocava algumas das minhas canções mais vingativas como trilha sonora.

Seus espectadores se deliciavam com as palhaçadas autodepreciativas – e certos fãs masculinos adoravam ver que as queixas de Wesley sobre a esposa *insuportável* eram parecidas com as deles. *Ignore os comentários*, dizia Wesley.

É óbvio que a minha gravadora adorou isso. Eu me contive para não pedir ao meu agente que reclamasse com o dele por conteúdos como aquele que ele tinha acabado de postar, mas, sinceramente, não sei se a gravadora ia cooperar se eu fizesse isso. Eles querem que eu divulgue mais as minhas músicas nas redes sociais, e eu não vou fazer isso. Sério, os assessores da minha gravadora não têm ideia do que é ler toda a merda a que eu me exponho sempre que posto algo.

O fato de Wesley divulgar as músicas em suas redes, ainda que por interesse próprio, o torna o herói da equipe da gravadora. Uma das estrelas em ascensão mais espalhafatosas do mundo promovendo as minhas músicas on-line? Ora, quem liga se isso machuca a autora da música?

A fúria se espalha pelas minhas bochechas e deixa o meu rosto em chamas de um jeito desagradável sob os aquecedores do pátio do restaurante.

E a sensação só piora quando vejo a legenda.

Vida de divorciado = não é tão ruim quando você é a inspiração para o maior bop de Riley.

Sinto os dedos fincarem na capinha personalizada para iPhone que encomendei de um dos meus designers favoritos, que é famoso nas redes sociais. O que me deixa puta não é só Wesley ganhar crédito na internet pelo meu trabalho. Não dessa vez.

É a maldita escolha da palavra. *Bop*? Eu adoro músicas que consideraria bops, incluindo algumas das minhas. "Até você" não é uma delas. Wesley não sabe nada da composição dela; a questão toda é a saudade rasgada que coloco em cada nota. Definir essa música como "bop" muda não só o valor dela, mas seu *propósito*. Seu significado para os ouvintes e para mim.

E ele sabe disso. Ele frequentou a Faculdade de Teatro de Yale. Ele estudou Shakespeare. Ele sabe o significado das palavras, a sensação das palavras. Ele *me* conhece o suficiente para entender como me deixaria maluca vê-lo interpretar erroneamente a obra da qual mais me orgulho.

– O que aconteceu?

A pergunta da minha mãe é, em parte, instinto de proteção e, em parte, alívio por não estar mais na berlinda.

– O de sempre. A merda do Wesley – respondo com sinceridade. – Não acredito que me casei com esse escroto.

Grunhindo de frustração, coloco o telefone na mesa com a tela virada para baixo. Minha mãe não precisa de mais explicações: quando não estávamos desembrulhando pratarias ou porta-retratos, passávamos as noites falando sobre meu casamento horrendo. Choramos. Nos abraçamos de um jeito que eu não precisava desde os 16 anos.

Ela fica em silêncio por um instante. Começo a elaborar uma resposta para o meu agente. Não quero que eles achem que estou aprovando ou gostando do humor cheio de más intenções de Wesley, mas, se eu resistir com muita veemência, eles vão me pressionar a postar mais nas redes sociais. Preciso ser evasiva e sarcástica e...

– Talvez eu possa ir em *parte* da turnê – diz minha mãe.

Ergo os olhos, a esperança fazendo meu coração disparar. É óbvio que o momento em que eu não estava implorando a ela para ir comigo na turnê foi o que a persuadiu. Nada atinge tanto as pessoas quanto emoções verdadeiras. O mesmo acontece ao compor uma canção.

– Ai, meu Deus, *sim* – respondo na mesma hora. – Vai ser muito divertido. Eu prometo.

Minha mãe revira os olhos, visivelmente animada.

– Você vai se cansar de mim depois de três cidades – comenta ela, bem na hora em que o garçom chega com nossas gorditas. – Eu garanto.

Quando a orchata é colocada na mesa, eu me lanço sobre a minha. Está perfeita. Um conforto feito de leite, sorvete e doçura.

– Vamos ver – digo, brincando.

Meu plano até pode ter sido facilitar a superação do divórcio para a minha mãe, mas sinto a verdade mesmo agora. Talvez eu precise da minha mãe mais do que ela precise dessa turnê.

5

Max

Ora, por que diabos você deixou ela *ir embora daquele jeito, Maxwell?*

Enquanto lavo os pratos, as reprimendas presunçosas de Linda não param de se repetir na minha cabeça. Desde o dia da visita inesperada de Riley, os residentes curiosos têm me perturbado sem parar querendo saber da minha "namorada". Perdi a conta de quantas vezes tive que explicar que a mulher superfamosa e atraente – tá bom, absurdamente sensual – que caiu de paraquedas ontem na nossa vida *não* é minha namorada.

Linda, é claro, me pressionou com inúmeras perguntas. Minha sensação é que eu tinha encoberto o escândalo de Watergate, pela maneira como ela me encurralou durante o jantar. *Tem certeza de que ela não é sua namorada? Nunca foi? Bom, não estou surpresa. Quando? Por quanto tempo? Nove meses? Só nove?*

Ora, por que diabos você deixou ela *ir embora daquele jeito, Maxwell?*

Nenhuma das minhas explicações a deixou satisfeita.

Esfrego a última panela da noite, deixando que Stevie Wonder tome conta de mim. O extraordinário tecladista é a música escolhida da vez para a faxina – leve, cheia de vida, alegre. Seu repertório é interminável, o que é meio parecido com lavar louça.

Enquanto "Love's in Need of Love Today" vai aos poucos diminuindo nos alto-falantes que conectei ao meu iPhone, me sinto bem. Sem dúvida, a visita de Riley ontem me deixou um pouco desconcertado. Ainda assim, nada muda o efeito que o trabalho tem sobre mim. Eu me sinto satisfeito. Como se o dia tivesse um significado.

Quando os meus pais chegaram aqui hoje pela manhã para mais uma de suas visitas, eu me vi gostando de mostrar a eles o que estava *funcionando*, o que estava indo *bem*. Sem dúvida, a tinta estava descascando em alguns pontos, mas nada muda o significado desse lugar: é um lar. Não só para os nossos residentes – para mim também. Para a minha família.

– Max, podemos conversar?

Minha animação desaparece como o último pedacinho de comida queimada na panela descendo pelo ralo. É impossível ter ouvido errado a tristeza cheia de tensão na voz da minha mãe.

Desligo depressa a voz de Stevie Wonder, sem querer arriscar que o efeito Joni Mitchell relacione essa linda música com o que quer que vá ser dito. Encaro minha mãe, achando sua expressão constrita bem diferente da animação que ela mostrara hoje.

– É claro – respondo, fechando a torneira. – Hum. Por quê?

– São... os negócios – diz minha mãe, hesitante. – Melhor nos sentarmos. Nós quatro.

Sou tomado por um estranho pressentimento, percebendo como cada detalhe da cozinha no estilo restaurante da Harcourt Homes é *familiar* – o lugar de cada panela, a disposição dos ingredientes na pequena geladeira perto dos fogões, os padrões nos panos de prato.

Os negócios? Sigo a minha mãe para fora da cozinha, com um aperto no peito. Ela se senta ao lado do meu pai e de Jess na sala de jantar, agora vazia e pouco iluminada. Ninguém me olha nos olhos.

Pego o lugar vago à mesa. Em vez de esperar, começo. Quero que todos entendam os fatos, sem decisões precipitadas.

– Eu sei que a receita não anda bem – digo. – Vamos precisar fazer uns cortes. Demissões, novos fornecedores. Entrei em contato com...

– Max – diz minha mãe.

A urgência estrangulada em sua voz me faz parar na hora. Agora está tocando Carole King nos meus ouvidos, não Joni Mitchell. Ergo o olhar, começando a sentir o chão se mover sob os meus pés, embora eu esteja imóvel.

– A gente sabe como os negócios estão indo. Sempre soubemos como os negócios estão indo – continua ela. – Só que... a gente não...

– Nós gostaríamos de vender – conclui meu pai.

O choque faz desaparecer dos meus lábios a garantia que eu estava pronto para dar a eles. De todas a conversas difíceis que imaginei no que dizia respeito às finanças da casa, essa não era uma delas.

Quando os meus pais deixaram os negócios sob o meu comando, colocaram os filhos como coproprietários e mantiveram a própria parte. A ideia era que, em algum momento, eu e Jess comprássemos a parte deles, para complementar a aposentadoria – um reconhecimento mais do que justo pelo negócio que os dois construíram para que déssemos continuidade ou herdássemos. O que nunca foi considerado, nem mesmo nas piores crises que os meus pais enfrentaram na administração do lugar, foi vendê-lo para alguém que não fosse da família.

– O que... – Hesito. – Está tudo bem com as economias da aposentadoria de vocês?

Meu pai dá de ombros.

– Estamos bem. Com o custo de vida, principalmente na Califórnia, podíamos estar melhor, mas estamos bem. Essa decisão não tem a ver com dinheiro.

– Então é o quê?

Meu pai não me olha nos olhos.

– É... Este lugar está em decadência, Max. A oferta que recebemos é de uma construtora, e eles não querem apenas o terreno. Querem tentar manter a casa em funcionamento. – Percebo alguma coisa se agitar na expressão dele, uma esperança faminta, e ele prossegue: – Pode ser a última oferta pra comprar os negócios em operação, até que a casa de repouso venha à falência. Talvez pudesse ser diferente se os negócios se recuperassem, mas isso não vai acontecer, não do jeito que a gente vem fazendo as coisas. Tem sido assim há anos. As coisas não vão melhorar. E isso significa que... bom, é agora ou nunca.

Ele faz uma pausa.

– É claro que a construtora só quer comprar se for a propriedade inteira. Então a gente queria que vocês vendessem junto com a gente – conclui ele. – Que abrissem mão deste lugar.

O silêncio ocupa de forma devastadora a lacuna que as palavras deixam. Meu pai, que mal conseguiu enunciá-las, olha para baixo. À meia-luz, os traços de seu rosto estão sombreados, como um cânion. Eu me pareço com ele em vários aspectos, com a diferença de que o cabelo dele está ficando grisalho enquanto o meu mantém a cor natural, seus óculos têm armação quadrada em vez da redonda. Não é apenas doloroso vê-lo abatido assim – é excruciante.

Sei que não consigo nem imaginar o que ele está sentindo, o que eles estão sentindo. Meus pais criaram este negócio do nada trinta anos atrás. Ainda assim, o que ele diz fica preso na minha garganta como lágrimas que não consigo engolir.

– Vender? – consigo falar. – Os novos proprietários vão aumentar as taxas. Metade dos nossos residentes não vai ter como pagar.

– E é por isso mesmo que vamos deixar esse negócio – responde a minha mãe, com a voz aguda, implorando que eu entenda.

Bem no fundo, eu *entendo*. Só não quero entender.

– Não é justo com os nossos residentes – protesto.

– Não é justo com a sua equipe se a Harcourt Homes – começa meu pai com severidade, mas seu tom fica mais suave ao pronunciar o nome da casa de repouso –, ou como quer que chamem este lugar, for à falência. Eles também têm famílias. Olha, somos profundamente gratos pelo que vocês dois fizeram aqui. Principalmente você, Max. Você se colocou à frente de tudo e deu pra gente... pros nossos residentes, nossa equipe, todos... anos que este lugar nunca teria se eu e sua mãe estivéssemos no comando. Nenhum de nós quer isso. – Ele solta um suspiro pesado e dá de ombros, sem muita animação. – Mas talvez não seja a pior coisa do mundo.

Fico olhando, como se tivesse acabado de ouvi-lo dizer que prefere *Magical Mystery Tour* a *Sgt. Pepper's*.

– Não é a pior coisa do mundo? – repito.

Parecendo se opor, como se quisesse me convencer de algo em que ele mesmo não acreditava, meu pai levanta o olhar.

– Bom, Jess vai se mudar pra Nova York. Sua mãe e eu nos aposentamos. A gente só vem visitar por causa das lembranças. Você não precisa manter este lugar em funcionamento sozinho, Max.

Eu me forço a responder com paciência.

– Eu sei que não. Jess – encaro a minha irmã, que parece muito desconfortável, e eu quase nunca a vejo assim –, você vai amar Nova York. Mãe, pai, vocês merecem visitar este lugar incrível que *vocês* fundaram. Eu dou conta disso – insisto. – Eu vou... eu vou dar um jeito. Se a construtora acha que consegue administrar esse negócio em vez de derrubá-lo, eu também consigo.

Minha explicação não é recebida com gratidão nem surpresa. Vejo meus pais trocando um olhar, mas não consigo decifrá-lo. Por serem casados e parceiros de negócio há décadas, os dois praticamente têm uma linguagem silenciosa própria.

– O que foi? – pergunto.

Eles ficam calados.

– O que você *quer* fazer? – questiona Jess com delicadeza. – Tipo, da sua vida. Qual é o seu sonho?

Encontro o olhar dela, me sentindo na defensiva de repente.

– Eu já estou fazendo o que quero – respondo.

– É só que – começa a minha mãe bem de onde a minha irmã parou – talvez isso seja bom pra você, Max. Foi maravilhoso ter vocês dois aqui, mas a gente nunca quis que o nosso sonho se tornasse um fardo pra vocês.

– E não é – insisto, sentindo a frustração surgir de novas fontes.

Eu esperava uma síntese sombria sobre as nossas finanças, não esse interrogatório existencial. Não sei bem de onde saiu isso, sinceramente – essa suspeita de que eu me ressinto em segredo do propósito que tenho aqui. Eu estava *agora mesmo* me sentindo satisfeito com o trabalho do dia, esfregando panelas com tranquilidade ao som de Stevie Wonder, não estava? Desde que me conheço por gente, passei a vida aqui por pura e espontânea vontade. Nunca fui obrigado a ajudar. Depois de me formar na faculdade, nem tentei arrumar outros empregos. Eu sabia o que queria.

– Deus sabe o quanto a gente precisou de você – observa meu pai. Ele tira os óculos e limpa as lentes na manga, bem do jeito que eu faço quando preciso ler uma partitura. – Mudando de curso, estudando administração. Você nos deu mais dez anos aqui. – Ele põe os óculos de novo como se estivesse colocando o mundo em foco. – E fico muito preocupado ao ver quanto isso te custou.

Abro a boca para protestar.

– Olha a Riley – diz minha irmã.

Sua mudança de assunto atinge algo dentro de mim. Eu me viro para ela devagar, percebendo que toda essa conversa, todo esse foco em mim, está começando a parecer... coordenado. Tipo uma intervenção desconfortável. Quando respondo, não consigo esconder a irritação.

– O que Riley tem a ver com isso?

Jess dá de ombros, desconfortável. Vejo de longe que esse tipo de confronto não faz bem o estilo da minha irmã despreocupada – logo, o que quer que esteja fazendo aqui é algo importante de verdade para ela.

– Quando você e Riley estavam juntos, você estava... compondo e fazendo shows – explica Jess. – Você era tão bom, e agora... Olha só pra ela. Ela é...

Quando Jess faz uma pausa, percebo que está relutante em falar, não insegura.

– Ela está vivendo o seu sonho – conclui minha irmã.

Eu me sinto ferver, sem querer dar uma resposta ríspida quando sei que o futuro da Harcourt Homes não é uma questão fácil para nenhum de nós. Ainda assim, o jeito como a minha família aborda o assunto só aumenta minha indignação. Será que eles realmente imaginam que eu *nunca* pensei nisso? Será que acham que estão jogando uma nova luz sobre a situação?

Sim, a minha ex-namorada, com quem um dia fiz música cheio de felicidade, agora é uma das artistas mais famosas do mundo. Será que eles não sabem que esse fato *teria* me consumido se eu não estivesse satisfeito com a minha vida?

– Fico feliz pela Riley – digo, irritado. Embora eu esteja puto porque Jess trouxe Riley para a conversa, quero que eles ouçam convicção na minha voz, não frustração. – Sério. Ela vive o sonho dela. Eu desisti da música pelo que *eu* queria.

Se eu já tive o mesmo sonho um dia? Saber que a minha música era idolatrada pelas pessoas mundo afora? Claro que sim. Esse sonho foi, em parte, o motivo para Riley e eu termos nos apaixonado tão rápido? Dividir a mesma esperança absurda no futuro, como harmonias na mesma melodia?

Claro que sim.

Nosso relacionamento só se desfez quando fiz algo que a minha família não consegue entender. *Eu mudei de ideia.* Meu relacionamento com Riley não terminou quando o meu amor por ela chegou ao fim. Nós terminamos quando acabou o meu amor pelo sonho e pela chama compartilhada que Riley continuava alimentando.

– Meu amor. – A voz da minha mãe fica muito gentil. – Você sempre quis ser músico. Eu sei que você gosta daqui. Só que nunca teve sequer a chance de ir atrás desse sonho. Sei que ainda ama música. Quando se apresenta aqui, você é magnífico. E merece tocar em lugares melhores do que – ela gesticula para o piano no escuro – esta velha sala de jantar.

Num impulso, fico de pé. Reparo na expressão de perplexidade da minha mãe e entendo: assim como o interrogatório não é fácil para Jess, ser ríspido não é fácil para mim. Mas agora não consigo mais me conter. Já *deu*. Uma coisa é a minha família querer encerrar as atividades do nosso amado negócio, outra coisa é fazer isso como se fosse um favor para mim. Não dá para aguentar.

– Vocês acham – coloco a cadeira de volta no lugar – que sou apenas um filho nobre e responsável, resignado, preso ao antigo negócio da família. Não sei como convencer vocês de que estão errados. *Isso* é o que eu quero.

Balançando a cabeça, começo a sair.

– *Max.*

A rispidez na voz da minha irmã me detém. Paro, olho para ela e não vejo dureza em seus olhos. Ela não quer dar a palavra final. Só quer mais uma chance para me convencer.

– Olha pra mim e me diz que você é feliz – implora Jess. Ouço o refrão de Riley nas palavras dela. *Me diz que você é feliz.* – Você só faz trabalhar naquele escritório minúsculo lá em cima, tocar as mesmas músicas toda semana e depois ir pra casa, pro seu apartamento vazio, onde você nem chegou a pendurar as cortinas.

Não entendo a importância que a minha irmã está dando às minhas janelas. Eu adoro trabalhar aqui, mas não estou exatamente nadando em dinheiro. Gastar cinquenta dólares em bastões baratos de aparafusar para pendurar um tecido verde qualquer não é minha maior prioridade no quesito gastos.

Nem tenho chance de explicar. Jess prossegue.

– Quando a Kendra quis morar com você, você terminou o namoro – diz ela. – E foi a mesma coisa com a Elizabeth.

Agora não tenho explicação nenhuma para dar. Fico imaginando se Jess sabe a ferida aberta que ela cutucou. Estou profunda e verdadeiramente feliz pela mudança dela e pela alegria que encontrou em April, mas não posso ignorar como isso destoa dos meus últimos relacionamentos. Sim, às vezes fico surpreso ao perceber que substituí o cara que usava fones quebrados durante a aula de cálculo por um gerente diligente à frente de uma propriedade, de funcionários, de salários e do futuro do empreendimento da família. Porém, enquanto a minha irmã está se mudando, prosperando no amor, eu me vejo incapaz de superar meu apartamento vazio e minha vida amorosa fracassada.

Jess amolece diante do meu silêncio.

– Você nunca vai atrás do que quer. Fala que a casa é sua paixão, mas faz meses que está evitando essa conversa. Só... esperando que alguém te obrigue a falar. Você está vivendo no limbo – diz ela. – Eu sei que não vê, mas você precisa de mais do que isso.

Fico triste e resisto à raiva só porque amo Jess. Sei que quer fazer a coisa certa. Ainda assim, tenho 30 anos – até agora vivi bem sem a minha preciosa irmã mais nova ordenando a minha vida por mim, insistindo que eu *preciso de mais*, como se eu fosse uma planta que foi mantida longe do sol.

Mesmo assim, não quero piorar o rumo da conversa, não quando sei que todos estão lidando com os próprios problemas, cada um do seu jeito.

Então, com a invocação de Riley feita pela minha família grudada na cabeça, faço o que fazia quando compunha canções. Insisto na verdade.

– Vocês estão errados. Todos vocês.

Agora não há mais hesitação. Saio da sala de jantar, ignorando o suspiro de derrota do meu pai e a entonação melancólica da minha mãe chamando meu nome.

– Viu? Você está fazendo isso agora mesmo! – grita Jess. – Fugindo em vez de lutar.

No saguão, ranjo os dentes. *Agora* ela quer dar a palavra final. Eu me recuso a ceder e vou embora sem olhar para trás.

As noites no Vale parecem postes de luz. É a única constante, aonde quer que você vá, passando por árvores, cabos de energia, lavanderias ou marquises de restaurantes: postes de luz, dispostos em fileiras amarelas, entrelaçando cada avenida como vaga-lumes em formação. Sob um anel de luz amarela e solitária, encontro o meu carro. Quando viro a chave, felizmente não toca Joni Mitchell nem Stevie Wonder. Nos últimos anos, saciei minha curiosidade musical trocando de uma rádio para outra, imergindo no que quer que as estações de sucessos atuais ou antigos apresentassem.

Dirijo, deixando que as músicas que conheço tão bem se amontoem com as que não conheço, lutando para esquecer a conversa com a minha família. Enquanto passeio pelas rádios, saio das colinas, onde a vegetação vira concreto, onde as ruas da cidade dão as boas-vindas aos motoristas saindo de Laurel Canyon. Sigo meu caminho de sempre, pela Sunset, rumo a West Hollywood.

A Sunset Boulevard é o casulo denso de rock pecaminoso e repleto de astros que os documentários retratam, onde Janis Joplin festejava, onde Petty passeava com Springsteen, onde o The Doors nasceu no Whisky a Go Go. Hoje em dia, embora pontos históricos como o Whisky continuem por aqui, eles se encontram atochados entre restaurantes genéricos sob os arranha-céus de conglomerados de mídia. Empresários que combinam ternos com tênis andam em bando até a Soho House, e as lojas de móveis exibem peças minimalistas e insípidas. A antiga Tower Records oferece experiências efêmeras e instagramáveis.

Destacando-se em meio à paisagem, surge o imenso cartaz publicitário de Riley.

Claro que é bem em frente a um dos sinais de trânsito mais demorados da rua, e eu fico ali esperando. Em vez de fingir que o cartaz não está ali, como faço às vezes, eu a encaro – em chamas, revoltada, linda.

Quando uma das suas músicas começa a tocar no rádio, estico o braço por instinto para mudar de estação, mas paro na hora.

Não é "Até você". Reconheço no visor do rádio o título que estava na página do Spotify que dominou meus pensamentos ontem. "Montanha-russa a dois" é rápida, mas calma, com uma urgência carregada de altos e baixos na voz de Riley, com um quê de country. Sem querer, encontro os olhos dela no cartaz quando entra o refrão, me deixando com a sensação de que ela está cantando para mim. A sereia da Sunset Strip.

Como sei que não é sobre mim, consigo curtir a música. Não é difícil. Riley sempre teve uma habilidade sobrenatural para compor. Seu ouvido é incomparável para melodias, e na Chapman ela não estudou música, optando por estudar inglês e se concentrar nas aulas de poesia. Nesses dez anos, sua poesia ficou mais refinada, e sua voz, mais potente.

Fui... fisgado. Cativado no meu carro, que está tomado pela voz dela. *Droga, Riley.*

Quando paro no sinal fechado seguinte, mudo do rádio para o telefone. "Montanha-russa a dois" é a primeira música do álbum. Sem me permitir perder a coragem, abro o Spotify e boto a segunda música para tocar. *O álbum do coração partido* me revela retratos pop da vida amorosa de Riley. Uma é para Wesley – tento não especular qual. Todas são repletas de Riley, com seu coração disparado e inquieto se derramando em cada floreio, cada acorde, cada verso.

Who ever made music of a mild day?

Lembro que as palavras na pele dela atraíram o meu olhar na primeira vez em que transamos. Não tiramos a virgindade um do outro – mas, de alguma forma, tínhamos a sensação de sermos os primeiros em *alguma coisa* um para o outro. Quando Riley tirou a blusa, revelando a tinta gravada no peito, parei o que estava fazendo, intrigado. Riley, sarcástica como sempre, perguntou com indiferença se, em vez de ver aonde ia dar aquela noite, eu preferia ler poesia.

– Cada pedacinho seu é poesia – respondi.

Riley me mantém sob seu feitiço durante todo o trajeto para casa, onde conecto o Spotify nos meus fones sem fio. Estou entrando no meu – ok, sim, vazio, sem graça, sem cortinas – apartamento quando "Até você" começa.

Reconheço o quase murmúrio do ritmo de abertura do piano, em geral a deixa para eu mudar de música. Mas, atraído pelo álbum agora, deixo a música de Riley me levar. É mais uma das suas extraordinárias habilidades, seu poder de iniciar canções que são instantaneamente difíceis de largar.

Parado no meio da sala de estar no escuro – enquanto fecho a porta da frente, sem nem mesmo acender as luzes –, escuto.

Primeiro, minha mente musical faz uma avaliação instantânea. "Até você" não é apenas um hit. Não é só icônica, não é só a "música do verão". É uma obra-prima. Riley a estruturou com sagacidade, compondo o primeiro verso no passado, o segundo no presente e o terceiro no futuro. É o tipo de floreio poético que ela empregaria só por causa de uma inspiração impulsiva. Ela consagra o conceito alterando o verbo no refrão.

Eu não sabia o que é amor
Eu não sei o que é amor
Eu não vou saber o que é amor
Até você

É claro que, assim que a minha mente escuta a música, o meu coração acelera.

O que me deixa imóvel é a ideia de que Riley sentia isso por mim. *Sempre*. Embora eu fosse completamente maluco por ela, ou ela encontrou uma história cativante no nosso romance há muito terminado ou... ela um dia me amou tanto quanto eu a amei.

Eu queria poder me deliciar com esse sentimento. Ou mesmo só curtir a música – só ficar feliz pela carreira musical da minha ex-namorada estar decolando. Quem dera o meu coração estivesse em paz com o fim do nosso amor para que essa canção ecoasse nos meus ouvidos como nada além de uma música encantadora.

Mas, em vez disso tudo, eu... odeio.

Não o talento musical da Riley, claro, nem seu sucesso. Odeio como ela reduziu o infeliz enigma da minha vida a um single curto. Esse sentimento me arrasou por anos – não são apenas três minutos de *versos-refrão-versos--refrão* no repeat.

Sob muitos aspectos, Riley é o marco inesquecível da minha vida. Perdi a conta de quantas noites passei lambendo as feridas que o nosso relacionamento deixou em mim enquanto elas iam se fechando aos poucos. Em tese, *elas* deveriam ser o legado do nosso amor. Mas, não, Riley fotografou os segredos do meu coração e os expôs a 15 metros do chão na porra da Sunset Boulevard, fingindo que eles são a realidade.

Quando a música chega ao fim, não deixo a seguinte começar. Aperto o botão do repeat. É um prazer masoquista aprofundar ainda mais o meu ressentimento. *Era isso que você queria, Riley? Era isso que a gente era?*, digo para mim mesmo no escuro. *Você nos compôs em acordes e cores que eu nunca tinha imaginado, só para fingir que esse era o nosso amor. Você venceu.*

Faça de mim sua canção, Riley.

Na reprodução seguinte, detalhes se destacam na primeira estrofe.

Noites adentro, novos lares
Suas mãos no piano
Seus dedos despertaram meu coração
Tocando notas lentas que nunca foram em vão

Percebo que Riley descreve a noite em que nos conhecemos. Uma vez, ela me explicou, sem nenhuma timidez, por que tinha se apaixonado por mim – o cara que, sem querer, a acordara ao praticar piano à meia-noite.

Afundo no sofá, percebendo como o tecido cinza parece feio agora, como a descrição de Jess sobre a minha atual situação tediosa de vida está pintando tudo aqui em tons patéticos. Volto a todas as palavras ditas por minha família. O estrelato na composição de músicas era o sonho de Riley, e ela estava disposta a correr atrás disso, não importava o custo. Ela o alcançou em *O álbum do coração partido* ao converter as pessoas da sua vida amorosa em personagens das canções.

Inclusive eu. "Até você" é uma canção. É a ideia que Riley lança para atrair os seus ouvintes, assim como me atraiu. Não é o que ela sente *agora*, não de verdade – é só mais um dos vários personagens que Riley interpreta para o público. Não tem nada a ver com minha luta devastadora e confusa contra o fim do nosso relacionamento.

Ainda assim...

Na minha época de compositor, a ideia de "manter-se fiel à verdade" não vinha de mim. Vinha de Riley. Era o princípio que a norteava, a inspiração que ela passou para mim.

Duvido que isso tenha se dissipado. O que significa que em algum lugar de Riley está... a garota que sente de verdade o que está cantando em "Até você".

Escuto a música mais de cinco vezes. Me pego amando o quanto odeio essa música, o que talvez só signifique que eu a amo. É como se a dor do coração partido não negasse o amor, mas sim o refletisse.

A cada repetição, me rendo ao pensamento de que talvez a minha família tenha razão. *Será que eu desisto de tudo mesmo? Será que tenho medo de ir atrás do que quero?* Com a voz de Riley ecoando nos ouvidos, as palavras da minha família ganham mais poder.

Afinal, eles não são os primeiros a dizê-las. Riley também as disse quando me deu o fora.

Em tese, íamos passar o verão em Nashville, a cidade onde superastros efêmeros surgem nos pequenos palcos de salas lotadas. Riley tinha planejado tudo. Nossa "turnê", dizia ela, com uma espécie de reverência. Locais com microfones abertos, apresentações ocasionais agendadas, hotéis baratos. Tudo de que precisávamos para sustentar semanas tocando nossa música juntos, longe de casa.

Até que eu pulei fora. No dia marcado para partirmos, eu disse a ela que a Harcourt Homes precisava de mim. Observei o horizonte de Nashville se esfarelar nos olhos de Riley quando expliquei que eu não podia ir com ela.

"Até você" me castiga pelos fones de ouvido.

Chega o dia, quero você
As estradas são o nosso lance
Você parece torcer pra me ver vencer
E, mesmo tentando, não tenho chance

A gente sabe que a verdade não é dita
Quando você diz que logo vamos nos ver
Seus olhos de joia abrem em mim uma ferida
E é o que me faz perceber...

Voltei dirigindo para casa, sabendo que ela faria a turnê sem mim. Embora ela tenha partido meu coração, sei que parti o dela antes, de um jeito diferente. Então, quando ela foi embora, eu deixei.

E se eu tivesse lutado?

Pela Riley. Pela música. Pelos sonhos que compartilhamos.

No escuro, o nada da minha casa assoma sobre mim. Na cozinha, tenho uma foto da minha família, de quando fomos ao Grand Canyon. Minha mobília é barata e funcional. Não preciso direcionar a fonte da minha alegria para cortinas, mas é fato: não há *nada* aqui em que eu tenha investido orgulho, estabilidade ou amor. Quando as minhas ex-namoradas passavam noites ou fins de semana aqui, deixavam para trás casacos, escovas de cabelo ou outros itens casuais – pequenas declarações em jogo. E agora elas já não existem mais, só na lembrança.

Avalio a imagem que minha família fez da minha vida e concluo que eles só estavam errados em um aspecto. Eu amo a Harcourt Homes. O que torna isso tudo pior. Vamos perder a única...

Eu me ajeito no sofá, agitado. Desligo a música de Riley.

E se eu pudesse dar aos meus sonhos uma última chance *enquanto* salvo a Harcourt Homes?

A única coisa que o possível comprador da Harcourt Homes tem que eu não tenho é capital para investir. E se eu conseguisse dinheiro suficiente para fazer as melhorias necessárias?

Mando uma mensagem afobada para Jess, inspirado.

Por acaso você pegou o telefone da Riley hoje?

Jess responde na hora, sem mencionar a nossa briga nem perder tempo com hostilidades. É assim que as coisas são entre nós. A família é próxima demais para deixar que brigas criem bloqueios entre nós.

Ela nunca mudou de número.

Solto o ar. Agora não tem mais nada no meu caminho, nenhuma logística que me impeça de dar o maior salto da minha vida. Se tem uma coisa mais assustadora do que se arriscar, essa coisa é se arriscar uma *segunda vez*.

Rolando a lista de contatos, encontro aquele que eu nunca consegui me obrigar a excluir – um que não uso há uma década.

6

Quando a campainha toca, acabei de espirrar detergente em mim mesma. Metade do frasco, pelo tamanho da mancha que se espalha na minha calça jeans.

A frustração me deixa com os olhos cheios de lágrimas. Não é só por causa do detergente, lógico, apesar da quantidade de líquido derramada na calça. É tudo. É o vazio dos corredores ecoantes desta casa. É a partida da minha mãe ontem à noite, que foi para casa fazer as malas para a turnê. É o tanto que eu queria que ela não tivesse ido embora.

Nunca morei sozinha na vida. Na faculdade, eu tinha colegas de quarto. Quando saí da faculdade, encontrei outros colegas de quarto. Eu não tinha dinheiro: tocar em shows esporádicos enquanto servia um sorvete chique em Los Feliz não era algo que dava grana.

Mesmo quando a minha carreira estava em ascensão, eu não me mudei. Não tinha tempo livre para ver casas enquanto estava na correria de gravações em estúdio, reuniões com a gravadora e shows, e nunca ansiei por espaço.

A única coisa que me obrigou a comprar uma casa foi me casar com Wesley. Nosso canto em Malibu, com janelas que pareciam imensas lâminas de microscópio. Não me opus a deixá-lo com a casa, e, sempre que reconhecia a vista em posts de Wesley no TikTok, sentia como se fossem fragmentos de sonhos perdidos.

Quem dera minha casa nova parecesse um lar. Nas últimas semanas, andei pelos corredores querendo ter a sensação de que era pelo menos o lugar certo. Ela zomba de mim com a perfeição de cada detalhe, jogando na minha cara que não tenho desculpa para não amar a casa de quatro quartos reformada.

Aninhada em Hollywood Hills, a casa é irritantemente bonita, com vigas expostas no teto, um belo piso de madeira, perfeito para os tapetes que coloquei, e a vista do cânion na cozinha espaçosa, que dá para os arbustos de sálvia. Achei que fosse me sentir feliz aqui, mas então fechei a porta e me vi sozinha.

Acho que não fui feita para morar sozinha. Acordei cinco vezes ontem à noite com a certeza de que ouvi fantasmas na minha cozinha pitoresca, tilintando os belos vasos de cobre que eu não faço a menor ideia de como usar. Eu teria um cachorro, mas a minha agenda de turnês é injusta para um bichinho de estimação. Eu teria novos colegas de quarto, mas acho que agora sou famosa demais para isso. Eu pediria para minha mãe se mudar de vez para cá, mas isso acabaria com toda a minha vibe de estrela do rock independente.

Então, somos só eu e os fantasmas.

Nossa, mal posso esperar para sair em turnê. Não dou a mínima se é exaustivo. Vou ficar cercada de *gente*.

A campainha toca outra vez, o som zumbindo alegre pela lavanderia.

Tiro a calça jeans. Depois de enfiá-la na máquina de lavar, inicio o ciclo e ando rápido pelo corredor nada familiar da minha casa. Na sala de estar, raios de sol batem no chão, formando desenhos geométricos divertidos. Abro a porta da frente.

Max está parado ali. Sua polo bege desabotoada parece um traje de férias dos anos 1950 e é tão fora da moda que chega a ser descolada. Ele penteou o cabelo, que está meio úmido do banho.

Ele abre a boca para falar, mas seu olhar vai até as minhas pernas nuas e a calcinha por baixo da camiseta curta demais. Ele engole a saudação.

– Desculpa – digo, desconcertada. – Posso vestir uma calça, se você quiser.

Os olhos dele – que imortalizei na segunda estrofe de "Até você" – voltam para os meus. Está mais difícil do que nunca ler o que há neles, e por isso não consigo desviar o olhar. E também porque são os olhos *dele*.

– Se eu... quiser? – repete ele.

– Melhor vestir, tenho certeza – respondo por ele. Abrindo mais a porta,

deixo que ele entre na minha sala de estar ainda sem muitas decorações.
– Eu meio que me acostumei a estar nua com qualquer pessoa ao redor –
explico. – Não que você seja qualquer pessoa. Merda, não, espera... ficou
pior ainda, como se eu tivesse a intenção de ficar nua perto de você. Minha
nudez atual não foi premeditada.

– Está tudo bem, Riley. – Ainda que seu rosto não transpareça nada, a
voz tem um quê de diversão.

Abro uma das caixas de papelão classificadas como "Roupa" ao pé da
escada, rezando para que tenha algo que eu possa usar ali em vez de sapatos
ou, Deus me livre, mais roupas íntimas. Eu não conseguiria lidar com a ironia. Por sorte, logo por cima tem um short de moletom que não uso desde
a época da faculdade, e eu o visto.

Quando volto até Max, ele está no meio da sala de estar, os olhos examinando o local, se demorando em cada detalhe.

Seus olhos de joia abrem em mim uma ferida.

Fora de seu campo de visão, balanço a cabeça. Constantemente faço
uma revisão de tudo que já escrevi, sejam letras ou melodias. *Olhos de
joia* não está certo. Eu coloquei essa expressão na canção mais popular
do país, mas não é adequada. Os olhos de Max não cintilam, não abrem
feridas. Eles atraem.

Ímãs castanhos.

Argh... Agora não tenho como trocar.

Achei que seria estranho me reconectar com o homem que foi a inspiração para a letra que amei criar, mas o que sinto é diferente. Eu devia ter previsto isso. O Max de "Até você" é o Max das minhas lembranças misturado
com o Max da minha imaginação. O Max na minha frente é outra pessoa,
outra coisa. Ele *não* saiu da minha letra. Ele é a personificação da revisão
da minha composição, bem aqui na minha casa.

Mais especificamente, na sala de estar empoeirada, com caixas de papelão espalhadas.

Fico constrangida de repente. Depois de convidá-lo para vir aqui em
resposta à mensagem que ele mandou na noite anterior, dizendo que precisava conversar uma coisa comigo, eu deveria ter feito uma faxina.

– Gostei da sua casa – diz ele. – Você acabou de se mudar?

Ele se vira para mim, o olhar fixo no meu short. Eu sei que Max se lembra dele, das noites que passamos enroscados na cama dele, pequena demais, entrando furtivamente nos chuveiros do dormitório, comendo comida chinesa no chão enquanto nós dois compúnhamos.

– Se é que isso conta como uma mudança bem-sucedida. Minha mãe acabou de ir embora achando que eu ia conseguir terminar de desembalar tudo sozinha – respondo. – Óbvio que não é o caso.

– Como a Carrie está? – Ele se lembra do nome da minha mãe com facilidade.

– Está ótima – respondo, depois me vejo seguindo o impulso de só falar de coisas boas, ainda que falsas. – Quero dizer, ela não está ótima. Ela também se divorciou há pouco tempo. Então nós somos... só duas garotas divorciadas.

Os ombros dele afundam de leve. Capto o detalhe e percebo como estou começando a acumular avidamente as minhas observações sobre o novo Max.

– Sinto muito. Eu não sabia que seus pais tinham se separado – diz ele, com sinceridade.

Ele é sempre sincero. É o que faz qualquer um se desarmar perto dele. A maioria dos músicos precisa se esforçar para colocar emoção nas apresentações. Max, não. Ele não tem dificuldade para sentir.

– Valeu. É que... enfim – digo, não gostando nada do meu jeito evasivo. – Sou uma mulher de 30 anos.

Max põe as mãos nos bolsos. A mudança de postura o coloca na posição certa, deixando que um dos raios de sol toque seus lábios.

– Acho que não é possível crescer e deixar de se importar com o fato de seus pais não estarem mais juntos.

Eu relaxo, aliviada. Com todos os meus sonhos se realizando neste ano, a minha tristeza pela separação dos meus pais pareceu infantil, até mesmo egoísta. Joguei o nó embolado de sentimentos de lado, fingindo que a Riley Wynn que brilha sob os holofotes do palco não é a Riley que lamenta a ideia de visitar os pais em casas diferentes. É fofo Max validar os meus sentimentos.

Eu me sento no divã em cima de uma perna. A mobília desta sala é o cenário que orquestrou esta casa. Levemente moderna, descolada no estilo californiano, fingindo que não é cara. Ela me faz lembrar de salas onde posei para fotos de revista, espaços idealizados imaginados para alguém como eu.

Alguém como você. Foi isso que o produtor me disse, que eu deveria compor para alguém como eu. Embora sejam minhas letras, minha vida, eu não componho as canções só para mim. Conheço outros músicos que acham a ideia esdrúxula, até mesmo uma violação. Eu, não. Acho o desafio revigorante; os resultados, inspiradores. Não estou cortando pedaços de mim mesma para os outros. Estou compartilhando com eles. Ousando expandir os limites de onde o *eu* se torna *nós*.

– Bom, você queria me encontrar para falar da música. Isso significa que você a ouviu? – pergunto.

Max se senta ali perto, no sofá macio de couro caramelo.

– Ouvi – responde ele. Eu me vejo chegando para a frente. – É boa.

Dou uma risada, me sentindo ofendida. *É boa.* A resposta econômica diz tudo. Eu me lembro de como ele elogiava a minha obra quando estávamos juntos. Seus olhos se iluminavam como se ele estivesse vendo cores novas. Ele passava horas falando sobre o significado de cada progressão de acorde meu. Eu sabia exatamente como seria se ele amasse "Até você", se a música o tivesse tocado do jeito que eu pretendia – eu até ficava imaginando às vezes, em débeis fantasias.

Agora sei como é ele não ter amado a música.

– Não, sério. É... – Ele pensa um pouco. – Você é... uma contadora de histórias incrível. É fácil ser arrebatado por essa música.

Franzo a testa.

– Não foi só uma história. É a minha vida. Eu a compus de coração.

É por *isso* que ele está desdenhando? Ele presumiu que eu exagerei no drama dos meus sentimentos, das minhas experiências, em nome de uma música cheia de autopiedade e boa para tocar nas rádios? Eu esperava esse desprezo de críticos musicais, de colunistas sociais, falsos intelectuais, que reduzem as minhas composições a clichês floreados demais de uma garota dramática. Eu nunca esperei isso de Max.

Ele desvia o olhar.

– Se fosse realmente verdade – rebate ele –, o resto do álbum não existiria.

Como se não tivesse mais para onde ir, seu olhar encontra refúgio em um canto do meu tapete. Algo na expressão de Max me diz que ele sabe que não fui eu que escolhi a mobília.

– Mas não foi isso que eu vim conversar com você. Você perguntou se poderia revelar que a canção é sobre mim – diz ele, os olhos encontrando os meus outra vez.

– E você respondeu que não – lembro a ele.

– Quero te oferecer outra coisa em vez disso.

A lembrança me atinge como um raio. Meu violão no meu colo. Estou dedilhando enquanto Max toca o teclado. Estamos no quarto dele.

– Mais uma passagem antes do seu colega de quarto voltar? – perguntei.

– Ou... – Max tirou o violão das minhas mãos, inclinando-se lentamente para me beijar. – Quero te oferecer outra coisa em vez disso.

Eu me concentro no Max à minha frente e disfarço como fiquei sem ar com a lembrança. Ele não ouviu o mesmo eco nas próprias palavras. Parece tranquilo.

– Me deixa tocar "Até você" na sua turnê com você – diz ele. – Você pode revelar quem é a pessoa da música, mas eu também vou tirar algum proveito disso.

Perco o fôlego por um motivo diferente. A sugestão me deixa tão perplexa que levo segundos para conseguir responder. O primeiro pensamento coerente que me ocorre sai em uma voz estridente.

– Por quê? Você desistiu da música.

Ele assente como se já esperasse essa pergunta.

– Eu não desisti da música. Você me viu tocando ontem na casa. Eu só desisti de me apresentar por dinheiro – explica ele, pousando as mãos no colo. – Não estou aqui pra despejar toda a minha bagagem emocional em você, mas a Harcourt Homes está com problemas... e eu quero fazer uma última tentativa na música. Caso eu tenha tomado a decisão errada dez anos atrás.

As palavras dele parecem ambíguas. O que Max está dizendo muda por completo o enigma em que passei todos esses anos pensando, a companhia constante que ele não foi. Éramos perfeitos um para o outro em todos os aspectos, menos quando ele desistiu da música enquanto eu faria de tudo e mais alguma coisa para correr atrás dela.

Se isso deixou de ser uma divergência fatal, não sei em que pé ficamos. Ele não é mais só minha revisão. Ele rasgou a página inteira.

– Você quer que eu te pague pra você sair em turnê – falo, deixando tudo às claras.

No momento, só consigo focar na parte prática.

– Só o que você pagaria normalmente a um integrante da banda em turnê.

Eu me levanto, precisando andar de um lado para outro enquanto penso. É um hábito que me deixa centrada, em parte por me lembrar de como é desfilar pelo palco. O peso imaginário da correia do meu violão está apoiado no meu ombro.

No início, fico desconfiada da ideia de Max. Eu quis revelar que Max foi a inspiração para "Até você" porque meu ex está tentando levar crédito pelo meu sucesso e roubar meus holofotes. Aceitar que Max se junte a mim na turnê me parece uma estratégia parecida com a de Wesley.

Depois, começo a me perguntar se só estou pensando assim por causa de Wesley. Ele me fez duvidar de mim mesma de um jeito que não é do meu feitio. Quer tenha sido na maneira como ele se posicionou ao meu lado no tapete vermelho de seu filme indie, na maneira como ele "por acaso" soltou meu nome em entrevistas, me usou o tempo todo de formas sutis, como se soubesse que eu realçava sua fama.

Mas Max não é Wesley. Quando eu estava com ele, nunca supus que suas motivações fossem algo diferente do que ele dizia.

Ainda assim... A Turnê do Coração Partido é a *minha* turnê. É a minha carreira.

Paro de andar. Max encontra os meus olhos, a luz do sol iluminando-o com uma claridade fotogênica.

– Se fizermos isso... – começo. – Se você me acompanhar na turnê, vai ser nos meus termos. Esse é o meu álbum, a minha história para contar.

– É claro – responde ele.

Ando até o meio da sala, começando a me sentir menos nervosa, mais no controle. Minha mente trabalha rápido passando por cada detalhe da situação. A reação da indústria musical, os comentários na internet sempre mudando no que diz respeito a mim, tudo.

– Você me acompanha na turnê – digo. – Você sobe ao palco pra tocar "Até você". Eu digo que você é um velho amigo da faculdade. A narrativa se desenrola sozinha. A especulação vai fazer mais barulho do que Wesley e mais barulho do que simplesmente te anunciar como o sujeito da música. Eles que debatam e analisem cada um dos nossos olhares.

Não fico surpresa ao vê-lo ficar tenso. Max nunca esteve disposto a encarar a fama pelo que ela é: uma batalha a ser vencida a cada minuto todo dia. Ele me observa do meu sofá caro que eu não escolhi, e eu não me encolho, sem medo do seu julgamento. Eu já posei para fotos em cenários desenhados para darem a sensação de um lar – agora estou sentada na minha casa que parece um cenário, o cenário de *alguém como eu*, com Max Harcourt. Seus olhos parecem joias preciosas agora.

– Entendo – diz ele.

Levantando-se, ele estende a mão para mim. Dou uma risada.

– Max, você ainda precisa fazer um teste – explico. – Não posso simplesmente te contratar pra maior turnê musical do ano sem te ouvir tocar a música.

Ele se endireita. A confiança cintila em seu olhar.

– Eu adoraria tocar pra você.

Nossos olhares se encontram. Ouço a harmonia ressoar nos meus ouvidos.

– Você tem um piano aqui ou... – começa ele.

– Vem comigo.

Passo com ele pela cozinha até a pequena sala de estar que transformei num quarto de música. É o único lugar na casa que mostra indícios convincentes de vida. Um dos meus violões está no sofá de veludo, meu baixo está no chão perto de uma água com gás que não terminei ontem à noite. Na mesa de centro, pestanas fixas e palhetas estão espalhadas.

Sob a janela, com vista para uma laranjeira do lado de fora, está meu piano de armário.

Os olhos de Max se fixam primeiro no instrumento. Vagam para lá e para cá, concentrando-se em cada detalhe, cada pedacinho do meu processo.

Eu me pergunto se fiquei assim ao entrar no escritório dele. Com o cômodo sob o escrutínio dele, me sinto mais exposta do que quando atendi a porta de calcinha. Neste quarto – possivelmente apenas neste quarto –, sou o meu eu mais vulnerável.

Ele vai até o banco do piano.

– Posso?

Max indica o assento.

– Por favor – respondo, me abaixando para pegar uma das páginas no tapete, letras rabiscadas na minha caligrafia agitada. Onde foi que deixei a caneta? – Deixa só eu achar alguma coisa pra escrever os acordes pra você e...

Max se senta.

– Não precisa.

Ele põe as mãos sobre as teclas. Na sala, ressoam as notas de abertura de "Até você", tocadas de cor com perfeição.

Fico em silêncio. Nos últimos dias, ele não só ouviu a música, mas mergulhou por completo nela a ponto de decorar cada acorde. O jeito como ele está tocando me deixa imóvel, a não ser pelas batidas insistentes do meu coração. A forma como ele acaricia a melodia, recebendo-a como se a música estivesse voltando para casa, para ele.

De certa forma, isso não deixa de ser verdade. Ele está tocando a música com exatidão. Não, mais do que exatidão. Piano não é o meu melhor instrumento. Eu só o escolhi para "Até você" porque é o instrumento de Max. Nunca pensei que ele fosse tocá-la, claro. Só que... Max *é* o piano para mim. Se eu estava compondo sobre ele, queria que fosse no instrumento dele.

Não tenho o talento de preencher cada acorde do jeito que ele está fazendo. Até seus enfeites, as novas linhas harmônicas que ele insere, estão além de mim, mas encaixam com perfeição. Ele a toca do jeito que eu a ouvi na minha cabeça enquanto a compunha.

Observando-o, percebo que eu estava errada. Essa canção não é mais apenas a minha história a ser contada. Não quando Max vai tocá-la comigo. Tê-lo no palco comigo vai moldá-la de maneiras que já vejo em processo de mudança, como a melodia sob os dedos dele.

A ideia não me deixa nervosa nem na defensiva – é estimulante. As mudanças, a inspiração em conjunto, dão a sensação de que esse era o destino de "Até você". É por isso que amo música ao vivo. Ela transforma gravações em *canções*, espíritos incandescentes renascidos noite após noite sob as luzes.

A mesma magia nos cerca, a apresentação de Max me segurando sob o balanço perfeito dos acordes. O som parece vibrar nos cantos do quarto, e sou atingida pela súbita impressão: pela primeira vez, minha casa parece um lar.

Ele termina a música sem cerimônia alguma. O piano fica em silêncio.

Quando se levanta, Max me olha com o que parece uma arrogância encantadora.

– E aí? – pergunta ele. – Consegui o emprego?

Sorrio e estendo a mão.

– Você está contratado, Max Harcourt – declaro.

7

Max

Não sei se estou preparado para a cidade de Nova York.

Saindo do metrô para o barulho da plataforma, me vem a noção de que até a passagem do tempo é diferente aqui – impaciente, como se um maestro invisível conduzisse a cidade em um ritmo cada vez mais rápido.

Passei a manhã vendo apartamentos com Jess, que veio no voo comigo, e April, que já está morando aqui. Jess vem de vez nos próximos meses. É claro que a minha irmã adorou todos os apartamentos que vimos, e April, que começou a trabalhar na semana passada com a New York Foundation for the Arts, ama Jess, então desconfio que o processo de tomada de decisão não vai ser muito fácil. Foi impossível não sorrir ao ver minha irmã tão à vontade enquanto futuros imaginados se desenrolavam diante de seus olhos. Porém, dentro daqueles cômodos pequenos, eu só pensava em como eram diferentes da nossa casa.

Estou feliz pela Jess. Não muito por mim. Um dia nessa turnê de quatro meses e já estou com saudade de casa.

É por isso que estou aqui, lembro a mim mesmo enquanto subo os degraus cobertos de resíduo de escapamento, passo pelas placas de metal ao redor da entrada do metrô e saio na rua, onde a neve de fevereiro está virando gelo. Preciso disso. Não só do dinheiro, mas da oportunidade de descobrir se cometi um erro dez anos atrás. Para saber o quanto tenho que lutar pelo futuro da Harcourt Homes.

O bairro onde desci não tem muito a ver com Williamsburg, onde passei o dia com Jess, a não ser pelo ar nova-iorquino. No lugar do conjunto eclético de lojas, arranha-céus repletos de anúncios luminosos se erguem muito acima das ruas entupidas de pedestres.

Seguindo o mapa no telefone, encontro o caminho para a entrada de funcionários, onde barricadas de metal impedem curiosos de chegarem perto demais. Eu me aproximo de um dos seguranças e mostro a minha identidade.

Nas últimas semanas, mergulhei de cabeça nos meus deveres na Harcourt Homes para me distrair do misto de empolgação e apreensão que estou sentindo hoje. É claro que ensaiei "Até você" para garantir que cada acorde esteja gravado na minha memória. Não foi difícil. A composição de Riley se enlaça em mim com uma naturalidade enlouquecedora e maravilhosa.

Mas agora não é apenas um *treino*. Este é o primeiro ensaio em estádio da Turnê do Coração Partido.

À luz do dia, ergue-se o cilindro colossal do lugar. *Madison Square Garden*. O local mais intimidante para Max Harcourt estrear sua primeira turnê musical.

Quando passo pelas cercas, fico impressionando com os ônibus da turnê. São três, todos maiores que os apartamentos que visitei com Jess. Eles aguardam como sentinelas impressionantes e formidáveis do estádio. As pessoas tiram e colocam malas e estojos de guitarra dentro deles. Observando aquela logística toda, algo parecido com pavor de palco me domina.

O que me distrai é a inesperada onda de orgulho que sinto ao ver o nome de Riley em letras enormes nos ônibus. Não sei se mereço sentir orgulho de Riley Wynn, mas não sei como não sentir.

Ajeito a alça da bolsa de viagem no ombro e sigo em frente.

Eu a vejo na mesma hora. É difícil não ver. Ela está debruçada sobre a barricada, posando para selfies com fãs que a reconheceram.

Seu sorriso é incandescente. O cabelo é perfeito, o brilho dourado reluzindo sob o sol de fevereiro. O casaco de lã é icônico, pronto para as manchetes de moda. Os fãs parecem extasiados.

Isso me impressiona do mesmo jeito que os ônibus: Riley é famosa *de verdade*. Eu sabia que ela era, lógico. Eu a vi na TV, nas fotos em tapetes vermelhos. Mas vê-la ao vivo me acomete de um jeito diferente, combinando de um jeito novo a fama que eu conhecia com a mulher que eu conhecia. Ela parece excepcional. Fora de alcance.

E ela é mesmo. Riley é tão vigorosa e atordoante, que a ideia de tocá-la é como tentar segurar um raio. Não sei nem se isso é fisicamente possível. Se for, sem dúvida eletrocutaria a pessoa até quase a morte.

Mas não estou imaginando que vou tocar em Riley Wynn. Afastei essas ideias dos meus sonhos com tanto empenho que faz tempo que elas pararam de aparecer.

Bem, não totalmente. Eu nunca consegui reprimir por completo meu desejo pela Riley.

– Teclado?

Eu me viro, sem reconhecer a voz. A mulher alta que vejo atrás de mim aguarda na expectativa.

– Você é o tecladista, não é? – esclarece ela.

– É, foi mal – digo, me recompondo. – Eu estava...

Ela dá um sorrisinho.

– Embasbacado com a estrela, pelo jeito.

Não contesto. Essa mulher tem razão, embora não saiba que estou embasbacado pela Riley muito antes de ela lançar o primeiro single.

– Você é novo por aqui – comenta ela. – Costuma sair em turnê pela Costa Oeste? Eu sou a Vanessa. – Ela estende a mão.

– Max – digo, e nos cumprimentamos. – E não. Na verdade, é minha primeira turnê.

Se ela ficou surpresa, não deu para perceber.

– Que interessante. Bom, eu sou a baterista.

Saco a personalidade dela bem rápido. Vanessa exala controle e estabilidade. Não é algo surpreendente para o músico que vai oferecer a base rítmica das nossas músicas.

Ela aponta para o sujeito magricela com uma camisa do Eagles ali perto.

– Hamid é o guitarrista. Kev é o baixista, e Savannah é a backing vocal – diz ela, indicando o cara de cabelo vermelho carregando a mala e a mulher de cabelo curto no telefone. Em meio a tudo isso, uma mulher de meia-idade observa, com um ar de impaciência que tenta cautelosamente ocultar. – Aquela é Eileen Yeh, empresária da Riley – explica Vanessa, seguindo meu olhar. – Tem um assessor por aqui também, mas ainda não encontrei com ele.

Assinto, grato pelas informações. O pavor de palco não desaparece, mas o estado de desorientação está diminuindo.

– Obrigado. Vocês todos, tipo, já se conhecem? – pergunto.

Vanessa sorri.

– Já saí em turnê com o Kev algumas vezes. A gente já se conhece há um bom tempo. Mas todo mundo já se encontrou aqui e ali. Às vezes o integrante de uma banda fica doente e não pode fazer o show, então é bom ter contatos de gente com quem você gosta de trabalhar em cada cidade. Quem te chamou pra esse show?

– Eu – respondo.

Dessa vez, é impossível não notar a confusão em seu olhar. Ela ergue as sobrancelhas.

Remexo os pés, constrangido. Sei que preciso explicar, mas não sei o quanto.

– Fiz um teste pra Riley – acabo dizendo.

A lembrança ainda se parece com fragmentos de sonhos que a gente tenta lembrar assim que acorda: tocar "Até você" no quarto de música da Riley, o único espaço com vida da casa nova dela.

Era exatamente o tipo de casa que se montaria para Riley se você não a conhecesse. Não importa se é acolhedora, belamente decorada, cheia de objetos com referências ao Laurel Canyon, que ela adora. Aquela casa não combinava com a mulher que terminou nosso relacionamento por causa da nossa turnê em Nashville, que eu sabia que era tudo para ela. Sem o ritmo acelerado, sem as multidões, a casa nunca seria o *lar* de Riley Wynn. Eu me lembro dela no meio dos cômodos, como se estivesse posando, não vivendo.

Totalmente diferente de como ela está agora.

– Não mete essa – diz Vanessa. Ela grita por cima do ombro: – Ei, Kev, vem cá. Nosso tecladista conhece a Riley.

– Eu não diria que a *conheço* – começo a falar, enquanto o ruivo se aproxima às pressas, me lançando o mesmo olhar curioso de Vanessa.

– Como é a vibe dela? – pergunta Kev. – Em que tipo de turnê a gente está saindo? A Wynn ainda não tem fama de nada na indústria.

Percebo que não sei o que responder, o que me dá uma tristeza inesperada. O fato é que, se estivéssemos na faculdade, sem o período de vida que separa o presente do passado, eu saberia *exatamente* o que dizer. Cada ritual pré-show e preferência dela. Para nós, esses eram detalhes mais íntimos do que saber de que lado da cama alguém dorme ou qual o cheiro da pessoa sem perfume. Agora... não tenho ideia de qual é a vibe da superestrela Riley Wynn.

Dando de ombros, tento não parecer tenso nem inseguro.

– Eu não a conheço tão bem assim pra especular.

Os dois parecem decepcionados com a minha resposta. Um pouco mais atrás de Kev, Riley termina de tirar fotos com os fãs. Quando seu olhar passa por nós, registro o momento em que ela percebe que estou aqui. Embora não esteja tão perto para gritar, ela está próxima o bastante para vir até nós. E é o que ela faz, me envolvendo na hora em um abraço.

A familiaridade daquilo me espanta tanto que mal consigo abraçá-la a tempo. *Segurar um raio*, a ideia lampeja na minha mente. Não tenho certeza de que estou mais perplexo por abraçar uma das mulheres mais famosas do país ou por ser a mesma sensação de quando a abracei pela última vez.

– Você veio – diz ela, empolgada.

Estou ciente de que a multidão de fãs que estava tirando fotos com Riley começou a tirar fotos de mim com Riley. Mas só estou ciente em parte, porque o restante de mim só consegue pensar no corpo de Riley junto ao meu.

– Eu vim – confirmo.

É bem a cara de Riley me fazer repetir suas palavras na primeira frase que digo a ela em Nova York. O resto da banda vem ensaiando junto na última semana. Como só vou aparecer em "Até você", que é só com Riley, eu não tinha sido necessário até agora.

Quando se afasta, Riley ergue a cabeça e me encara. Está sorrindo. Sua energia é atordoante, mas tenho a sensação de que ela está prolongando cada momento de propósito.

– Vai se acomodar – diz ela. – Preciso correr... A gente se fala daqui a pouquinho.

Não tenho chance de responder antes de ela se afastar, entrando em um dos ônibus que estão longe do olhar dos curiosos.

– Parece que você conhece ela – diz Vanessa, secamente.

Observo as portas do ônibus se fecharem, reparando em como agora a calçada parece estranhamente vazia.

– Somos velhos amigos de faculdade. Faz anos que a gente não se fala

– respondo, em um tom de voz mais tranquilo, implorando para que a minha pele esqueça a sensação de ter Riley nos braços.

Analiso tudo que acabou de acontecer com extrema racionalidade. Riley não *me* abraçou. Ela não me abraçou na Harcourt Homes nem quando eu a visitei na sua casa nas colinas. Porque não tinha ninguém por perto para ver.

Riley é uma celebridade. Não precisa de um palco para representar qualquer narrativa que ela sabe ser instigante ou fascinante. Não vou me permitir esquecer disso.

Encaro os outros músicos, que estão me observando com ceticismo, claramente chegando às conclusões que Riley planejou. Aquelas em que não quero me aprofundar. Preciso redirecionar o papo.

– Vocês sabem em qual ônibus eu devo colocar as minhas coisas? – pergunto.

Fico grato quando Vanessa age com naturalidade, apesar de ter sacado minha evasiva.

– As listas estão fixadas nas portas – responde ela.

– Valeu. Foi um prazer conhecer vocês.

Vou até o ônibus em que Savannah acabou de entrar e vejo a lista nas portas. Meu nome não está ali. Resoluto, sigo até o segundo ônibus mais próximo. Nas portas, vejo os nomes de Kevin e Vanessa, mas nada do meu. Sobra apenas um ônibus.

Respiro fundo. Em seguida, sabendo o que vou encontrar, ando até as últimas portas.

Tenho consciência de que os olhos de todos estão voltados para mim. Para Max Harcourt, cujo nome o público de Riley ainda não conhece, mas logo vai conhecer. Max Harcourt, que deixou sua vida comum para entrar na canção romântica que está na boca de todo mundo, bocas que agora trocam sussurros enquanto câmeras de celular curiosas me seguem.

Max Harcourt. Meu nome, claro, está nas portas deste ônibus, logo abaixo do primeiro nome da lista.

Riley Wynn.

8

Ergo a capa protetora de roupa que minha mãe trouxe, sentindo no corpo a eletricidade sempre presente quando vou fazer um show. Não é só empolgação – é mais o sentimento de voltar para mim mesma. Como se a verdadeira Riley Wynn fosse aquela sob as luzes do palco. Eu a sinto mais perto agora.

Estendo a mão para o zíper quando as portas do ônibus se abrem.

Max está nos degraus. Não parece nada feliz. Seus olhos agora me fazem pensar em céus carregados, não em joias preciosas.

É... interessante. Ergo uma sobrancelha, esperando que ele fale alguma coisa.

Mas nem precisaria, claro. Eu estaria mentindo se dissesse que o abraço que dei nele na frente de todo mundo foi inocente, e sabia que Max entenderia que não foi mesmo. A intenção era dar início a boatos, e conheço os meus fãs bem o bastante para ter certeza que deu certo. Eu queria ver como Max ia reagir.

Não muito bem, pelo que parece.

Ele fixa o olhar em mim e sobe os primeiros degraus.

– Eu não concordei em fingir que estamos jun... – começa ele, parando de repente ao ver a outra pessoa no ônibus. Minha mãe o observa por cima do meu ombro com uma curiosidade descarada. Os modos de Max mudam na mesma hora, e a raiva evapora. – Carrie – diz ele, tão surpreso quanto ela. – Que bom te ver de novo. Como você está?

Como se também tivesse se lembrado, minha mãe passa por mim e abraça Max.

– Estou bem – diz ela, depois se afasta, mantendo as mãos nos ombros dele. – Mas olha só pra você. Está tão crescido!

Max sorri.

– Estou? Às vezes não tenho tanta certeza – responde, com afeto e carinho.

É um golpe de ternura direto no meu coração. *Sim*, quero dizer, *e não*.

Na verdade, cada momento que passo com ele, cada momento em que pensei nele desde minha visita a Harcourt Homes, me deixa em conflito em relação à dualidade desse homem. Racionalmente, sei que ele é o Max que viveu a última década sem mim. Cujo maxilar ficou mais definido, o corpo, mais forte.

Mas, às vezes, quando o vejo sob a luz certa ou reparo no jeito como ele fala com a minha mãe, vislumbro a miragem tremeluzente do Max que eu conhecia. Do Max que era tudo para mim.

Me vem à mente a lembrança de levá-lo para casa no único Natal que passamos juntos. Ele conheceu toda a minha família. Transamos no carro quando inventei que precisávamos ir ao mercado e lutamos contra o frio no interior do sedã, na rua vazia que encontramos. Eu me lembro de alisar sua camisa amassada a caminho do jantar, dos sorrisos que só nós dois entendíamos, dos pisca-piscas nos colorindo com o brilho cálido, bem do jeito como eu me sentia ao lado dele. Eu não sabia se um dia conseguiria pôr em uma letra o amor que sentia naquela época.

Mas, se eu não pudesse escrever nossa música de amor, eu sabia o que poderia compor. Decidi naquela hora que eu entregaria meu coração para Max, e, se ele o partisse, eu colocaria esse momento na nossa música de término. Saber que eu não sairia de mãos vazias mesmo que ele me machucasse me deu coragem para amá-lo incondicionalmente.

Luzes etéreas, corações unidos
Eu já sentia o fim no início

Eu não saí de mãos vazias.

– Você veio se despedir da Riley? – pergunta Max para minha mãe.

Seu comportamento superagradável revela que eu sou a única que embarcou no devaneio das recordações. Fico constrangida até me lembrar de não me sentir assim. *Sinta-se destemida*. Meu lema mais importante para compor, gravado no meu coração com anos de prática.

Solto a capa protetora de roupa na cadeira mais próxima.

– Minha mãe vai na turnê com a gente – explico. – Eu estava mostrando as coisas pra ela.

– Fiquei sabendo que vamos todos ser colegas de quarto – anuncia minha mãe, com entusiasmo.

Eu sei que a tensão no ar não passou batida por ela. Mas ela não recua. Em vez disso, sorri na cara dela, dizendo *Você não assusta Carrie Wynn*.

– Tudo bem pra você, né? – Olho para Max com meu sorriso mais animado, imitando o desprendimento incansável da minha mãe, típico do Meio-Oeste. – Não tem espaço nos outros ônibus. Pensei em pedir pra alguém trocar com você, mas as pessoas poderiam ficar imaginando coisas. – Prolongo meu olhar cheio de significado, observando-o pesar as minhas palavras e perceber como isso só aumentaria as fofocas na banda.

Max me encara, o vazio do momento se ampliando. Ele é muito bom em fazer pausas, preciso admitir. Assim como as pausas na música, ele fala pelo silêncio.

Até que, por fim, ele desliza a alça da bolsa de viagem pelo ombro.

– É o seu nome que está na janela do ônibus – diz ele. – Vou pra onde você quiser.

Eu quero que você vá aonde eu vou, ruge algo feroz dentro de mim. *Quero que você* queira *ir aonde eu vou*. Será que ele não vê como a nossa vida poderia ter sido diferente se ele apenas *tivesse ido aonde eu queria que ele fosse* – aonde eu queria que *nós* fôssemos – quando éramos mais novos?

Acho que isso é uma prova cabal de qual Max está aqui nesse corredor estreito. Sem dúvida não é o Max que eu ainda sinto que poderia ter sido tudo para mim, o Max das minhas lembranças. Este é o Max que não me seguiu quando eu queria desesperadamente que ele fizesse isso.

Porque, assim como ele acabou de me lembrar, não importa o que a gente era um para o outro, ele só está comigo agora por causa da merda do meu nome na janela.

Não deixo nada disso transparecer, óbvio. Só dou um sorrisinho, escondendo dele meu pequeno turbilhão de pensamentos.

– Perfeito. Bom, posso mostrar o ônibus pra vocês, já que estão os dois aqui. – *Distração*, me tranquilizo. – Aqui é a cozinha e a sala de estar. A despensa vai ser abastecida com qualquer coisa que vocês pedirem pro assistente.

Aponto na direção dos armários acima do balcão, o verniz da madeira refletindo as luzes do teto. Perto de mim, tem uma cabine embutida de couro branco e macio. Tudo dentro de um padrão alta-classe de veículo de passeio, sem personalidade, mas de um jeito agradável.

Ainda assim, fico aliviada por sentir a inquietante dor no coração se transformar em outra coisa. Não consigo lutar contra a minha empolgação. Não importam os lugares apertados, a mobília do hotel sobre rodas. *Este* é meu lar.

Eu os levo até a parte de trás do ônibus, parando em uma porta de um lado do corredor.

– Aqui é o banheiro. – Passamos pelas fileiras estreitas de beliches para chegar ao quarto. – Mãe, é aqui que você vai dormir.

Quando deslizo a porta para abri-la, minha mãe passa por mim e entra no quarto, avaliando o tanto de espaço inesperado. As janelas amplas deixam a luz do sol de inverno entrar por três lados. A cama grande está coberta por um edredom luxuoso, deixando espaço só para uma pequena penteadeira no canto.

– Riley, esse aqui deveria ser o seu quarto – diz ela, cética, como se estivesse ressabiada de me colocar para fora. – Cadê a sua cama?

Dando um passo atrás, dou um tapinha no beliche mais próximo.

– Bem aqui.

Minha mãe franze a testa com uma indignação genuína, a reação que costuma ter diante da generosidade dos outros com ela.

– Não. Essa é a *sua* turnê. Você vai trabalhar muito. Precisa de descanso. Eu só... estou aqui.

– Eu te convidei – digo, apelando para seus bons modos. – Apenas aceite o tratamento VIP.

Deixe alguém tomar conta de você ao menos uma vez, quero falar, mas não digo nada.

Minha mãe abre a boca, com a objeção já a postos.

– Quero dormir no beliche de qualquer jeito – me apresso a dizer. – É parte da magia da turnê.

Ela não parece muito convencida, mas não tem a chance de se opor. Ouço as portas do ônibus se abrindo, e um homem mais velho entra, com uma barba preta grisalha impressionante e uma careca reluzente.

– Frank! – guincho, maravilhada por vê-lo.

Ele foi o motorista da minha primeira turnê menor, e eu solicitei especificamente que ele fosse o motorista dessa de agora. Frank trabalha na indústria há quarenta anos, mas nunca me tratou com arrogância. Nas nossas noites na estrada, comecei a vê-lo como meu "pai de turnê". Quando eu ficava ligadona depois das apresentações, ele me contava histórias das suas músicas favoritas até o sol nascer. Quando eu não ficava, ele dirigia com tanta suavidade que eu conseguia dormir.

Seu sorriso é igual ao meu, os olhos enrugando bem do jeito que eu lembrava.

– Oi, Ri – diz ele. – Parabéns pelo álbum. Acho que eu reconheci algumas daquelas frases musicais que você ficava compondo até tarde na estrada. Mandou bem, garota.

Meu coração se aquece ao ver que ele se lembra. Na verdade, ele não está errado. Compus trechos das faixas que formariam *O álbum do coração partido* no nosso ônibus, anos atrás. Sei que alguns compositores não gostam de compor na estrada, apesar de as agendas de lançamento de hoje em dia costumarem exigir essa prática. Eu sou o oposto. Adoro quando as músicas chegam até mim em um lugar inconveniente. Como se estivessem me lembrando que são donas de si mesmas.

– Este é Max – digo, quando ele para ao meu lado. – Nosso pianista. E esta é Carrie, minha mãe.

Frank estende a mão avidamente para cada um deles. Sua alegria instantânea é totalmente despida de afetação ou hesitação. É a qualidade dele de que mais gosto. Adoro suas histórias sobre música e sua condução agradável, mas é sua receptividade que me fascina. Cada gesto dele é como as rugas ao redor de seus olhos – elas mostram o que ele está sentindo bem abertamente.

– Então foi a você que Riley puxou – diz ele para minha mãe.

Quando ela ri, claramente perplexa, Frank a olha uma segunda vez.

– Com certeza não – objeta ela. – Não consigo cantar nem falar diante de uma multidão.

– Eu estava falando dos olhos dela – diz Frank.

Aperto os lábios para não demonstrar surpresa. O rosto da minha mãe assume o tom mais rosado que já vi.

– Ah – ela consegue dizer. Em segundos, se recompõe. – Sim, o crédito é todo meu por eles.

– Quase dá pra receber uma parte dos royalties – rebate Frank, bem-humorado, e olha para mim antes que eu fique ofendida. – Eu falei *quase*. Seu talento fala por si só, Riley Wynn.

Encantada, assinto.

– Há quanto tempo você é motorista? – pergunta minha mãe.

Sabendo onde a história começa – em cada banda grunge de que já ouvi falar, com quem ele já atravessou o país em incontáveis ocasiões –, deixo Frank entreter minha mãe e olho para trás. Max voltou para o corredor do beliche e está pendurando as roupas da bolsa de viagem no armário estreito. Vou até ele.

– Então... – começo. Fazer perguntas diretas é o meu estilo, e não tem retórica suave que possa facilitar a conversa a seguir. – Você está mais puto por dividir um ônibus comigo ou por eu ter te abraçado na frente da banda?

Ele não se vira nem hesita em continuar desfazendo a mala. Vejo seu casaco se juntar às camisas no armário.

Eu pressiono. O silêncio não foi feito para a pessoa se esquivar. Ela precisa preenchê-lo.

– Lembra que eu te falei que essa era a minha turnê e que eu ia criar uma narrativa em cima de você? – falo.

Agora ele olha diretamente nos meus olhos.

– Eu não fiz *exatamente* o que avisei que ia fazer? – pergunto.

A tempestade nos olhos dele é turbulenta. Eu a sustento, encontrando seu olhar, perversamente feliz. Max se afastou de mim uma vez. Eu o perdi naquela época. Não tenho direito a nada dele agora. E é por isso que estou torcendo profunda e desesperadamente para que ele não recue do que quer dizer neste momento.

Eu quase fraquejo quando ele enfim solta um suspiro.

– Acho que eu não esperava que você fosse insinuar que estamos juntos no momento – explica ele, a voz comedida, as sílabas metronômicas. – Não quero fazer parte de um falso romance nos bastidores.

– Justo – digo, me endireitando. Fico feliz por ele não estar fugindo desta conversa com olhares inescrutáveis ou longas pausas. – Vou pegar mais leve na frente da banda. Olha, a questão do ônibus foi porque alguém tinha que dividi-lo comigo e com a minha mãe, de verdade. Você pareceu a melhor opção. Além do mais – dou um sorriso vitorioso, meu sorriso de bis –, é um ônibus com a minha *mãe*. Quando o pessoal da banda encontrar com ela, vão perceber que não tem nada de sensual nos nossos arranjos.

Max ri. O som é grave e sincero de um jeito surpreendente. É o meu tipo de flashback favorito. Sinto a tensão que eu não tinha percebido até então se esvair tranquilamente pelos dedos.

– Só que... quando estiver só a gente – diz ele –, eu quero a verdade. Aqui dentro, eu não quero me sentir diante de uma plateia.

Eu o encaro, realidade e letras de música se sobrepondo bem na minha frente. *A verdade.*

O que eu compus *é* a verdade. "Até você" veio do meu âmago, de centelhas escuras impressas nos recantos da minha alma. Os sentimentos que eu pus na canção nunca desapareceram, não por completo. O amor nunca desaparece, assim como o homem que amei, de quem me lembro em partes, nunca para de transparecer sob o homem diante de mim agora. Não sei se as músicas preservam meus sentimentos ou se eu os preservo para as músicas, mas eles nunca foram embora para valer.

– Eu estou sempre diante de uma plateia, Max – digo, com mais delicadeza.

Seu sorriso some.

– Imagino que sim – diz ele.

Não preciso ter um ouvido experiente para perceber a decepção na voz dele. Também não é só a pontada de julgamento que eu sinto. Ele não me entende ou não entende essa parte de mim. Ele supõe que a performance é a mentira, assim como todo mundo, como os críticos que condenam as minhas músicas deprimidas. Por conta própria, ele concluiu que o meu eu do palco ou diante da câmera dos *paparazzi* não é real.

Eu não o obriguei a participar dessa turnê, lembro a mim mesma. Eu nem mesmo o convidei. Foi ideia dele. Não devo a Max viver a mentira que ele concluiu ser a verdade ou fingir que não sou a mesma mulher, sob o mesmo holofote, vivendo a mesma canção eterna, mesmo quando estou fora dos palcos.

Ainda assim, a ideia de vê-lo indo embora agora faz o medo esticar as cordas do meu coração. Ouvi nosso dueto tocando na minha mente, nos meus sonhos. Uma parte de mim seria arrancada se eu nunca vivesse isso em alto e bom som.

Ele não vai embora.

Com uma determinação solene, Max se vira para o beliche.

– Posso mudar as minhas coisas de lugar, se você quiser esta cama – diz ele.

– Ah. – O alívio é instantâneo. Reaprendendo as sutilezas de Max, reconheço seu comentário sobre logística pelo que é: uma oferta de paz. – Não. Tudo bem. Fico com este aqui.

Dou um tapinha no beliche que não fica nem a um metro do dele.

Sem responder, ele volta a tirar as roupas da bolsa de viagem. Fico grata por ele ainda estar aqui, mas nossa conversa claramente não terminou. Não sei em que pé vamos estar amanhã.

Fico mais um tempo no corredor, sentindo como Max, de alguma forma, faz do nosso silêncio mútuo seu próprio dueto. Talvez, racionalizo, seja porque estamos percebendo a mesma coisa. Vamos dormir lado a lado, perto o bastante para darmos as mãos.

Ouço meu próprio refrão, se repetindo de um jeito oco na minha cabeça.

Não tem nada de sensual nos nossos arranjos.

9

Max

Começo a entrar em pânico na segundo estrofe de "Um minuto".

A banda é incrível. Eles são supersincronizados, lendo os movimentos uns dos outros com uma intuição espantosa. Fica claro que eles não só ensaiaram juntos por semanas – são profissionais que se apresentam há anos, até mesmo décadas. Riley se encaixa no grupo sem esforço.

Eu sou o estranho no ninho. Bem, *bem* estranho. Sou Max Harcourt, que semana passada estava tocando Sinatra para trinta octogenários. Não estou nem um pouco preparado para isso aqui. O que eu tinha na cabeça quando fiz a sugestão de me juntar a Riley nesta turnê? Eu não dou conta. Não dei quando tinha 20 anos. *Com certeza* não dou conta agora.

Estou na área da frente do fosso, com portão de metal, suando em bicas. O interior aquecido do Madison Square Garden não é benevolente com os nervos alheios. Nem o fato de que tenho algum tempo antes de subir ao palco para tocar "Até você" no fim da set list. "Um minuto", que a banda começa a tocar agora, é a música de abertura.

Atrás de mim, o estádio está vazio, a não ser pelos seguranças e outros funcionários da equipe. No meio, fica a plataforma do palco onde Riley vai se apresentar. Os andaimes de iluminação estendem suas vigas de treliça sobre todos, e, para além do palco, fica o pequeno acampamento de tendas construídas para a parte logística dos bastidores.

Parado no meio desse espaço, sinto fileiras e mais fileiras de assentos prendendo a respiração. Ainda que o show não tenha começado, é impossível passar batido pela magnitude deste lugar, que não é muito diferente do que senti no tempo que passei com Riley ultimamente.

Riley domina o palco, unificando a banda como se comandasse o próprio som. Ela é tudo. Estrela do rock, anjo, a vizinha linda.

Observando-a, começo a entender o que ela falou no ônibus. A mulher na minha frente é a verdadeira Riley, enquanto a que fica longe dos microfones é apenas metade dela.

Quando a terceira música chega ao fim, a banda faz uma pausa para que Riley troque de roupa. Perplexo, sigo para um dos corredores de concreto por onde os jogadores entram na quadra quando o Garden sedia eventos esportivos. Sei que não faz sentido recuar como se meu pavor de palco fosse um monstro de filme de terror e eu pudesse escapar pelas sombras. Só preciso me afastar um pouco.

Nas tendas, vejo os outros músicos conversando, praticando riffs, testando microfones. Eles parecem à vontade, até mesmo animados.

Isso me faz querer abrir um buraco no chão. Estou desesperado para fugir da sensação de que não pertenço a este lugar. E não pertenço mesmo. Não sou um músico de turnê experiente. Quando fiz a sugestão, eu só tinha uma vaga ideia da proporção disso tudo. Agora, diante do que parecem fileiras intermináveis de assentos aguardando o público, estou com medo de me sentar ao piano e esquecer como tocar. Vou passar vergonha e arruinar o momento de Riley.

Pego meu telefone.

Tô saindo fora. Não dou conta disso.

Jess responde na mesma hora.

Dá, sim. Os velhinhos da Harcourt Homes são um público bem mais difícil do que os fãs da Riley. Você nem vai ter que avisar que acabou o pudim de chocolate.

Dou uma risada, apesar do nervosismo. Deixo que Jess me distraia enquanto estou ponderando a decisão de decepcionar a mulher que eu amava ou acabar indo parar no YouTube por esquecer como tocar a música mais popular do país.

Embora me acalme lembrar o fiasco com o pudim de chocolate, minha apreensão não diminui. Estou escrevendo uma resposta quando Jess envia outra mensagem. Rolo a tela e vejo um vídeo.

Intrigado, eu abro.

Na filmagem emoldurada dentro das dimensões retangulares do iPhone, estou sentado ao piano da Harcourt Homes. Riley está ao meu lado no banco, a cabeça apoiada no meu ombro enquanto toco o elegante começo de "Bridge Over Troubled Water". É bem do começo do nosso relacionamento. As versões mais jovens de nós mesmos despertam algo oculto em mim, um acorde que esqueci como tocar.

Quando ela se endireita para cantar, o Max no vídeo sorri com afeto olhando para as teclas. Nossos olhares se encontram, e é como se estivéssemos nos apresentando só para nós dois.

E é mais ou menos isso que acontece. Ninguém na sala de jantar está ouvindo.

Eu me lembro da sensação. Não no momento exato do vídeo. Só de... tocar com Riley. Eu queria – *precisava* – que todo mundo ouvisse o som que a gente ia encontrando, o encaixe dos nossos estilos, a união perfeita da música dela com a minha. Ainda assim, a cada nota que ela cantava diretamente para minha essência, eu ficava mais convencido de que ninguém *jamais* ouviria o que a gente ouvia, jamais entenderia qual era o som das canções de dois corações entrelaçados como um só. A contradição continuava comigo em cada apresentação.

Já naquela época, ela rasgava a minha alma ao meio.

Procuro agora os mesmos sentimentos vendo o vídeo, que alcança partes de mim que silenciei há anos. Ainda que fracos, escondidos sob o nervosismo penetrante, eles estão ali.

Eu nunca soube da existência dessa gravação. Claro, Jess nunca teve motivo para me mandar esse vídeo depois que Riley e eu terminamos. Eu nem me lembro dessa apresentação específica – naquele tempo, nunca teve muita importância para mim qual canção tocávamos, já que todas pareciam nossas logo de cara. Mas entendo por que Jess o enviou. Não é só porque eu pareço confiante. É pelo modo como fico ao lado de Riley. Como se estivéssemos destinados a tocar juntos.

Mais uma mensagem da Jess surge na minha tela.

Você dá conta.

Salvo o vídeo no rolo da câmera.

Não acredito que você tinha isso esse tempo todo.

Bom, se você tiver um treco no palco, eu provavelmente vou vender o vídeo pros tabloides e ganhar grana suficiente pra manter a HH funcionando por alguns meses.

Dou risada sozinho, até ouvir a abertura de "Novembros", a quarta música de *O álbum do coração partido*. Fiquei bem familiarizado com o trabalho de Riley nas últimas semanas, na preparação para a turnê. Adoro essa música. Quem dera eu pudesse curti-la.

Mas ela só me faz lembrar que está quase na hora da minha apresentação.

Coloco o telefone no bolso, me sentindo um pouquinho mais confiante. O vídeo que Jess mandou me ajuda a decidir como vou encarar a situação. Só eu e Riley.

Vou até a tenda em um dos bastidores do estádio, repassando mentalmente a minha música. Mesmo preocupado, fico impressionado com a complexidade do labirinto superfuncional de operações que cercam o palco. Membros da equipe correm em todas as direções com uma eficiência ritmada. Um deles me entrega um fone de ouvido, explicando que vão fazer a contagem regressiva para mim e podem me dar um metrônomo, se eu quiser. Eu recuso com a certeza de que o aparelho só vai me distrair.

Quando "Novembros" termina, ando discretamente pelo palco, olhando para baixo para não ver o estádio vazio. Não preciso de mais nenhum lembrete de quantas pessoas vão estar aqui amanhã à noite. Na frente do palco, ouço Riley, o sol do sistema solar no qual sou uma pequena lua. Ela está falando sobre a iluminação com alguém no fosso. Eu me concentro em me familiarizar com o piano.

É um piano de meia cauda. Não toco num desses há anos. Fixo o olhar nas teclas, lembrando a mim mesmo que são as mesmas 88 tiras de ébano e marfim, não importa onde você toque – seja no Madison Square Garden ou na Harcourt Homes, onde quase consigo me convencer de que estou sentado agora mesmo.

Até Riley vir andando na minha direção, e eu ver o que ela está usando. É um vestido de noiva.

Não, é *o* vestido de noiva. Perfeito para Riley em todos os aspectos. O cetim simples abraça bem o seu corpo, grudando em cada curva e descendo até um ponto perigosamente baixo nas costas. A barra roça nas botas pretas de pele de cobra.

Minha mente fica vazia por um instante. O que me desmonta não é o fato de parecer que Riley saiu de dentro do próprio álbum. O objetivo dessa turnê inteira é mostrar que não há separação entre Riley, a pessoa, e Riley, o ícone musical.

Mas não é isso que me desconcerta. É como ela parece ter saído dos meus próprios sonhos esquecidos.

Durante alguns meses do nosso namoro, comecei a contemplar o mais afetuoso dos prazeres proibidos. Eu sabia que estava me precipitando, que era uma esperança prematura. Só não consegui me impedir de imaginar que um dia eu talvez me casasse com Riley.

Eu sabia que queria, profundamente, com a mesma facilidade com que eu lia músicas só de dar uma olhada rápida. Assim como eu ouvia melodias de notações bem complexas logo de cara, ouvi sinos de casamento nas lembranças que comecei a ver quando estava com Riley. Sessões de composição, shows locais de quinze dólares, um sexo delicioso. *Noites adentro, novos lares.* Eu ouvia o nosso futuro inteiro nos acordes que tocávamos um no outro.

Em cetim branco, ela literalmente é a Riley dos meus sonhos.

Agora esses sonhos estarão no palco.

Sinto um nó na garganta. Quem dera a minha apresentação fosse a única coisa estressante na cabeça. Em vez disso, estou lidando com o fato de ter os desejos secretos do meu coração nos telões do Madison Square Garden.

– Ei, vamos começar já, já – diz Riley, com uma casualidade inimaginável. – Teve um probleminha na iluminação que eu quis resolver.

Mal consigo processar suas palavras.

– O que você está usando? – pergunto, a meio caminho do desespero.

Riley olha para baixo como se tivesse esquecido. Ela franze a testa.

– *Não* estou com a roupa certa. Esta aqui é para "Um minuto", mas devo trocar para outra bem antes de "Até você". Ainda não tem nada pronto. A noite de estreia vai ser... divertida.

– Uma fantasia e tanto – observo.

Sei que estou fazendo tempestade em copo d'água com esse detalhe que não consigo ignorar.

Ela ri.

– É melhor que uma fantasia. É de verdade. Pensei que, já que o casamento não deu certo, não preciso desperdiçar a grana que gastei neste vestido – explica ela, com vestígios de vitória dançando nos olhos.

Sem entender, não digo nada. No meu fone, uma voz de mulher diz que a banda está pronta. Riley dá um sorriso encantador e magnético e vai até a frente do palco, onde começa a introdução.

Sei que deveria me concentrar nas teclas, me preparar para a nossa música, mas não consigo. Estou perdido. Preso na realidade distorcida que Riley está conjurando, onde os espelhos de um parque de diversões fazem o chão parecer torto sob os meus pés. Ela está usando o próprio vestido de casamento como um *apoio*.

Do mesmo jeito que está me usando.

Se Riley quiser transformar pedaços do próprio passado em artifícios para consumo público, ela tem todo o direito. Só não sei se quero ser um deles. É isso que sou para ela, agora? Meses de felicidade, de amor, que ela agora está garantindo que não sejam desperdiçados?

Quando escuto a deixa, minhas mãos tocam a melodia inicial de "Até você". Meu coração não está nas notas. Eu me forço, em vão, a me deixar levar pela música. Mas, quando Riley começa a cantar, não consigo olhar para ela.

Sua voz é de partir o coração. Eu toco com perfeição. Só não consigo olhá-la nos olhos como fiz no vídeo. Quando havia algo real entre nós.

Isto aqui é o oposto. Eu nunca tinha me sentido tão distante dela quanto ao ouvir sua apresentação usando o vestido dos meus sonhos mais íntimos.

10

Riley

É meia-noite antes do dia mais importante da minha vida. O primeiro show da Turnê do Coração Partido. Estou uma pilha de nervos, lógico. Manter tudo na cabeça – desde as deixas até as trocas de roupa, da iluminação às letras – me dá a sensação de que estou me agarrando à própria música. Bem à beira do impossível.

Estou sentada no chão do quarto do hotel, tentando me manter firme no chão. *Aterrada.* Minha mente lírica e devaneante desdobra as opções metafóricas da palavra por instinto. Aviões? Não. Condução. Quero ficar aterrada porque me sinto como um raio.

Eileen está no sofá perto de mim enquanto leio em voz alta os itens na minha lista de afazeres no iPhone.

– O microfone... – começo.

Eileen me interrompe.

– ... está sendo retocado agora. Sem faltar nenhum strass. Vai ficar pronto antes da passagem de som.

Assinto.

– E eles vão passar o suporte de guitarra para o local que eu marquei, não é?

Eileen dá um sorriso paciente.

– Riley, está tudo caminhando. Deixa que eu cuido disso. – Ela se levanta do sofá, bocejando. Meu estômago revira de medo. – Agora sua única preocupação tem que ser dormir um pouco. Você está prestes a passar muitas noites acordada até tarde.

Não respondo, lutando contra o desejo egoísta de que ela fique aqui.

Não vou fazer isso com ela, claro. Mas estou presa. Expectativas implacáveis me fazem de refém. Temos que acertar tudo para amanhã. Talvez eu nunca mais passe por um momento como esse de novo. Sendo sincera, provavelmente não vou. Há uma pressão absurda para você realizar seus sonhos, para extrair deles até a última gota de alegria que puder. Na minha empolgação, estou contando cada segundo.

Nada parece pronto do jeito que eu queria. Principalmente "Até você". Não é bem culpa de Max. Ele está tocando lindamente. Só que a gente ainda não se conectou. Mas eu não quis ficar ensaiando demais – o problema não vai ser resolvido com prática.

Nossa conexão precisa ser sincera. Natural. Senão, vou precisar lançar mão das aulas de atuação que nunca pedi para fazer, mas fiz mesmo assim, ao ensaiar falas com o meu ex-marido.

Quando Eileen vai até a porta, ergo o olhar para ela.

– Boa noite – digo, com a sensação de que estou me fechando na minha própria prisão de dúvidas. – Vê se dorme também.

– Eu vou dormir se você dormir – diz ela, me dando um olhar de quem me conhece muito bem.

Eu me levanto um pouquinho e olho a imensa cama no quarto. Todos que vão seguir na turnê estão hospedados em quartos de hotel até depois do show, quando vamos embarcar no ônibus com a maioria dos nossos pertences já nos esperando lá. Mas eu preferia estar no ônibus agora. Este quarto é quieto e sufocante, com uma imponência luxuosa. Eu não queria sentir as ironias desconfortáveis daqui, nem ficar incomodada com a iluminação suave no mármore branco, nem me sentir confinada neste espaço tão amplo. Fico sem inspiração, sufocando dentro das paredes de vidro.

E o mais importante: tenho certeza de que vou ter dificuldade para dormir. "Exausta" não me define mais, estou em um movimento perpétuo. Isso e o desconforto deste hotel cheio de boas intenções me dão a certeza de que vai ser difícil o sono chegar num futuro próximo. Preciso me levantar, fazer alguma coisa.

Até os meus músculos prefeririam estar em outro lugar. Atravesso o quarto para pegar o sapato, aproveitando a primeira ideia que me vem à cabeça. No corredor – elegante e estéril, luxuoso e sem sentimento algum –, paro em frente à porta da minha mãe. Eu falei sério quando propus noites de cinema no ônibus da turnê na minha primeira tentativa de fazê-la ir comigo. Agora parece a oportunidade perfeita para isso.

Dou uma batida suave na porta, sem querer acordá-la se ela já estiver dormindo.

E... ela está, deduzo, decepcionada, quando não há resposta. Eu podia bater com mais força, simplesmente acordá-la.

Mas seria bem infantil da minha parte. Não preciso da *minha mãe* para me entreter.

É engraçado: não estou curtindo muito o clichê da estrela da música pop que não sabe como ficar sozinha, sem programação e sem supervisão por um segundo, mas, ao mesmo tempo, me sinto nesse direito. E daí se eu não souber ficar sozinha? Algumas pessoas não conseguem mesmo. Não posso ser assim?

Ultimamente, tenho me visto em meio a essa alternância existencial mais do que de costume, tentando lembrar que eu sou *eu*, o ser humano, que tem necessidades, desejos, fica entediada, nervosa ou carente. Adoro me tornar a RILEY WYNN nas paradas de sucesso, de verdade. Só que é nova a sensação de ser a pessoa por dentro do ícone. Surpreendentemente, em momentos como este, me vejo, no alto dos meus 30 anos, jovem demais para estar *aqui*, dedicando *tanto* sofrimento assim a esse tanto de fama, mas velha demais para ficar diante da porta da minha mãe.

Eu me obrigo a me concentrar. Ponderar o imponderável é uma estratégia para compor, não para lidar com as noites maldormidas. Eu só preciso *fazer alguma coisa*. Essa turnê exigiu que eu tomasse centenas, até milhares de decisões – set list, vestimentas, iluminação, tudo. Mais uma não vai fazer diferença.

Com determinação renovada, vou até o elevador. Para ser sincera, eu provavelmente não deveria sair sozinha. Mas o bar do terraço do hotel é restrito, sem acesso a muita gente, já que o elevador exige a chave de um quarto. Além do mais, sem maquiagem e usando um vestido preto de algodão simples que se molda aos meus quadris, acho que não estou dando pinta de celebridade.

O elevador sobe em poucos segundos silenciosos e esquecíveis. Quando as portas de aço inoxidável se abrem, saio em um terraço com uma iluminação discreta.

É legal aqui – o hotel é equipado contra o frio congelante do inverno nova-iorquino. A radiação dos aquecedores suspensos aquece o pátio, onde a brisa noturna e suave agita os guardanapos de coquetéis ao passar pelo vidro que cerca o ambiente.

Eu me aproximo do bar e evito fazer contato visual com os hóspedes, cujos olhares sinto me acompanharem. Aprendi que, se eu não der trela, as pessoas em geral não se sentem à vontade para virem falar comigo. Vou me doar para os meus fãs nos próximos meses. Esta é a minha última noite só para mim.

Chego aos bancos do bar, e meu olhar é atraído para um homem sentado sozinho na extremidade do longo balcão. Quando ele ergue a cabeça, seu olhar passa direto por mim. *Perfeito.*

Ele deve ter quase a minha idade, o colarinho da camisa social está desabotoado, e as mangas, dobradas. Parece estar em uma viagem de negócios. Assim como eu, está aqui para matar o tempo. Ele é bonito. E, mais importante ainda, parece interessante. Passar a noite com ele seria divertido. Deixá-lo na manhã seguinte seria um belo material para canções ainda não escritas.

Eu me sento ao lado dele.

Quando ele olha para mim, dou um sorriso simpático, esticando músculos rígidos e antigos que não uso desde que Wesley e eu optamos pela exclusividade na relação. Naquela época eu não tinha nem um décimo da fama que tenho agora, o que me deixa sem saber como fazer isso agora. Nunca flertei com ninguém sabendo que o meu rosto está estampado em cartazes na Times Square.

Obviamente, eu também nunca deixei que a insegurança me impedisse de ir atrás do que eu quero.

Na verdade, *quero* provavelmente é a palavra errada aqui. Estou solteira, recém-divorciada e prestes a passar meses em um ônibus pequeno com meu ex. Eu *preciso* disso.

– Posso te pagar uma bebida? – pergunto.

Ele ergue as sobrancelhas.

– Acho que essa fala devia ser minha – diz meu estranho.

Sua voz é firme e confiante. Combina com ele, com o cabelo castanho liso, o maxilar bem barbeado. Ele tem uma confiança serena em ser o que se espera. Vou curtir dar a ele o inesperado.

– Mas não ouvi você perguntar nada – respondo.

A risada tímida dele abala a fachada. Sorrio, intrigada. *Risada de terraço, não de felizes para sempre*. É isso. Eu me agarro à tênue linha de inspiração. Vou transformar isso em algo mais tarde.

Ele põe a mão no bolso. Fico na expectativa de que ele puxe dinheiro ou um cartão. A cena se escreve sozinha na minha mente. Ele vai me pagar uma bebida. Vamos trocar frases vazias, resumos vagos do que estamos fazendo na cidade, desperdiçando tempo nessa moderna dança do acasalamento.

Um de nós vai dizer *Está ficando tarde*. O outro vai falar *Meu quarto fica no 15º andar*. Vai ser a história de sempre, que posso cantar sob novos ângulos.

Vou chamá-la de "Está ficando tarde".

Em vez disso, ele puxa uma caixinha de anel preta.

Arregalo os olhos.

– Você é bem rápido.

– Vou pedir o amor da minha vida em casamento amanhã de manhã – diz ele.

Não fico constrangida nem decepcionada. Ele rasgou o meu rascunho lírico inicial, mas atiçou demais a minha curiosidade. Eu me inclino para a frente, animada com a reviravolta.

– Parabéns – digo. – Deixa eu te pagar uma bebida mesmo assim, como amiga. Me fala dela.

Ele me olha, uma suave perplexidade pintando suas feições.

– Não precisa – diz ele, por fim.

– Eu insisto. Eu adoro histórias de amor.

Quando ele se ajeita no assento, as luzes do bar refletidas em seus olhos parecem estrelas.

– Bom, a gente tem uma bem legal.

– Qual o nome dela?

– Nina – responde ele, acariciando as sílabas. Peço duas taças de vinho ao bartender e deslizo uma para o meu não acompanhante. – Você quer mesmo saber a nossa história? É meio longa – ele me avisa.

– Ah, eu quero muito – respondo. – Sem querer ofender, mas isso é bem melhor do que tentar te pegar.

O casinho de uma noite que eu tinha planejado para nós dois, por mais que fosse cheio de paixão, não era original. Mas agora não estou conduzindo a história. Estou seguindo-a.

Ele ri. A mesma risada, com uma doce timidez. Imagino que isso deve fazer as bochechas de Nina ficarem rosadas.

– Ela namorou o meu colega de quarto na faculdade por quatro anos. Eu odiava aquele cara. Só morei com ele no primeiro ano, mas eles logo se juntaram, então ela basicamente morava no nosso dormitório com a gente. Era... uma tortura.

Eu estremeço, curtindo a comiseração.

– Você ficou a fim dela logo de cara?

Ele dá um sorriso gentil.

– Ela levava bolinhos pra mim sempre que ia passar a noite lá. Eu ouvia as conversas deles falando de quais filmes ela gostava, que pesquisa ela estava fazendo, como tinha sido seu dia. Era óbvio que ela era inteligente e intensa. É claro que eu me apaixonei por ela logo de cara. – Ele toma um longo gole da taça, e alguns fantasmas familiares surgem nos seus olhos. O que é "Até você" se não a minha própria experiência de como alguns desejos ardentes nunca desaparecem? – Mas a gente era só amigo, mesmo depois que eu e o namorado dela deixamos de morar juntos.

Quando ele para de falar, curtindo a lembrança, arregalo os olhos de um jeito brincalhão.

– E aí, você separou os dois?

Ele franze a testa. Na mesma hora, o vento frio sopra pelo terraço, fazendo as luzes tremeluzirem. É perfeito, é a fantasia que eu teria escrito se precisasse.

– Quem dera – diz ele. – Achei que ela era muita areia pro meu caminhãozinho, então não fiz nada. Até que ela terminou com ele. No dia seguinte, bati na porta dela com bolinhos.

Brindo a ele, impressionada.

– Mandou bem.

Ele assente, se permitindo uma leve presunção.

– Deixa eu adivinhar – continuo. – A espera valeu a pena?

– Não, de jeito nenhum – diz ele, categórico, depois se apruma outra vez. – Não, quero dizer, se eu precisasse esperar, eu esperaria. Pra sempre. *Mas eu não precisei.* – Quando os olhos dele encontram os meus com uma intensidade repentina, percebo que atingi um ponto crucial. – Os anos que esperei não foram uma ponte pro futuro. Foram só tempo perdido sem estar com ela.

Não digo nada, deixando que as palavras dele reverberem. Eu me perguntei se chegaríamos aqui, a esta verdade. Todo mundo é compositor, se estivermos atentos. Esticando a mão, cutuco a caixinha de anel.

– E agora você não quer esperar mais.

Ele dá um sorrisinho maravilhosamente humano. Suas feições se abrem com uma alegria vitoriosa.

– Exato.

Viro o resto da bebida e me levanto.

– Não que você vá precisar, mas boa sorte amanhã.

– Valeu. Sinceramente, depois de conversar com você, estou me sentindo menos nervoso. – Ele estende a mão. – Aliás, meu nome é Jason.

Eu aperto a mão dele.

– Riley.

Ele para, com a mão ainda na minha. Sinto a familiaridade pesada de observar que ele registrou o que eu falei.

– Não… – diz ele.

– Não o quê? – retruco com educação.

– Você não é Riley Wynn, é?

Ele parece estar perdendo a batalha contra o próprio ceticismo.

Mordo o lábio. Já é o suficiente como confissão, eu sei. *Eu deveria imaginar*, me repreendo. Deveria imaginar que eu ia acabar em alguma repetição desse tipo de interação. Jason parece sensato, mas muitas pessoas parecem sensatas até não serem. Eu me preparo para a avidez enjoativa e instantânea que tenho visto com muita frequência ultimamente.

Em vez disso, ele solta a minha mão e leva a dele à própria testa.

– Eu me sinto horrível – resmunga ele. – A Nina é *super* sua fã. Eu achei que tivesse te reconhecido, mas, sabe, o nervosismo por causa de amanhã meio que me distraiu. Se ela descobrir que eu te conheci e não liguei pra ela vir tirar uma foto, ela vai me matar, mas, se eu ligar, vou acabar com meu pedido de surpresa. Ela acha que estou viajando a trabalho neste momento.

Dou um sorriso, lembrando que era exatamente o que eu tinha previsto que ele estaria fazendo ali. Ele capturou bem o espírito da desculpa que estava usando.

O alívio começa a acalmar meus batimentos cardíacos, e eu pego a caneta atrás do balcão.

– Manda um e-mail pra essa moça – digo, anotando o e-mail da Eileen no guardanapo. – Vou fazer um show amanhã. A gente bota vocês pra dentro no *meet and greet* se você quiser.

Os olhos dele se iluminam.

– Jura? Agora com certeza ela vai dizer que sim.

Dou uma risada, me sentindo estranha e indiretamente feliz por ele. Vou passar os próximos meses da minha vida profissional celebrando os meus desastres românticos. Acho que é bom comemorar uma história de amor de vez em quando.

– Vejo você e a sua *noiva* – enfatizo de propósito – amanhã.

Jason dá um sorriso enorme, superfeliz. É muito cativante.

Mas, ao sair do bar, de repente me sinto triste. A esperança se esvai de mim. Eu me lembro muito bem e com muita dor de quando estive no lugar de Nina. No dia em que Wesley fez o pedido. Ele me levou até o local em que estava filmando na Croácia. Ele enviou fotos do castelo magnífico, com a promessa de que o visitaríamos, e me pegou de surpresa com o voo. Eu me lembro de guinchar o *sim* sentindo o vento no cabelo. Eu me lembro de como estava feliz. Eu me lembro de sentir que aquilo era a *nossa* cara.

Agora vejo que era só a cara dele.

Entro no elevador, as paredes espelhadas me mostrando sozinha. Pela décima terceira vez, estou sozinha de novo. Não faço parte de nenhuma história de amor, a não ser as que fico sabendo ou aquelas com finais infelizes. Está doendo, mas me sinto culpada pelo aperto no peito. Foram corações partidos que me trouxeram até este momento, até a realização dos meus sonhos. Eu deveria me sentir grata.

Desço no elevador. No longo corredor até o meu quarto, volto a me centrar, examinando o resultado da minha caçada.

Esperar foi a pior coisa pro meu ser
Até que senti ter você, pra depois te perder...

Quando volto para o meu quarto, não o sinto mais tão quieto.

11

Max

Acordo na manhã do show me sentindo bem. Estava tudo nos conformes, como o ciclo das quintas no piano. Eu sabia "Até você" de cor e salteado. Os ensaios de ontem foram perfeitos. Não preciso olhar para Riley quando toco. Contanto que eu não erre nada, está tudo bem. Eu dou conta.

Eu, Max Harcourt, daria conta de tocar para milhares de pessoas no Madison Square Garden. Claro que eu estava um pouco nervoso. Mas, no geral, me sentia bem.

Até o nome da minha mãe acender a tela do meu celular.

Reconheço por alto o link da mensagem. Era de uma daquelas contas de Instagram para onde as pessoas enviam fotos de celebridades vistas por aí. Sinceramente, eu não tinha ideia de como a minha mãe conhecia isso. E não importava. A foto era indiscutível.

Riley estava maravilhosa. Ela se destaca nas fotos de um jeito que nunca entendi, como se ela desviasse a própria luz. As leis da física cedem à sua beleza imbatível. É claro que esse efeito singular não é o motivo para essas fotos terem ido parar no Instagram. Reconheço o local: o belo bar do terraço do nosso hotel. Não dá para ver o rosto do homem ao lado de Riley, mas o dela dá, e seu sorriso é incandescente enquanto ela desliza uma bebida para ele.

A mensagem da minha mãe não é vaga. Sua pergunta depois do link ia bem direto ao ponto: *Por que você não chamou Riley pra sair se ela já seguiu em frente depois do divórcio?*

Fico de pé ali, com o cabelo despenteado pelo sono, no meu quarto de hotel estéril, por quatro minutos, sem saber como responder. O bar do terraço paira sobre mim como nuvens carregadas. A luz do sol que se infiltra pelas frestas da cortina – que, assim que acordei, achei encorajadora em sua promessa de um novo dia – de repente me lembra as luzes ofuscantes do palco em que me apresentei ontem.

Por fim, opto por dispensar a minha mãe, me esquivando com indiferença. Mas também não digo nenhuma mentira. *Não estou aqui para sair com ninguém. Vim para tocar música.*

E *não* para voltar com Riley Wynn, disso tenho certeza.

Mas as fotos não me deixaram em paz pelo resto da manhã.

O sorriso de Riley fica preso no meu coração enquanto eu tomo banho no boxe branco moderno do banheiro. Continua comigo enquanto pego um café e algo para comer na loja de bagels lotada de gente no fim do quarteirão e me segue durante todo o caminho até o estádio. No fim das contas, o jeito de me distrair de uma apresentação para vinte mil pessoas eram quatro fotos desfocadas de Riley sentada com um estranho.

Me sinto culpado pelo escrutínio exaustivo das imagens. Riley disse em entrevistas que queria que sua vida amorosa não fosse tão vigiada. Ela acha a pressão muito cansativa, o sentimento de nunca tomar decisões íntimas em particular e, por querer que a fama seja resultado de sua arte, fica ressentida ao ver que as pessoas dão mais importância a fofocas sobre seus relacionamentos do que ao seu trabalho. Ela escreveu *O álbum do coração partido* em grande parte por isso, explicou Riley: para esfregar na cara dos ouvintes o fato de eles se sentirem no direito de esmiuçar com voracidade a vida particular dela.

Essas fotos invadem a privacidade dela, eu sei disso. Não quero dar a eles os cliques que estão buscando. Quero resistir à compulsão de ver cada uma, de saber onde ela estava, com quem saiu, como sorriu.

Eu *quero*. Eu só... não consigo. Estou impotente.

Frustrado, considero sair para procurar o mesmo tipo de distração. Não sou um zero à esquerda no quesito flerte. Toco profissionalmente – no momento – nos palcos da turnê musical mais popular do ano. Eu podia me perder nos braços de alguém, nos lençóis de alguém, deixando de lado o que Riley me faz sentir.

Só que não dá, aponta a minha mente, me desmotivando.

Não importa com quem eu vá para casa, eu saberia que estou fugindo *disso*.

Agora, enquanto me sento no camarim do Garden, as fotos grudam na minha mente inquieta como convidadas indesejadas. A TV na parede faz a contagem regressiva para a hora do show, e descubro que não estou nervoso – estou frustrado.

Frustrado porque estou com *ciúme*. Não dá para negar a natureza desse sentimento, mesmo juvenil, mesmo injustificável. Se o meu conforto e a minha confiança pela manhã pareceram acordes fáceis, isso aqui parece as notas que alguém deixa de ver na primeira leitura – o breve tremor da dissonância involuntária.

E sei que ver Riley não vai ajudar em nada. Ela está fora durante boa parte do dia, lidando com questões publicitárias ou outras obrigações. E fico esperando, enquanto meu humor vai ficando cada vez mais azedo.

O camarim não é bem o que eu esperava. É meio um salão de festas de hotel, meio uma sala de estar para a família improvisada da turnê. Os casacos dos membros da equipe estão jogados nos sofás. As mesas estão lotadas de garrafas de água. Um tapete calêndula vai de parede a parede, nas quais fotos emolduradas celebram apresentações icônicas, enquanto uma ampla janela se ergue sobre Manhattan.

Quando Riley finalmente entra, as coisas começam para valer. Sua voz é vibrante quando fala com o pai ao telefone e parabeniza e banda e a equipe, seus movimentos rápidos com uma impaciência exuberante quando ela atualiza os fãs nas redes sociais com fotos antes do show.

Quero desviar os olhos. Me concentrar na música, na apresentação.

É claro que não consigo.

Vestindo um robe curto de seda por cima do collant branco de lantejoulas que ela usa por baixo das roupas, exibindo as longas pernas, ela brilha sob as luzes do local. Não consigo parar de olhar, e cada detalhe dela fica gravado com a precisão de um diamante no meu coração indefeso.

Ela é deslumbrante. Ainda assim, não é a aparência dela que mais me atinge.

É a forma como ela cintila de orgulho, de empolgação pelos sonhos realizados. Ela é linda de qualquer jeito, mas a alegria a deixa radiante.

Coisa que eu não tenho o direito de reparar, lembro a mim mesmo. *Assim como não tenho direito a sentir ciúme*. O azedume no meu coração é um disparate total. A vida amorosa de Riley seguiu por dez anos sem me fazer surtar. *Eu* tive uma vida amorosa sem dar a mínima se ela estava com alguém. Não tem nada de diferente agora.

Só que... meio que *é* diferente. Vou compartilhar um ônibus de turnê com ela. Será que ela vai levar casinhos para aqueles beliches estreitos? Seria pior se ela não fizesse isso? Toda noite que ela não estiver no ônibus, vou saber que é porque ela pode estar com alguém. Riley pode ser a compositora, mas não tenho nenhum problema em escrever vinhetas cheias de mágoa para o meu coração mesquinho sempre que ela fizer isso.

É a cutucada derradeira para que o meu ânimo vá de mau a péssimo. Pego uma bebida na geladeira do camarim e vou até o canto da sala em busca de solidão.

Eu só preciso segurar as pontas por tempo suficiente para tocar a música de término devastadora e perfeita da minha ex sobre mim na frente de seus inúmeros fãs ardorosos. *Moleza.*

– Max, posso me sentar com você?

Fico surpreso por reconhecer a voz e levanto a cabeça, deixando as ruminações de lado. A mãe de Riley, Carrie, se junta a mim no sofá, com o semblante sério suavizado por um olhar gentil. Assinto, é claro, sem saber o que ela pode querer comigo. Quando namorei Riley, fiquei na casa dos pais dela no Natal durante uma breve visita. Não consegui conhecer de verdade a família dela, já que eu estava muito fascinado pela Riley. Eu me lembro de sair de fininho sempre que havia uma chance de termos um pouco de privacidade.

Agora me dou conta de que Carrie com certeza sabia o que estávamos fazendo. Seja como for, conversei poucas vezes com ela.

– Não sei mesmo o que fazer aqui – confessa ela. Não parece triste, só sincera, o que me faz pensar que talvez seja esse o motivo para a composição de Riley compartilhar essa mesma característica. – Riley não precisa de mim e, sempre que ofereço ajuda, fico com a sensação de que estou no caminho de uma máquina em perfeito estado.

Consigo desviar o olhar de Riley e olhar para Carrie.

– E Riley precisa de algum de nós? Ela consegue subir ao palco sem nada além de si e botar o lugar abaixo.

Carrie ri. O som parece breve e genuíno.

– Ainda assim – continuo –, acho que ela está feliz por você estar aqui.

Eu me lembro de Riley na casa linda e solitária. Ela fica desconfortável na solidão. Quando estávamos na faculdade, tínhamos só uma semana de namoro quando ela começou a inventar desculpas para precisar dormir comigo. Levei cinco dias para dizer que ela não precisava de uma desculpa.

Eu sei por que ela fica inquieta sozinha. Ela se esforça para preencher o vazio com som, com luz, com presença. O esforço a exaure. Riley acha que estar sozinha é como tocar para estádios vazios.

– Eu não sabia que você e a minha filha ainda eram próximos – observa Carrie, de um jeito inquisitivo.

Eu me remexo no lugar, corando de constrangimento.

– Ah… – hesito, me enrolando para falar. – Na verdade, não somos. É que, sabe, quando eu a *conhecia*…

Carrie tem razão. É muita presunção da minha parte fingir que sei o que Riley está sentindo. Assim como é muita presunção sentir ciúme.

– Estou brincando com você – diz Carrie. Quando ela abre um sorriso mostrando que me pegou direitinho, fico aliviado. – Riley me contou como ela apareceu na casa de repouso pra te ver e como ainda é fácil conversar com você. Acho muito maduro vocês dois fazerem isso juntos como amigos. Vocês cresceram tanto desde que ficavam saindo de fininho da nossa casa pra namorar no carro da Riley – diz ela, com um leve sarcasmo.

Eu teria morrido de vergonha outra vez se não tivesse ficado muito curioso. Riley falou sobre a visita à Harcourt Homes? Falou que era fácil conversar comigo? O que mais ela falou? Quais foram as palavras exatas? Será que essa conversa poderia ser transcrita para que eu a revisasse?

Não tenho a chance de perguntar. Ouço Vanessa dizer o nome de Riley, e isso desvia a minha atenção.

– Ei, Riley, o gostosão de ontem à noite vem pro show?

De esguelha, vejo Vanessa mostrando o celular. Eu sei muito bem o que tem na tela. O primeiro de uma série de stories no Instagram.

Riley faz "shhh" para ela.

– Um pouco mais alto – brinca ela. – Não sei se minha mãe te ouviu.

As duas riem juntas. Eu ficaria impressionado em ver a rapidez com que Riley transformou a banda em amigos e iguais se eu não estivesse tão absorto no assunto da conversa delas.

– Ele vem – diz Riley, a voz mais baixa. – Mas a gente não se pegou.

– Humm – murmura Vanessa, como se não estivesse convencida.

– É sério – insiste Riley. – Não aconteceu nada entre a gente. Ele vai trazer a noiva pro show. A Eileen arrumou ingressos pra eles.

O alívio que eu sinto é esmagador. Sei que deveria me sentir culpado pela reação, mas não sei se me importo mais. Riley me faz comemorar vitórias em guerras internas que eu não deveria travar comigo. Eu me pego sorrindo, olhando para os meus sapatos, até sentir que Carrie está me observando. Ela não diz nada. Ainda assim, sei que me viu bisbilhotando e, pior ainda, viu minha reação ao descobrir que Riley não saiu com ninguém ontem à noite.

Luto com o silêncio. Não sei se digo algo ou se vou me incriminar mais ainda por minimizar o que fui pego fazendo.

Por fim, não sou eu que quebro o silêncio. Em vez disso, um pouco depois, Riley se aproxima. Carrie me dá um sorriso conspirador antes de olhar para a filha.

– Mãe, acho que está na hora de você ir pro seu assento – diz Riley, com uma ansiedade evidente.

Carrie se levanta. Ela abraça Riley, depois nos olha.

– Bom show, quebrem tudo – diz ela. – Vocês dois vão ser incríveis.

Com o olhar astuto que ela me lança, capto o sentido duplo.

Depois que ela segue um membro da equipe e sai, fico ali com Riley no camarim apinhado de gente. Meio sozinho, separado, mas cercado.

– Valeu por ficar com a minha mãe – diz Riley.

– Ah, não precisa agradecer – respondo, e é sincero. – Foi... esclarecedor.

– Oh-oh. – A voz de Riley tem um tom jocoso, a expressão imperturbável. – O que foi que ela falou de mim?

– De você? Nada de mais – digo, prolongando o momento, ousando entrar na brincadeira. – Mas o que foi que você falou de mim?

O sorriso de Riley aumenta, para minha surpresa. Percebo que eu não deveria ter me surpreendido.

– Ah, muito – diz ela, animada. – Isso não pode ser uma surpresa pra você, Max. Você foi meu primeiro amor. Escrevi uma canção sobre você. É claro que você apareceu na conversa com a minha mãe.

– Beleza – digo. – Mas, tipo, recentemente?

Ela para. Ou hesita. É evidente o embate entre seu equilíbrio incrível e a imobilidade por ter sido pega de surpresa. Seu cabelo foi recém-pintado de louro, a maquiagem é impactante. Ainda assim, percebo um rosado em suas bochechas.

– Riley Wynn está ficando corada? – pergunto.

Ela ri como se estivesse se divertindo com a própria reação. O pôr do sol vai baixando pela vista da janela, lançando raios rubros pela sala. O efeito é estonteante, como se o horizonte estivesse rindo com ela.

– Nossa, pior que estou – diz ela.

Olho em seus olhos.

– Agora me conta – começo a sondar. – O que você poderia ter dito pra te fazer corar? Você falou pra ela que é fácil conversar comigo?

– Falei – responde ela.

Ela dá de ombros bem de leve, e isso me encoraja. Estou curtindo essa conversa, essa troca improvisada com a garota para quem eu tocava piano no meu quarto do dormitório. Pela primeira vez nessa turnê, sinto que estou no lugar certo. Riley pode ser feita para os palcos – talvez eu seja feito para os camarins.

– E que foi bom me ver de novo? – pergunto, arrastando a pergunta.

Riley ergue o queixo de leve. Confronto e convite.

– Bem por aí – diz ela.

Eu me inclino e me aproximo mais, meu jeito discreto de mostrar a ela que essa conversa é só entre nós, apesar do caos à volta. Sigo a vozinha que exige que eu vá em frente com isso – uma tentativa de provar para mim mesmo, para ela, para cada cara aleatório que ela possa encontrar, que eu ainda consigo flertar com ela, mesmo que seja só por diversão. Ainda sei tocar os acordes que aprendemos um com o outro quando nos conhecemos.

– E que eu estou ainda mais bonito do que dez anos atrás?

– Tenho certeza de que isso foi mencionado, sim.

Riley olha bem nos meus olhos.

Mesmo com a intensidade da conversa, estou um pouco desconcertado. Descubro que esqueci totalmente que estamos prestes a subir ao palco.

– Falou mesmo? – pergunto.

Riley revira os olhos. O lampejo de timidez em sua expressão é absurdamente charmoso.

– Os anos te fizeram bem, Max – diz Riley. – Você está bonito. Não tenho nenhum problema em admitir isso. Não é uma grande declaração de amor.

As luzes piscam, indicando que o show vai começar. Minha bravata murcha, e nosso flerte é reprimido pela iluminação de palco.

– Eu sei que não – respondo, ouvindo como soa minha voz: como eu mesmo, meu eu de sempre. – Ainda assim, obrigado. Você também está bonita.

Bonita? Me reprimo por essa escolha pobre de palavra. Ainda que eu esteja imitando Riley, o eufemismo parece criminoso. *Você parece a personificação da harmonia,* eu poderia dizer. Mas fico dentro dos limites que ela traçou. *Você está bonito.*

À nossa volta, a sala é tomada por uma súbita urgência. Riley olha avidamente para todo mundo, como se uma força primal a puxasse para se juntar a eles, mas ela para. E me olha.

– Max... – começa.

Eu aguardo, me perguntando o que ela quer acrescentar. O momento passa, com o lembrete do público na expectativa nos separando.

– Divirta-se lá – conclui ela, com rigidez.

É óbvio que não era isso que ia dizer.

Assinto, decepcionado. Ela vai até o meio da sala para falar com a banda.

Desvio o olhar enquanto ainda consigo, preso na sensação de que os nossos duetos só soam harmoniosos quando não tem ninguém ouvindo.

12

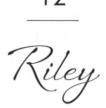

Termino de cantar "Novembros" com os braços brilhando de suor e a sensação de ter corrido maratonas pelas sendas da memória. Estou imersa na música, saindo da pessoa que eu era naquela letra, a garota que se despede do cantor e compositor com quem namorou por exatamente um ano.

Ela tinha 27 anos, estava sentada no carro sob os postes de luz de Crescent Heights e abriu o bloco de notas no iPhone para não perder a letra. Tinha acabado de levar um fora, um ano depois do primeiro encontro com o cara que ela conheceu antes do show dele no Palladium. Pensando no capricho do calendário, ela começou a sentir que todo começo era só o começo de algo que terminava. *O que é novembro de amor se há dor em novembro? O que é novembro quando é todo mundo igual todo o tempo?*

Em meio ao rugido da multidão, eu paro, voltando à Riley que está neste palco, e também sendo a outra da canção.

Eu vivo pelos shows. O caleidoscópio em que posso me transformar graças a eles, revisitando meu passado, lembranças evocadas pelas cordas do violão. Visto os fragmentos de três minutos da minha alma como se fossem as roupas de show que esperam por mim no meu armário.

Em cada música que toquei hoje à noite, expus versões antigas de mim mesma. Rileys do passado que se apaixonaram e cujo coração foi partido. Não importa quantas pessoas estejam diante de mim, berrando minhas letras. Enquanto as minhas mãos seguram o violão e os meus lábios se colam ao microfone, cada música é uma cápsula do tempo com fragmentos do meu coração.

Quando os ecos reverberantes da música vão sumindo, me sinto conectada.

Não só às pessoas ao meu redor, à vastidão escura e brilhante de celulares para o alto na multidão. Eu me sinto conectada a mim mesma.

A iluminação muda, e apoio o violão no suporte posicionado exatamente onde pedi. Com um gole de água, me recomponho. Deixo ir a garota que compôs "Novembros". Fecho os olhos, mergulhando nos sons do estádio, pronta para me transformar na próxima Riley.

Cada palco é único, tem uma sensação só dele e seu próprio relacionamento com o entorno. O meu é curvado, feito com painéis de um cinza elegante com bordas de metal. Vou até o suporte do microfone e encaixo o microfone nele.

O público aguarda. Dou um sorriso.

– A sua vida já mudou em um piscar de olhos? – pergunto.

A multidão grita. O rugido é estimulante. É para isso que serve a música pop, é isso que é o pop. Não é só prazer. É união.

– A próxima música mudou a minha vida pra sempre. Por causa de vocês.

Quando o público grita ainda mais alto, observo as luzes intermináveis. *Valeu a pena.* Cada mágoa, cada término – tudo isso valeu a pena para estar aqui agora.

– O sujeito dessa música provavelmente não sabe que ele mudou minha vida duas vezes – continuo. – A primeira quando ele me beijou no banco de um piano e a segunda quando pensei naquele beijo, anos depois, e peguei o violão no meio da noite para compor uma música.

Sinto meu coração disparado. Não é de nervoso – é a nova Riley. Ela está se abrindo, expondo sua alma.

Sei que Max está ouvindo e não fico constrangida. Quando você escreve uma música de término a respeito do cara que estilhaçou seu coração dez anos antes, é difícil ficar constrangida com qualquer outra coisa. A vulnerabilidade na minha voz não é um personagem no palco, não é uma introdução ensaiada. É real.

No retumbar do Madison Square Garden, sei que a minha introdução está funcionando. A multidão está em chamas. Ouço aplausos, gritos, até choros. A expectativa se espalha pelo palco em ondas de calor elétricas.

Eu deixo que elas venham. Eu as recebo de braços abertos.

Por fim, volto a falar.

– Essa se chama "Até você" – digo. Diante da erupção de barulho, continuo: – E eu gostaria de convidar um velho amigo pra tocar comigo.

Olho por cima do ombro, na expectativa.

Max entra tropeçando no palco. Parece deslocado. Não só por *não* estar vestido como um astro do rock, usando calça e blusa social, mas porque ele é uma peça do meu passado entrando no meu presente. Ele é um segredo bem à mostra. Ele é um nome que eu costumava sussurrar nos meus lábios, agora cercados de alto-falantes.

– Max Harcourt e eu costumávamos tocar juntos quando tínhamos 20 anos – explico, com a sensação de estar ultrapassando todos os limites. Os fãs sabem uma parte da nossa história sem saber que é a *nossa* história... por enquanto. – Ele ainda é o melhor pianista com quem já trabalhei e, já que essa música é tocada no piano, eu sabia que precisava que Max estivesse comigo.

Ele ergue o olhar para as luzes enquanto o público o recebe. O clarão potente do holofote reluz nas lentes dos óculos dele. É como se ele preferisse refletir a luz em vez de ficar sob ela.

O piano está na lateral do placo, o acabamento preto reluzindo, as teclas brancas lustrosas em um contraste saturadíssimo. Quando Max dá um passo adiante, o público fica quieto. De repente, sinto o primeiro nervoso desta noite. E se isso não der certo? E se a nossa apresentação juntos for tensa demais e todos ignorarem Max?

Então ele se senta diante das teclas, e seus olhos encontram os meus.

Quando assinto, ele começa a tocar a introdução.

Em poucos acordes, ele se transforma. É uma pessoa diferente – ou é a pessoa por quem me apaixonei anos atrás. Os sentimentos me arrebatam. É difícil reconhecer que eles fazem parte do passado quando Max está bem na minha frente. *Não estou apaixonada*, preciso lembrar a mim mesma. Apenas abri a cápsula do tempo.

Ele toca com uma graciosidade metódica, os ombros se mexendo enquanto as mãos cobrem as teclas. O cabelo mal fica no lugar, como se tivesse sido penteado às pressas. Seu semblante é intenso, os olhos estão fixos no piano. Por baixo das mangas dobradas, observo seus antebraços, que conheço bem, ondularem em um movimento elegante.

Eu me lembro de reparar nesses braços quando seus dedos estavam em mim, e penso que tocar piano é uma das coisas mais sensuais que um homem pode fazer.

– *Noites adentro, novos lares...* – canto, minha melodia unindo-se à dele com perfeição.

Eu o sinto enquanto ele toca e sei que ele me sente, e a linguagem em que conversávamos no passado volta rapidamente.

Estou chegando ao primeiro refrão quando ele enfim ergue os olhos. Direto para mim.

Seus olhos se iluminam com uma luz que tenho certeza que não vem dos holofotes. Na mesma hora, é como se ele não conseguisse desviar os olhos. Cantando o refrão, fico perplexa por ser o mesmo olhar que ele me lançava quando nos apresentávamos durante o namoro. O olhar que reparei em vídeos antigos dos primórdios das nossas apresentações. Eu me sinto na posse de algo roubado, um reconhecimento que a circunstância estava destinada a me negar. Como se eu não devesse saber o quanto cada movimento das mãos de Max nas teclas é familiar. Como se não fosse para eu sentir meu coração inflar desesperadamente quando o olhar dele diz que a minha voz é a que ele ouve em sonhos.

Isso me faz desviar o olhar dele.

Nos acordes finais do refrão, sou atingida por uma fúria brutal. Eu não devia ficar me *lembrando* da expressão no rosto de Max nem do jeito como suas mãos acariciam as teclas. Eu vivi com essas coisas nos últimos dez anos. Não foi a circunstância que me negou isso – foi ele.

No turbilhão do palco, algo acontece. Eu me transformo em uma Riley que ainda não habitei por completo, mesmo nas diversas apresentações anteriores dessa música. Sinto a lembrança dela, o fantasma. Ela andou comigo pelas passagens tristes de "Até você" em estúdios e passagens de som.

Agora eu a sinto por completo. Como se ela fosse atraída para a nova peça na apresentação desta noite.

Max.

Tenho 20 anos, estou guardando as coisas no carro, meu coração está disparado de felicidade. Nossos amplificadores, o meu e o do Max. Meu violão, minhas malas, roupa para quinze dias em Nashville. O sol de junho castigava a entrada de carros da minha casa, de onde planejávamos partir por ser mais perto da estrada. Eu não estava nem aí para o quanto estava suando. Era como se nada pudesse abalar a minha empolgação. *Nada.*

A única peça que faltava era Max. Ele estava indo de carro com as malas e, é claro, o teclado. Lembro que, a cada carro que eu ouvia passar na minha rua sem graça, eu sentia a mesma onda vertiginosa de esperança.

A música era só alegria naquela época. Era só harmonia. Era só parceria. Só amor.

Até que o carro de Max chegou. Eu nunca tinha visto aquela expressão no rosto de Max.

Ele não disse nada. Aquilo disse tudo.

Sem acreditar, passei frenética por ele e fui direto até o carro. Diante das janelas do Camry, não havia mais dúvida. Não havia nenhuma mala à vista. Nem o teclado. Meu coração ficou preso na garganta.

– O que está acontecendo? – consegui falar.

– Sinto muito mesmo – começou Max.

Fiquei perplexa com a ausência de *baby* ou *amor*, os apelidos carinhosos que Max tinha começado a usar com timidez nos últimos meses. Eram a cara *dele*. Nada exagerado, mas representando tudo que ele queria dizer.

– Eu não vou com você – continuou ele.

– Por quê? – perguntei, com a voz sufocada.

Sob as luzes do Madison Square Garden, eu *ainda* me sinto constrangida com a rapidez com que busquei outras explicações. *Nossa, tomara que não tenha acontecido nada com a família dele. Ou... Talvez ele tenha derrubado o teclado. Talvez o teclado tenha se espatifado. Ou...*

Minhas suposições acabaram rápido. *Não é nada disso*, me lembra a voz mais cruel da minha mente. *Foi você, Riley. Você não era o que ele queria.*

– Preciso ficar aqui. Preciso começar a administrar a Harcourt Homes – explicou ele.

O peso na voz dele transmitiu o que a explicação sucinta não fez. Ele não estava dizendo que o teto ia desabar ou que o dinheiro ia acabar ou que os residentes iam se rebelar se ele, Max Harcourt, não apresentasse o bingo naquele verão. Ele não quis dizer que a casa precisava dele. Ele quis dizer que ele precisava da casa.

– Eu não devia... – Ele se esforçou para explicar. – Eu não estou... destinado a fazer música com você. Isso não... sou eu – disse ele.

Eu sabia que a escolha era dele. Era direito dele viver a vida que *ele* queria. Ele não era quem era de propósito, não estava escolhendo o que escolheu só para me irritar. Foi por isso que não passei a última década odiando Max.

Ainda assim, fiquei magoada, mesmo reconhecendo que fui um pouco egoísta. Naquele momento, não senti apenas que éramos incompatíveis. Eu me senti rejeitada. Eu me senti assustada ao descobrir que o homem por quem eu era loucamente apaixonada de repente tinha chegado à conclusão de que a essência das minhas esperanças e dos meus sonhos não valia tanto assim para ele.

Fiz algo que não fiz muito desde então. Comecei a chorar.

– Por favor, Max – choraminguei. – A gente planejou isso por meses.

Ele balançou a cabeça.

– Não posso – disse ele.

Não foi *Não vou*. Eu podia me sentir esperançosa com um *Não vou*. *Não vou* poderia virar um *talvez*, e um dia até um *sim*.

Não posso é impossível.

Só que acho que não era. Aqui está ele, extraindo encanto das teclas como eu sabia que faria. *Não posso*. Por meses, Max Harcourt encheu meu coração com três palavrinhas. Com duas, ele o despedaçou de um jeito que não sei se consegui remendá-lo. Isso, sair juntos em turnê, era o nosso plano dez anos atrás. Mas só agora estamos aqui.

Nem é porque ele quer ressuscitar o nosso sonho. Ele só quer experimentar a minha vida antes de voltar para casa.

Eu saí para a nossa turnê por Nashville. Fiquei num quarto do hotel chinfrim que eu sonhara em dividir com Max, em vez de usar o vigor exaustivo causado pela agenda de apresentações para me distrair da solidão visceral.

No meu inesperado tempo de folga, eu me vi compondo novas músicas – minhas primeiras músicas de término. Eu escrevia uma música inteira ao longo do dia, lançava a música para a minha pequena multidão de expectadores e repetia o processo com alguma novidade no dia seguinte.

A cada noite, fui começando a perceber o estranho efeito dessa rotina angustiante. Minhas músicas de término eram as que os meus ouvintes mais amavam. Eles balançavam a cabeça passivamente no ritmo acelerado dos meus hinos de liberdade juvenil, mas eu via seus rostos mudarem quando os acordes de dor os capturavam.

Mergulhei fundo nessa paixão selvagem e inconsequente. Escrevi mais letras novas me inspirando em Max. Dei vida aos meus sentimentos em alto e bom som, cobrindo cada canção triste em meu repertório. Funcionava todas as noites.

Tem funcionado há dez anos desde então.

O que eu descobri é inegável. Ter o coração partido é uma magia horrível e poderosa.

Esse foi o presente sombrio de Max. Ao estraçalhar o meu coração, ele reinventou por completo a minha relação com a música, me deixando com algo que se tornou meu mantra: o que não te mata te torna um ótimo compositor.

Isso não é mais só a minha maior alegria. É o meu primeiro instinto quando estou sofrendo: unir-me ao violão para que suas cordas cantem a dor que sinto no peito. É o amante a quem recorro tanto na tristeza quanto na paixão.

Instintos conquistados a duras penas por causa dele. Por causa da música que nunca chegamos a fazer.

Que legado.

Esse furacão emocional me varreu nos breves momentos que separavam o refrão da estrofe. O Madison Square Garden ressoa a música de Max, e as notas preenchem a escuridão. Se eu ficar mais furiosa, a raiva vai interferir na apresentação. Eu me viro de costas para ele. Não vou terminar a canção com a lembrança de olhares perdidos me encarando.

"Luzes etéreas, corações unidos...", canto para a multidão, decepcionada comigo mesma. O motivo de levar Max na turnê é aumentar o mito em torno da canção. Quero que vejam a música que retrata a vida bem na frente deles, que sintam a letra escrita na realidade. Se eu não consigo fazer contato visual enquanto estou cantando, é melhor estar sozinha no palco.

Ao chegar ao segundo refrão, me volto para dentro de mim mesma. Eu sou *Riley Wynn*. Estou no Madison Square Garden. Não cheguei até aqui porque me assusto fácil. Quando Max destruiu o meu coração, eu não desabei – eu me reconstruí no palco.

Não vou arruinar essa noite, o lançamento da minha turnê, porque não consigo controlar a dor do meu ressentimento. Preciso encontrar meu caminho adiante.

Quando voltei de Nashville, eu estava solteira. Eu me lembro do choque de perceber que o meu orgulho começava a pesar mais do que a minha dor. Se eu não tinha mais Max, eu tinha a mim mesma. Tinha a minha musicalidade. Tinha a minha voz. Eu tinha histórias: tristes, agora, que eu estava aprendendo a usar com um efeito fascinante.

Eu tinha começado a viver as canções que eu queria que fizessem o meu nome e não tinha nenhuma intenção de parar.

Enquanto estou cantando, lembro a mim mesma que Max Harcourt não é o amor da minha vida. Ele é só uma ótima música.

13

Max

Na estrada para Ohio, fico escondido no meu beliche.

Horas depois do fim do show, o resto da banda está comemorando aqui no ônibus de Riley. Escuto todos eles do outro lado, além das minhas cortinas finas, trocando histórias de turnês enquanto tomam uns drinques. Até Carrie participa da comemoração. A voz de Carrie participa da comemoração. A voz de Riley – como sempre – sobressai nos meus ouvidos exauridos pelo palco, a risada dela cheia de entusiasmo.

Durante a nossa apresentação, ela estava incandescente. É por isso que estou aqui e não lá com os outros. Eu não conseguia parar de olhar para ela, de olhar seus lábios dando forma a cada letra, seu vestido cintilando sob as luzes, como se elas lhe dessem a vida.

Não consegui parar de olhar, mesmo quando ela não estava cantando para mim. Ela cantou a nossa música para os fãs, que cantaram junto cada palavra. Era bem esquisito saber que todo mundo estava ouvindo a nossa história. Ver isso acontecer era totalmente diferente – ver a nossa música se tornar deles.

Olho pela faixa de janela no meu beliche, inquieto. Lá fora é só breu, a estrada correndo suave sob nós, o peso de veículo amenizando as irregularidades que o terreno possa oferecer. Parte do decalque na lateral do ônibus atrapalha a minha visão. O nome de Riley. Fiquei com a diagonal comprida à esquerda do "W" maiúsculo.

Eu me reviro na cama, sem saber o que fazer. Não quero me juntar à comemoração.

Em vez disso, fico só pensando. Não é só a experiência coletiva de "Até você" que está na minha cabeça. É o fato de que eu tive que ver Riley cantar todas as *outras* canções do álbum, que falam de cada sujeito que sentiu algo por ela. Percebi a emoção genuína em cada música, vi a mágoa nítida nas feições dela. E percebi: a nossa não é especial. É só a letra à qual ela deu a melodia de sucesso.

Ouço a porta do banheiro ao lado ser aberta. Passos se aproximam, e as minhas cortinas são abertas. É Vanessa, com um sorrisinho. Ela ainda está usando o traço grosso do delineador nos olhos, o cabelo solto e selvagem pela noite atrás da bateria.

– Sabe, é difícil se esconder de uma festa em um ônibus – observa ela. – Impressionante.

Dou um sorriso, sem querer confessar que não suporto ficar perto de Riley no momento.

– Estou exausto – digo. – Não sei como vocês ainda estão de pé, e eu só toquei uma música.

– Ah, eu tô morta – responde ela. – Mas a adrenalina ainda não me deixou perceber.

Ela bate no beliche se despedindo e deixa a minha cortina aberta ao voltar para a festa. Fico ali com uma vista parcial da festa, todos os meus companheiros músicos comemorando como se fossem imbatíveis.

Desvio o olhar. A escuridão lá fora é reconfortante, sem convites nem expectativas. Eu *não* me sinto agitado. Eu me sinto... sei lá. Mas sei do que preciso para descobrir: tempo e espaço, longe de Riley.

Riley, que cantou hoje à noite como se ainda não tivesse superado doze términos, que fez milhares de pessoas a amarem. Na mitologia, as sereias atraem os marinheiros para litorais rochosos com vozes inebriantes. Estou começando a achar que ouvi uma delas cantando no Madison Square Garden, usando seu antigo vestido de noiva. É impossível ver a apresentação de Riley Wynn e não se sentir atraído, é impossível não fazer tudo que posso para continuar por perto.

Será que gostei de me apresentar hoje à noite? Ou será que gostei de me apresentar com *ela*?

Não sei.

É frustrante. Apesar das finanças da Harcourt Homes, eu quis usar essa turnê para descobrir se me arrependo de ter desistido de tocar música profissionalmente. Eu esperava que a iluminação de palco jogasse luz nos recantos desse enigma.

Em vez disso, receio acabar apenas provando a mim mesmo como é fácil ser enfeitiçado por ela, mesmo dez anos depois.

Sinto o ônibus ir desacelerando aos poucos até parar. Do lado de fora, brilha pela minha janela uma placa iluminada do posto de gasolina no qual paramos. A festa termina, e todos lotam a lojinha de conveniência, saindo de lá carregando sacos de Cheetos, doce de alcaçuz, ice tea e bolinhos. Como se não fossem astros do rock, mas sim adolescentes em uma viagem de férias.

Eles voltam para seus respectivos ônibus, provavelmente para dormir um pouco. Já passa das três da manhã.

Quando começamos a andar de novo, está tudo silencioso. Apenas Carrie, Riley e eu. De alguma forma, o espaço parece ainda menor sem os outros músicos. Não íntimo, mas claustrofóbico. O confinamento é esmagador, os armários refletindo o brilho vítreo das luzes no teto.

Estou ciente de cada movimento de Riley. Ela começa a catar o lixo da festa com a mãe, jogando copos em sacos de lixo.

Desço do beliche para ajudá-las, impressionado, mas não muito, com o fato de a estrela Riley Wynn catar o próprio lixo. Ela ergue o olhar, surpresa, o cabelo ainda úmido de suor, os olhos cintilantes. Ela parece exausta, mas também que poderia ficar acordada por vários dias.

– Achei que você estivesse dormindo – diz ela. – Não precisa limpar nada. Você não fez essa bagunça.

Sua voz é áspera, porque a exaustão começa a alcançá-la. Sem querer, me lembro de como eu achava sensual quando ela falava assim, quando íamos para casa depois das nossas primeiras apresentações.

– Não tem problema – digo, e não é mentira.

Espano farelos dos assentos de couro para dentro do saco de lixo mais próximo.

Trabalhamos em silêncio, ou quase. O zumbido da estrada sob nós me deixa ciente do nosso movimento constante, até que Carrie boceja.

– Não fico acordada até tarde assim desde que você não cumpriu seu toque de recolher, quando tinha 16 anos – comenta ela com a filha.

A culpa passa como um lampejo pelo semblante de Riley. Acredito que não seja pela violação do toque de recolher.

– Mãe, vai dormir – diz ela, como se tivesse acabado de lembrar que a mãe não está acostumada a noites como esta.

– Ainda não terminamos – protesta Carrie, gesticulando na direção da bebida derramada na mesa.

Riley se endireita e ergue uma sobrancelha, intransigente.

– Eu não tenho 5 anos. Sei limpar as minhas bagunças. – Carrie hesita, e Riley puxa o saco de lixo da mão dela. – Estou te mandando pra cama.

Riley aponta para o final do ônibus.

Carrie ri.

– Você não pode mandar a própria mãe pra cama.

– É o meu nome escrito no lado de fora do ônibus, não é? – retruca Riley. – O que me lembra que a gente precisa de um sistema. Nós três.

Em meio à catação de toalhas de papel, eu paro, porque não esperava ser chamado para a conversa.

– Sistema pra quê? – pergunto.

– Se a gente quiser trazer alguém pro ônibus – explica ela.

Um calor envergonhado domina as minhas bochechas. A indiferença dela me atinge do mesmo jeito que suas outras canções, invadindo lugares frágeis nos quais prefiro não mexer. Na mesma hora, acho a mancha em cima da mesa muito fascinante.

Carrie olha para a filha, com um olhar de dúvida genuíno.

– Por que a gente traria alguém pra cá?

– Pra se divertir! – responde Riley. O eufemismo que ela escolhe é a menor das graciosidades. – Estamos em uma turnê musical!

Limpando a bebida derramada, contemplo como nenhuma das minhas expectativas para essa turnê incluíam discutir sistemas para enxotar os outros por motivos sexuais com a minha ex-namorada celebridade e a mãe dela. Será que o Frank podia encostar e me deixar descer? Eu vou andando até Ohio. Nem é tão longe.

Nos recônditos mais exauridos da minha mente, me ocorre que comecei o dia inquieto vendo fotos de Riley no que podia ser ela se divertindo com um estranho que tinha conhecido ontem à noite. Agora estou sentindo quase a mesma coisa, algumas fronteiras estaduais depois, com o dia quase amanhecendo. Será que esses sentimentos nunca vão me abandonar?

– Riley Eleanora Wynn – diz Carrie, de um jeito entrecortado, meio séria. – Eu não vou trazer ninguém pra cá por *diversão*. Eu vou é dormir.

– Fita isolante na porta – declara Riley, ignorando a saída da mãe. – Esse vai ser o sinal. Vou deixar aqui perto da escada.

– Boa noite, Max! – grita Carrie em resposta.

Não consigo conter uma risadinha enquanto Carrie fecha a porta.

Quando a maçaneta faz um clique, sou deixado no silêncio do espaço em comum quase limpo com a minha ex, que planeja deixar uma fita isolante na porta. Ela está animada de um jeito desconcertante e continua a arrumar metodicamente a sala, com um sorriso.

Não dizemos nada até que ela pergunta de repente:

– Gostou do show?

O contexto da pergunta me faz parar. É uma pergunta que ela deve fazer a diversos fãs, amigos, até ex-namorados, com um significado completamente diferente. É o que ela teria me dito se eu tivesse ido a um dos shows dela. Essa ideia, esse diálogo em um universo paralelo, me faz lembrar de como não estávamos na vida um do outro no mês passado.

– Da nossa música, quero dizer – esclarece Riley, como se lesse a minha mente. Não seria a primeira vez. – Você gostou de tocá-la?

Reabro o enigma com o qual eu estava me debatendo no meu beliche.

– Se eu gostei? – repito. – Sei lá. Mas teve um momento, quando todo mundo estava cantando a letra junto com a gente... Eu me senti... conectado.

O sorriso de Riley fica mais largo.

– É incrível, né?

O sorriso dela podia ofuscar a lua, que mal dá para ver pela janela com decalque.

Assinto, e esse movimento faz o sentimento ser real. *Foi* incrível, ouço uma voz profunda e urgente me dizer. Talvez seja por estar muito tarde, pelo fato de a adrenalina e a exaustão terem me levado ao limiar da razão ou talvez só porque Riley sempre consegue revelar os meus sentimentos. O que quer que seja, isso me obriga a romper o silêncio mais uma vez.

– O vestido – digo. Aventurar-me nesse assunto é como pisar no palco. – Não dói usar aquele vestido?

Fico me perguntando se ela ouviu o peso oculto que a pergunta carrega, se ela sabe que não estou apenas perguntando sobre o vestido de noiva, e sim sobre… as músicas. Sobre cada relacionamento terminado esculpido em letras dignas de estádios. Sobre mim. Como é que ela faz para escavar o coração partido toda noite? Como é que ela consegue usar cada término como uma coroa?

Riley se recosta no balcão, esfregando o pulso do jeito que reparei que ela costuma fazer. Não é fácil discernir o leve peso do cansaço no seu semblante.

– Claro que dói – diz ela.

A admissão é quase um alívio. Uma prova de que não é apenas esplendor – não somos apenas apoios. Fico me sentindo meio culpado, percebendo como fico feliz por saber que Riley sofre. Porque, se a dor é real, o amor foi real. Quero saber que foi real para ela. Se ela sente a perda que eu senti, é porque sentiu o amor que eu senti.

– Eu não queria que *esse* fosse o legado do meu vestido de noiva – continua ela. – Achei que talvez ele e eu fôssemos conseguir chegar lá.

Por impulso, desvio o olhar. Quem dera a poça de bebida ainda pudesse me ocupar. Agora ela já foi apagada, como se nunca tivesse estado ali.

– Mas eu sabia que Wesley e eu não éramos perfeitos um pro outro – diz ela. – Eu *queria* que desse certo. Mas, se não desse, eu sabia que conseguiria fazer uma baita canção.

As palavras me fazem erguer a cabeça num gesto brusco. Eu mal reconheço o jeito urgente como a resposta sai voando de mim.

– E daí? Isso é motivo suficiente pra se *casar* com alguém? Pra fazer... qualquer coisa? Pela música?

Riley nem se mexe.

– É.

A mão dela se move para o lado, onde ficam as palavras de Mary Oliver. Uma vez, tracei as letras com o dedo, abraçando-a no meu quarto dó dormitório, eu e ela envoltos nos lençóis. *Who ever made music of a mild day?*

– Eu preciso viver *de verdade* pra compor músicas – insiste ela.

Sua voz contém a intensidade silenciosa de decisões tomadas depois da meia-noite, nos confins de noites em claro, de palavras repetidas à exaustão para si mesma, palavras que eram seu único suporte.

– Você é mais do que a sua música, Riley – rebato, com um tom que reflete como estou me sentindo: meio gentil, meio irritado. – Todos nós somos mais do que a música.

– Eu sei – responde ela. E não parece ofendida nem na defensiva. Ela é paciente, como se já tivesse tido esse debate consigo mesma. – Mas não é só pela música. Se eu não estivesse procurando inspiração na minha vida, não sei se eu *viveria*. O material para ótimas músicas está numa ótima vida.

Não sei o que responder. Ou melhor: não quero dizer o que eu sei que falaria. Estou acostumado com o silêncio, até mesmo com o conforto da sua constância sem expectativas, mas não confio nesse tipo de vazio tenso e expectante que enche o ônibus agora.

Não quero dizer a Riley como viver nem como tem que ser a relação dela com a música. Com certeza não sou especialista nessa coisa de viver. Na verdade, só estou aqui na esperança de desfazer dúvidas que eu não tinha mais como ignorar, de vestir sonhos dos quais me desfiz para descobrir se eles ainda cabem.

Também não tenho qualquer palavra final em relação a compor. Quando segui o meu caminho, rumo à estagnação calorenta do Vale, Riley seguiu o dela – rumo à própria jornada de entrelaçar sua vida na música.

Contudo, espero que ela não se perca em nome da música. Sua vida ser a inspiração para as canções é uma coisa. Sua vida *se tornar* as canções é outra totalmente diferente.

– Já se perguntou onde a gente estaria se você tivesse ido comigo naquele verão? – pergunta ela.

No palco, sua voz é volátil, vulcânica, onipresente. Agora, é o completo oposto. Despida até restar apenas a mais pura honestidade.

Ela me encara. Se a ideia dela era que a alfinetada me calasse, lamento ter que desapontá-la.

– Sim – respondo. – O tempo todo.

E se eu tivesse ido na turnê que planejamos juntos? E se eu tivesse passado os últimos dez anos orbitando ao redor do sol que ela é? Que tipo de vida eu teria agora? Só de contemplar essas possibilidades, tenho a sensação de olhar para estradas sinuosas. Começo a ver aonde a estrada vai, até que não vejo mais. Se eu vivesse a jornada de Riley como um passageiro, não sei se me importaria aonde nosso caminho ia dar.

Seu semblante me mostra que ela entende o que estou dizendo. A fragilidade se infiltra no leve estremecer de seus lábios, no erguer defensivo dos ombros. Os armários da cozinha a emolduram, e é fácil esquecer que essa é a garota que está a 15 metros do chão na Sunset Boulevard.

Minha admissão não a deixa feliz. É claro que não. Só revive a mágoa no coração dela de um jeito que nem uma música consegue. Não podemos voltar no tempo nem reescrever a nossa história. Essa turnê não substitui a turnê que teríamos feito uma década atrás.

Eu me lembro de dar explicações na entrada de carros na manhã em que deveríamos partir para Nashville. Ou pelo menos de tentar dar explicações. Eu estava arrasado pela enormidade da culpa pelo que estava fazendo. Eu sabia o quanto magoaria Riley e, mesmo assim, sabia que era o que eu precisava fazer. Eu não estava com medo de compromisso nem do palco. Eu só não podia ignorar o fato de que me lançar na vida que Riley queria se mostrava cada vez mais em desalinho comigo mesmo.

Ela implorou que eu fosse. Chorou. A força de Riley nunca veio de reprimir os sentimentos. Em vez disso, ela sentia tudo, encontrando um caminho em meio à dor ou às dificuldades.

Eu vi isso acontecer num dia inapropriadamente ensolarado. Riley se recompôs e reuniu seus cacos em uma nova resolução abrupta.

– Bom – disse ela, por fim. – Acho que eu vou pra Nashville sem você, então.

Eu estava mesmo na dúvida se ela faria isso, mas a decisão não foi uma surpresa. O impulso resoluto de Riley é tão potente que consegue ofuscar a decepção.

– A gente pode se falar quando você voltar – respondi, sem forças.

Riley apenas assentiu. Eu não precisava das suas aulas de poesia para captar a mensagem subliminar daquele gesto silencioso. Na verdade, isso também não me surpreendeu. Eu enterrei o verão dos sonhos dela bem debaixo do meu calcanhar na minha dança nada elegante de incerteza existencial. Eu não tinha como afirmar que não esperava que ela não fosse querer nada comigo depois de voltar para casa.

Mesmo assim, tive esperança.

Esperei quinze dias, a duração da turnê que tínhamos planejado. Continuei esperando. De um jeito masoquista, vi as redes sociais dela. Reparei quando ela postou fotos de um show no Palladium, a quinze minutos de carro da Harcourt Homes. Ela tinha voltado para casa depois de Nashville e saído da minha vida.

Nunca tentei contato. Eu não tinha esse direito. Eu sabia que a magoara, apesar de ela continuar a deixar claro que não estava disposta a me perdoar. Do jeito que deixamos a nossa conversa final diante da entrada de carros da casa dela, não havia equívoco sobre o que ela queria. Brilhar como holofotes, gritar como alto-falantes.

Eu sabia, sem a menor dúvida, que ela tinha feito sua escolha. Não tínhamos esperança um no outro. Não tínhamos nos separado de forma precipitada por causa de questões bobas como falta de comunicação ou coisas da nossa cabeça. Quando Riley voltou para casa e não me procurou, eu sabia que ela tinha feito sua escolha sem reservas nem arrependimentos.

De certa forma, foi bom. Eu tinha certeza de que a minha dor era inevitável, o que, por mais estranho que parecesse, a tornava mais administrável.

Ou pelo menos foi isso que tentei dizer a mim mesmo.

Agora, estou aqui pensando se o que me silenciou na última década não foi apenas um respeito absoluto pelas escolhas de Riley. E se foi complacência? E se foi medo?

O ressurgimento de Riley na minha vida rachou a porta da dúvida. O que é horrível, porque, não importa o que vou achar se escancarar a porta, não tenho como mudar o passado. Nenhum de nós pode mudar o que aconteceu. Eu a perdi. Riley se tornou Riley Wynn. Lágrimas foram derramadas. Anos foram vividos. No fim das contas, ficamos apenas com o arrependimento e uma música imortal.

Eu me levanto devagar, sabendo que decidimos em silêncio que a conversa acabou. Quando passo por ela a caminho do corredor, seu cheiro me atinge. Ela cheira a palco, a festas, a *ela*. Preciso me forçar a ir em frente, o que eu faço, subindo no meu beliche e fechando a cortina.

Um tempo depois, ouço Riley subir no beliche dela. Estamos tão próximos que poderíamos estar dormindo na mesma cama.

Mas não estamos.

14

Riley

Eu adoro o ônibus. Adoro a sensação de estar o tempo todo em movimento, como se nenhuma cidade pudesse me conter. Adoro a forma como o cenário muda, as paisagens parecendo melodias tocadas em um crescendo de montanhas que dão espaço para pausas planas. Adoro a alegria do contato com novos lugares cheios de gente nova, poços de inspiração nas vidas enquanto estão sendo vividas.

Mas eu não adoro *dormir* no ônibus.

Quando me levanto no dia seguinte, ainda zonza das quatro horas de sono picotado, o corpo dolorido pelo confinamento do beliche, vejo Max na área de estar. Ele está sentado à mesa, diante do café fumegante, parecendo não ter dormido nada.

Para ser sincera, sei que não sou a imagem da disposição e do descanso, mas ele parece destruído. O cabelo está todo desgrenhado. As olheiras poderiam sustentar o peso de anos de conversas que não aconteceram. O semblante dele está vazio e taciturno.

Não sei o que dizer depois da noite passada. Nossa conversa permanece na sala, assim como cada música ressoa nos meus ouvidos quando termino o último refrão. *Ele está pensando em como nossa vida poderia ter sido.* A dúvida em relação ao que ele imagina ficou grudada em mim em cada momento insone durante a noite.

Saímos juntos em turnê.

Será que encontramos a fama que eu encontrei?

Isso tem importância?

Somos felizes?

Eu estava falando sério na Harcourt Homes. Não me arrependo de nada. Não é só a coisa do meu artifício *Riley Wynn, Rainha do Término*. Não me arrependo de ter amado loucamente Max. Não me arrependo de ter saído em turnê sem ele. Não me arrependo de ter descoberto como eu podia transformar a tristeza em canções, como uma alquimia proibida.

Provavelmente este vai ser o título da porra da minha biografia um dia. *Riley Wynn: Não me arrependo de nada.*

Não me arrependo nem de não ter procurado Max, apesar da frase bem-intencionada e sem sentido algum que ele me disse, "A gente pode se falar quando você voltar pra casa", ou qualquer coisa assim. Meu silêncio não foi por ressentimento, nem mesmo pelo impulso egoísta de sofrer com a mágoa, que descobri ser uma inspiração singular. Não foi mesmo por isso.

Eu só sabia, de coração, que não havia motivo para eu entrar em contato. Eu não tinha *escolhido* a vida que eu buscava, o estrelato musical, músicas lendárias, holofotes. Isso tudo *era* eu. *Sou* eu. Não tinha importância se Max queria retomar o contato quando voltei de Nashville – na nossa última conversa, ele deixou claro que a vida que eu queria nunca poderia ser a dele. Quer dizer, ele desistiu da nossa primeira turnê *na manhã da partida*. Não consigo imaginar uma prova mais brutal do nosso desajuste.

Mas, mesmo assim, eu também fico me perguntando como teria sido.

É por isso que todas as conversas que tivemos nas últimas semanas pareceram absurdamente frágeis, carregadas de incerteza. Ele está hesitando e considerando dar fim ao entendimento que cada um tem do outro, sobre o qual fundei uma década de um silêncio cheio de tristeza?

Ou ele está só se preparando para abandonar tanto eu quanto os meus sonhos mais uma vez?

Tenho medo de perguntar, então não pergunto. Essa reação me deixa um pouquinho furiosa comigo mesma. Não é do meu feitio. Fugir é o *oposto* do que eu faço. *Sinta-se destemida.* Eu não apenas componho cada música com esse mote em mente. Eu vivo todo dia de acordo com ele.

Menos agora, com Max. Ele é o meu ponto fraco.

Nenhum de nós fala pelo resto da manhã. Tomamos nosso café em silêncio.

A turnê continua pelas semanas seguintes. Tocamos em Columbus, Foxborough, Filadélfia, Washington D.C. Tudo vai bem – incrivelmente bem, aliás –, desde a cobertura genuinamente impressionada da *Rolling Stone* até a vastidão interminável de fãs com meu nome nas blusas, desde a empolgação da coreografia de luzes na vasta escuridão dos estádios até a conexão inimaginável de vários corações unidos por uma letra.

É a Turnê do Coração Partido. Tudo está perfeito.

Tudo, é claro, a não ser por um único detalhe que não consigo tirar da cabeça.

Quando não estou ensaiando, fico obcecada vendo o burburinho on-line. Alguns fãs começaram a falar sobre o tecladista gatinho que apresento antes de "Até você", mas sem especular de verdade. Enquanto isso, os canais de fofoca reparam em como Wesley continua a achar que a música é sobre ele.

Os assessores da minha gravadora até me *parabenizaram* pelo fascínio da mídia que "Até você" está conquistando graças ao empenho dele. Na estrada, saindo da Filadélfia rumo à capital do país, acabo em uma guerra por e-mail com Larissa, a gerente da minha assessoria de imprensa, que se agarra à ideia do meu ex-marido.

Leio com irritação no iPad a proposta dela de criar momentos para viralizar, encontros na estrada. Ela quer que eu "responda" aos TikToks mais bem-sucedidos de Wesley com vídeos da filmografia dele. Ela quer nos colocar como coapresentadores em um ou outro evento de premiação. Esta última ideia seria cômica se não fosse trágica: sim, é claro que eu vou encenar algo engraçado no Globo de Ouro com o homem que em poucos meses destruiu implacavelmente toda esperança que eu tinha de amá-lo.

Bati o pé e rejeitei todas as ideias que envolvessem Wesley. Além de estar ressentida com a insistência de Larissa, estou magoada de um jeito esquisito. *Eu* decido a minha persona nas apresentações, mas é desconfortável achar que o que eu represento para os meus assessores de imprensa é só a boneca de papel de Riley Wynn que eles vão apresentar como quiserem.

Em parte, eu me sinto culpada por não cooperar, o que me irrita ainda mais. Será que não tenho o direito de decidir como as minhas vidas pública e particular se sobrepõem sem me sentir *culpada* pelas minhas escolhas?

Isso me deixa ainda mais frustrada com o fracasso de "Até você". Eu sei por que não está dando certo, por que ninguém está acreditando na história que bolei para o público com Max no palco. É porque eu não sei como cantar *para* ele. A cada show, digo a mim mesma que vou bloquear todas as conversas que tivemos nas últimas semanas e vou me enroscar nas lembranças e cantar para o homem que eu amava.

Toda semana, eu fracasso.

Não sou só eu. Está faltando algo na forma como Max toca. Não do ponto de vista técnico, óbvio – pela perspectiva musical, ele está melhorando a cada show, desenvolvendo sua sutileza em pausas, em ênfases, em como preencher os estádios com seu piano.

Não, é outra coisa. Não é apenas que eu me *lembro* de como Max soa quando dá tudo de si na música que está tocando – é que eu nunca me esqueci.

Não ouço essa magia única agora. Ele está se segurando. Suas execuções de "Até você" vêm das mãos, da cabeça. Não do coração.

A cada apresentação, medos melancólicos vão entrando no meu coração implacável. *Isso deve significar alguma coisa*, insistem as minhas inseguranças todos os dias. A intepretação predominante da minha psique não está conectada a Max. A ideia de remodelar a história pública de "Até você" tinha como base nós dois no palco juntos, tocando até mesmo com o fantasma da emoção que os nossos duetos um dia compartilharam. Mas estamos lá em cima toda noite, deslocados, até mesmo ressabiados um com o outro.

Sei que somos pessoas diferentes, estamos nos conhecendo musicalmente depois de anos de silêncio. Meu medo é chegar a uma conclusão mais profunda: parece que nosso amor não sobreviveu o suficiente.

O dilema pesa nos meus ombros em todos os momentos livres, sem me dar folga. A estrada de Washington até Nashville é a perna mais longa da turnê até aqui. Saímos das ruas com as primeiras cerejeiras florescendo e passamos horas nas estradas verdejantes, que vão serpenteando pelas famosas colinas do estado. O clima está agradável e deprimente. O céu limpo é incompatível com o meu estresse melancólico.

Perto da divisa entre os estados, paramos em um lugar chamado Gray para que Frank e os outros motoristas possam descansar um pouco. No instante em que estacionamos, todos saem correndo pelas portas dos ônibus, ávidos para esticar as pernas rumo à lanchonete na rua principal.

Não vou atrás deles. Passei as últimas horas longe de Max, das nossas conversas inacabadas, dos olhares furtivos e dos silêncios desconfortáveis que se amontoam dentro de mim. Preciso descobrir como consertar as nossas apresentações, e a perfeccionista que habita em mim não vai me deixar curtir a tarde até que eu faça isso.

Eu me acomodo em uma mesa com o notebook, prestes a assistir a todos os vídeos que as pessoas postaram de "Até você". É um trabalho penoso assistir a si mesma várias e várias vezes. Encontrar os versos por trás dos quais você esconde o nervosismo no palco, os gestos esquisitos que não têm nada a ver com o que você tinha imaginado. Eu analiso tudo. Todas as vezes em que Max evita o meu olhar, todos os momentos de desconexão. Todas as falhas.

Até que meu notebook se fecha com um estalo.

Frank está acima de mim, sério.

– Hum, oi, Frank – digo, sem muita certeza. – Eu meio que estava fazendo umas coisas aqui.

Estico a mão para o computador.

Ele o desliza para longe de mim e balança a cabeça.

– Eu vim te expulsar do ônibus.

Dou uma risada, indignada.

– É o meu...

– Seu nome está no ônibus, mas, enquanto eu for o motorista, o ônibus é meu – me corrige ele, com um olhar divertido. – Você precisa respirar um pouco.

– Fico feliz por você tentar me ajudar, mas eu não preciso respirar.

– Eu *não* estou tentando te ajudar. Estou tentando te expulsar do ônibus. E agora estou oficialmente trabalhando durante a minha folga. – Apesar das palavras, ele se senta na minha frente. As feições rústicas se abrandam com uma empatia genuína. – O que está acontecendo, menina?

Quase choro só pela gentileza dele. Bom, e também pela péssima noite de sono e pelos altos níveis de estresse com que estou lidando diariamente.

– "Até você" ainda não está boa – admito, culpada por estar tomando o tempo dele.

Mas ele não parece ter pressa para se levantar e dá de ombros.

– Ninguém começa uma turnê sem alguns probleminhas. Você precisa dar tempo ao tempo.

– As pessoas gastaram dinheiro com os ingressos. Elas apoiam a minha carreira. Não posso simplesmente *dar tempo ao tempo*. Precisa ser perfeito.

Frank assente como se esperasse que eu dissesse isso.

– Riley, você está fazendo um showzão da porra. Sinto muito que ainda não esteja do jeito que você quer. Eu entendo de verdade. Mas a solução está mesmo neste ônibus?

– Deve estar! – digo, com tanta petulância que até eu mesma dou um sorriso diante da minha infantilidade.

– Posso te dar um conselho?

– Desde quando você pede permissão?

– Vai respirar um pouco. Encontrar inspiração no mundo. A música não é um problema que se resolve remoendo os próprios erros. Você precisa olhar para *além* dos erros – diz ele com delicadeza. – Vai em frente, vai tentando.

Solto o ar, sabendo que ele tem razão. Frank sempre tem razão no que diz respeito à música. Fico de pé.

– Desculpa ter ocupado o tempo da sua folga – digo com sinceridade.

Ele dispensa meu pedido de desculpas com um gesto. Quero dar um abraço nele, só que estou meio sentimental demais e acho que isso acabaria estragando a tênue gentileza do seu cuidado. Então dou só um sorriso. Se conheço bem o Frank, ele vai perceber a profundidade da gratidão no meu rosto.

Largo o laptop e vou até a porta, com as pernas bambas. O dia lá fora está revigorante, o meio-termo perfeito entre o sol da primavera e o frio do inverno. Decido dar uma caminhada, arejar a cabeça.

Sei que não estou sendo eu mesma quando a solidão parece boa. Ainda assim, preciso fazer alguma coisa. Caminho até Gray de cabeça erguida. *Vai tentando.*

A cidadezinha é verdejante, quase toda coberta de verde. O mosaico de gramados reluta em deixar espaço para estradas pavimentadas. Árvores desgrenhadas se curvam sobre telhados cobertos de telhas. Passo por igrejas, oficinas mecânicas, casas com picapes antigas na frente.

Meus pés estão sempre doloridos pelas diversas noites no palco, mas não me importo. Adoro explorar. É uma das minhas partes favoritas de sair em turnê, de viajar. O mundo oferece detalhes que eu talvez não conseguisse inventar sozinha. Eu os arquivo na memória para um futuro lirismo, aumentando a minha coleção de pedras brutas.

O estresse da estrada aos poucos vai me deixando. Sendo muito sincera, estar chegando a Nashville me deixa meio deprimida. As recordações me seguem, inabaláveis, me lembrando que Max e eu um dia planejamos passar o verão juntos lá, dez anos atrás. Já fui muitas vezes a essa cidade desde então e me sinto confortável em situações normais – eventos da gravadora, ações promocionais para TV, outros shows.

Mas hoje não estamos viajando em circunstâncias normais.

Em vez disso, ao chegar perto de Nashville, Max e eu estamos mergulhando na reprise dos sonhos do passado. As lembranças agora me encontraram, o oposto da nostalgia. Lugares, planos, possibilidades que imaginei quando era mais jovem, só que tudo traz um sentimento diferente nesse contexto alterado, como revisitar sua cidade natal depois de adulto.

Não tem uma sensação de desfecho nem de tranquilidade. Só parece... tarde demais.

Sob os meus pés, as rachaduras na calçada parecem o desenho do rio Mississippi. Meu breve passeio sem dúvida tem um quê de surreal: a superestrela Riley Wynn vagando pelas ruas vazias da cidade de Gray, pensando no que poderia ter acontecido. *Astros se punem por sonhos antigos assim como nós!*

Queria saber se Max está ruminando o passado dessa maneira, se debatendo com a sensação de finalmente viver as esperanças que um dia postergamos. Provavelmente não. Para ele, isto aqui não é um sonho perdido. É só uma lembrança, como o antigo número do telefone fixo da sua família.

Quando volto para o posto de gasolina, ouço uma música vindo das portas de um dos ônibus da banda. Intrigada, sigo o som e subo o curto lance de escadas que leva para o interior. Está deliciosamente barulhento dentro da pequena quitinete, onde estão todos reunidos. Fico surpresa de ver Max sentado no banco da cabine com o teclado portátil de alguém à sua frente em cima da mesa. Hamid está no sofá, a guitarra em mãos, e Savannah canta. Eles estão no meio de "Killing Floor", de Howlin' Wolf, e a interpretação é lânguida e emotiva. O som deles é ótimo.

Eu me junto a Kev e a Vanessa para ficar assistindo. Quando Max me vê chegando, ele ergue o olhar por um breve instante, mas não para de tocar. Bato palmas com os outros quando a música chega ao fim.

Hamid olha para Max.

– Você não toca mesmo em nenhuma banda? Nada? Só na casa dos velhotes?

Nas últimas semanas, descobri que o nosso guitarrista é disciplinado, perfeccionista e, às vezes, sarcástico. Ele não é muito entusiasmado nem incentivador. A empolgação na sua voz pela execução de Max é genuína.

– Só na casa de velhotes – confirma Max, um tanto acanhado. Ele faz uma pausa como se estivesse decidindo se queria dizer mais coisas. – Mas eu e Riley costumávamos tocar juntos – comenta ele. – Há muito, muito tempo.

Eu me endireito, surpresa. Cabeças se viram para mim.

Não é do feitio de Max evocar o nosso passado. Ele tinha se esquivado do assunto em outras conversas como esta, perguntas simpáticas que ouvi por acaso sobre por que ele estava nesta turnê ou desde quando ele tocava. Sorrio, querendo saber se ele vai falar mais alguma coisa.

Em vez disso, ele me olha nos olhos. Isso me lembra, de um jeito um pouco chocante, de quando tocávamos juntos: pouco antes de eu entrar com os vocais, ele me olhava para alinhar o nosso timing.

Ouço o que o silêncio dele diz. *Você conta.*

Sem precisar de mais incentivo, assinto.

– A primeira vez que eu me apresentei para desconhecidos foi com Max – conto, gostando de como a revelação faz todos arregalarem os olhos. – A gente costumava tocar em qualquer lugar que deixassem, mas, em geral, a gente se apresentava na Harcourt Homes. A casa dos velhotes – esclareço, imitando Hamid.

Nós achávamos a sala de jantar da Harcourt Homes o lugar ideal para praticar apresentações. O risco não era muito alto, mas o público era ruidoso e se distraía com facilidade. Aprendemos a nos apresentar. Levávamos em consideração a disciplina e a cautela na hora de criar uma set list. Em geral, o nosso pagamento era torta de limão com merengue. Era perfeito.

Os olhos intensos de Hamid se viram de mim para Max.

– Por que vocês pararam de tocar juntos?

Max não diz nada. Ele posiciona as mãos no teclado sem pensar muito, como se estivesse se fiando no piano para dizer o que ele não sabe como falar. Não dá para saber de que música são os acordes que ele toca. São só padrões, firulas. Meditações em tons menores.

Estou caçando um clichê qualquer – *divergências criativas, acabamos indo por caminhos diferentes* ou coisa assim – quando de repente Max fala:

– A gente ia fazer uma turnê juntos. Eu abandonei o barco.

A confissão me deixa boquiaberta, mas nada se compara ao que me atinge quando Max reposiciona as mãos nas teclas.

Os acordes viram algo que reconheço na mesma hora. Eles perfuram o meu coração de um lado até o outro, as lembranças agindo como pregos me prendendo no lugar.

Ele está tocando "Unchained Melody", uma música que costumava tocar comigo. Eu amava acompanhar os contornos sofridos diante da Harcourt Homes ou de qualquer lugar que a gente encontrasse, mas eu amava mais ainda quando éramos só nós dois. Eu cantava para Max. Ele tocava para mim. Foram raros os momentos em que senti essa conexão na minha vida.

Os outros músicos reconhecem os acordes na hora. Suspiros e sorrisos surgem no grupo. Vanessa fecha os olhos, Hamid assente, aprovando a escolha.

Max toca como se eles não estivessem ali. Ele toca como se estivesse se confessando a cada nota. Ou implorando a elas, querendo que o piano preencha lugares no coração que ele não sabe como preencher sozinho. Ele toca com a devoção que falta toda noite na interpretação de "Até você".

Eu me junto a ele, cantando com toda a força que tenho no coração.

Max não parece surpreso. Ele continua tocando como se soubesse que eu acompanharia, como se a canção não pudesse ser tocada sem eu estar no local. Ele redobra a intensidade das linhas do piano, a música crescendo para me encontrar, se juntando a nós. Quando chego às perguntas do refrão sobre um antigo amor e se ele ainda resiste, Max ergue os olhos, direto para mim.

Não desvio o olhar.

Ele sorri com alegria, com uma expressão que não vejo há cinco semanas e dez anos.

Tudo muda na duração do acorde que ele está tocando. O sorriso é de menino, do Max que eu conheci nos nossos momentos mais íntimos. A felicidade que ele reservava para músicas tocadas com perfeição pela primeira vez, para recomendações de novas canções compartilhadas, para sempre que eu o presenteava com letras que eu tinha acabado de compor, com o meu coração disparado de orgulho.

O resto da sala desaparece. Não estou mais perdida em meio à névoa das lembranças. Estou flutuando nelas. É fácil, como se a música fosse o ar que respiramos juntos.

Quando ele solta as teclas no acorde final, a sala está em silêncio.

Só quando Vanessa bate palmas bem de leve é que me lembro do nosso pequeno público informal. O resto do grupo se junta a ela. Hamid grita, Kev assobia. Logo, os aplausos ficam mais altos, preenchendo o espaço.

Com as bochechas ficando vermelhas, Max desvia o olhar do meu. O constrangimento nas suas belas feições me diz que ele se lembrou de partes de si mesmo que quatro minutos de melodia permitiram que ele deixasse de lado.

Perco o fôlego ao ver a rapidez com que a nossa sincronia se desfaz. Não pareceu frágil nem difícil de alcançar naquele momento. Pareceu bem certo. Crescente. Fácil. *Não foi?*

Sinto a minha expressão ficar hesitante. Não como se eu fosse chorar, só que... o surpreendente aperto que sinto no peito faz o meu rosto tremer de um jeito inesperado. O significado da reação de Max é doloroso e óbvio, desagradavelmente inegável. Sem a música, nada mais nos conecta.

Estou pensando em sugerir que ele toque "Songbird", do Fleetwood Mac, mas os motoristas estão de volta, e as minhas esperanças vão pelo ralo. O estalo da decepção me sacode. Eu não deveria ser a estrela desta turnê, em vez de alguém vendo a escola toda dançar enquanto fico encostada na parede?

A sessão de música improvisada chega ao fim sem cerimônia, e todos recolhem seus instrumentos, se preparando para as últimas horas até Nashville. Com a cordialidade discreta de sempre, Max agradece a Kev pelo teclado portátil. Quando ele passa por mim a caminho da porta, seu ombro roça bem de leve no meu. Seu olhar continua esquivo.

Eu me demoro, sabendo que precisamos seguir caminho. Savannah dá um pulo e se senta no balcão, onde Vanessa se junta a ela, tocando um R&B vibrante no iPhone. Hamid volta para o sofá, tomando um gole do café que ele pegou na geladeira. Todo mundo parece... confortável.

O que me espera no meu ônibus é o contrário. São mais horas com Max enquanto a pressão se acumula, nos tensionando como cordas prestes a arrebentar.

Eu deveria dar o primeiro passo, sussurra uma voz mais nobre em mim. É a minha turnê, as minhas músicas. No fim das contas, ele é meu músico. Eu deveria me forçar a encontrar a conexão ou refazê-la, qualquer que seja o nosso caminho.

Só que... eu não consigo. Canto sobre os meus términos toda noite no palco. Tenho um limite para conseguir encará-los nas horas vagas.

Em vez disso, fico aqui. Eu me sento no sofá ao lado de Hamid, que parece um pouco surpreso.

– Se quiser, tem bebida gelada na geladeira – oferece ele.

– Valeu, cara – digo. – Com o sono dos últimos dias, com certeza vou querer.

Hamid dá uma risadinha. Ele parece saber que não estou me referindo às alegrias de se aninhar nos beliches toda noite, mas não faz mais perguntas.

Começamos a nos mover, saindo de Gray. Volto da geladeira com o café gelado e me sento no sofá, de onde fico olhando pela janela com os fones no ouvido. Parte de mim quer socializar com todo mundo, conhecer melhor os músicos, mas estou exaustivamente presa nos meus pensamentos. O enigma de Max me consome.

"Unchained Melody" não para de tocar na minha cabeça, uma playlist de uma música só que não consigo desligar. Sei que, se tivéssemos nos apresentado no palco como acabamos de fazer, teríamos *cativado* o público. Não sobraria ninguém sem saber que uma das minhas canções é sobre ele.

O que significa que o problema não está em nós nem em como tocamos juntos. Não é nem mesmo a relutância de Max em redescobrir a nossa antiga conexão nem a minha relutância. Em uma das nossas músicas favoritas, cada um de nós alcançou a paixão compartilhada que não sentíamos desde o início do nosso amor.

Não, o problema é outro. Meu frágil processo de eliminação deixa apenas uma possibilidade.

O problema é "Até você".

15

Max

Eu achei mesmo que aquela distância de Riley fosse ajudar.

Uma ajuda da qual eu precisava desesperadamente, diante do que aconteceu em Nashville. Tocar "Unchained Melody" com Riley me abalou de formas que eu nem conseguia cogitar, ainda mais tendo que executar "Até você" horas depois. A ideia de estar em Nashville com ela já era bem difícil. Mas tive que encarar a cidade musical com o novo lembrete doloroso e incrível de como tocar com Riley podia parecer magia.

Teria parecido magia se eu tivesse vindo para este lugar com ela quando planejamos da primeira vez.

Enquanto os outros músicos aproveitavam o nosso destino mais recente, não usei nem um único momento das horas pré-ensaio para explorar as ruas ou – nem pensar – ousar imaginar o que eu poderia ter sentido cantando "Unchained Melody" no palco de algum lugar tradicional com a mulher que eu amava. Se eu me aventurasse por Nashville, eu sabia que outras questões envolvendo os verbos *seria* e *deveria* me seguiriam a cada passo.

Não dava.

Em vez disso, dormi. Eu me enfiei debaixo das cobertas e me escondi da luz do dia. Passei as horas até o ensaio lutando para esquecer onde, quando e com quem eu estava.

O ensaio foi pouco antes do show, onde eu executei "Até você" de um jeito dedicado, enquanto perguntas que se tornaram rotineiras se repetiam na minha mente. Eu gostava da sensação de ter os holofotes iluminando o meu teclado com um branco ofuscante? O que foi que senti quando ouvi a multidão comemorar, com os celulares iluminando o local como estrelas no céu noturno?

Os anos de Riley que eu perdi?

Ignorei veementemente as perguntas. Se desse mais ouvidos a elas, seu rugido iria me oprimir, como se eu tocasse de uma só vez todas as músicas que já ouvi.

O resultado é uma decepção comigo mesmo. Nashville me deixou sem nada. O borrão que foi metade do dia com a Turnê do Coração Partido na capital da música country foi o pior tipo de frustração: a frustração comigo mesmo, frustração que demonstrei em cada toque do teclado no palco. Eu podia ter buscado um castigo nos salões de música da cidade ou clareza nos lugares em que decidi não tocar.

Em vez disso, me escondi.

De tudo.

Quando o show acabou, eu e Riley voltamos para nosso ônibus, onde conversamos do jeito superficial a que fomos reduzidos nos últimos dias. Odeio isso. Já estava bem complicado sentir que éramos peças do passado um do outro. Agora nos sentimos como *ex* um do outro.

Viajamos até Nova Orleans, onde estamos agora. Não havia dinâmica complicada com Riley que pudesse rivalizar com o profundo alívio de dar entrada no hotel em que vamos dormir nas próximas noites, já que vamos fazer dois shows no Superdome. Nossa passagem pela cidade termina com um dia de folga para a equipe enquanto Riley lida com a imprensa.

O hotel fica no French Quarter, que é metade bairro histórico, metade centro urbano. Fachadas coloridas no design icônico da cidade ficam ao lado de armazéns e alguns arranha-céus. Nosso hotel é estiloso e luxuoso, e o exterior de pedra cerca quartos sofisticados no estilo *old school*.

Quando chegamos, meia hora atrás, todos foram para o próprio canto, algo muito necessário. Comigo, não foi diferente. Fui para o meu quarto, curtindo a amplitude, o silêncio fabricado dos hotéis, a textura do tapete. Ávido para lavar a sensação do ônibus, fui direto tomar um banho.

Sob o vapor, recebo a solidão de braços abertos.

Finalmente, distância de Riley. Isso *deveria* ajudar, argumento comigo mesmo, ouvindo como estou começando a parecer desesperado. Durante vários dias, achei que, se eu conseguisse ficar um pouco longe dela, talvez desse para refletir como me senti ao me apresentar para multidões quase todas as noites. Talvez desse para converter algumas das minhas dúvidas insistentes em respostas.

Só que... o banho não faz o que deveria fazer. Meus músculos não descontraem. O vapor tem sensação de umidade. A água quente parece escaldante.

É engraçado, apesar de sombrio.

Aqui estou eu, com andares entre mim e Riley, e eu me sinto tenso. Como se estivesse em abstinência.

Eu me esfrego e saio do chuveiro, desanimado. Até mesmo frustrado. Sem querer explorar Nova Orleans depois de passarmos as últimas semanas em constante movimento, decido fazer uma chamada de vídeo com os meus pais, que suspenderam a aposentadoria para administrar a Harcourt Homes enquanto estou em turnê. Não fico surpreso por ser atingido por uma onda de saudade de casa ao vê-los na sala de jantar.

Ainda assim, quando nos falamos, com meu piano favorito ao fundo, eu me sinto totalmente dividido.

Sim, eu estaria feliz em casa. Mas não é a saudade de casa que está despedaçando o meu coração no momento. Se eu *estivesse* em casa, sentiria a mesma inquietação que sinto agora, só que um milhão de vezes mais forte, tão longe de Riley. Quer dizer, eu já me sinto assim, sentado no meio do quarto de hotel, *no mesmo hotel onde ela está*, depois de passar as últimas semanas compartilhando quase cada segundo com ela.

Com mais coisas nos separando – fronteiras estaduais, rumos de carreira –, como eu poderia imaginar que *não* me sentiria como se peças profundas e fundamentais tivessem sido arrancadas de mim?

É a primeira ocasião em que me pego querendo saber como vou sair da vida dela pela *segunda* vez. Passei anos me refazendo depois da primeira vez.

A Riley que conheço agora também não é a garota por quem me apaixonei. A Riley que conheci quando tinha 20 anos era a garota dos meus sonhos. Essa Riley é... tudo. Ela não é exatamente *mais*, com seu estrelato, sua presença, com seu nome sob os holofotes. Riley é mais *ela mesma*. Nos palcos gigantes que ela domina agora, parece que ela é a Riley que sempre sonhou ser.

Isso a deixa radiante.

Afasto o pensamento. Se eu acabar me separando dela, da vida que ela vive agora, nessa em que ela me proporcionou a mais estranha das segundas chances, me entregar a cada observação desse tipo só vai tornar mais difícil ir embora.

O problema é que, quando estou com ela, também não estou exatamente feliz. Fico confuso, mas cativado, como se estivesse à beira de algo perigoso, louco, eletrizante.

De repente, quero encerrar a ligação com os meus pais. O último refúgio pelo qual tanto ansiei era ter um pouco de espaço no meu quarto de hotel. Mas ele só está servindo para aumentar as dúvidas. A necessidade de clareza, de certeza, é insuportável e me deixa com vontade de me deitar no escuro e, por *uma hora*, sentir que sei o que quero.

Eu me despeço às pressas e encerro a chamada de vídeo. Pela janela comprida, o French Quarter está alheio à luta que travo. Eu me largo na cama e fecho os olhos.

A exaustão que sinto não é apenas emocional, gerada pela pergunta de Riley. É exaustão física mesmo. Não tenho uma boa noite de sono desde que a turnê começou e tenho a sensação de que isso não tem nada a ver com a dificuldade de dormir em um veículo em movimento. Não, tem tudo a ver com dormir a centímetros de Riley.

Toda noite é a mesma infelicidade inebriante. Ouço o subir e descer do peito dela, os movimentos inconscientes que ela faz. Sei quais são os barulhinhos que a cantora favorita do país faz quando está sonhando.

Mas, quando fecho os olhos aqui no quarto, alguém bate à porta.

Considero ignorar, mas a possibilidade de ser Riley me faz sair do edredom, apesar do cansaço, torcendo tanto para que seja ela quanto para que não seja.

Não é. Quando abro a porta, vejo Eileen no corredor. Fico constrangido com a minha decepção.

– Ocupado? Riley quer falar com você – diz Eileen.

Meu coração dispara. Na mesma hora, me repreendo por esse movimento súbito. Não posso viver cada momento como se estivesse em uma montanha-russa, sem saber se Riley é a parte alta ou a parte baixa.

– Não estou ocupado – falo.

– Perfeito.

A resposta de Eileen é rápida, e a entonação não revela nada. Isso me fez lembrar de como as enfermeiras dão injeções quando estamos distraídos.

Eu a sigo pelo corredor até os elevadores. Andamos em silêncio, o que me dá a oportunidade de ouvir os meus batimentos latejando nos ouvidos, acelerando a cada passo que me aproxima mais de Riley. No andar mais alto do hotel, seguimos até uma das poucas portas do corredor do elevador. Eileen a destranca, revelando o quarto de hotel mais chique que já vi.

A suíte de Riley é palaciana. Piso de mármore, uma sala de estar ampla, decorada com móveis que são quase esculturas modernas, janelas de parede inteira com vista para a cidade sob o sol de meados de março.

E, no meio do local, um piano de meia cauda branco.

Riley está sentada no banco, de costas para as teclas, com um computador no colo. Ela é um contraste colorido em meio ao quarto branco e elegante, o macacão verde sobressaindo com vivacidade. Quando entramos, ela levanta a cabeça, os olhos distraídos e desarmados por um breve segundo até se voltar para nós.

– Obrigada por vir – diz ela.

– É claro – falo, imitando sua educação neutra.

Estamos agindo de um jeito forçado de novo. Não tem nada a ver com o momento que compartilhamos no ônibus, quando pudemos recorrer às músicas que tocávamos juntos. Olho para Eileen, que continua na porta.

– Tenho a sensação de que vou ser demitido – brinco, tentando fazer uma piada que acaba soando esquisita.

Eileen não ri. Sinto o estômago revirar. Eu *vou ser mesmo demitido*?

Riley dá um sorrisinho de leve. Um impulso frenético me domina – *não posso ir para casa, ainda não.* Meu coração disparado acelera mais e vira um estrondo nos meus ouvidos.

– Nossas apresentações não têm sido o que eu esperava – diz Riley com delicadeza.

Ela aperta a barra de espaço e vira a tela do computador no colo para mim.

Somos nós dois. No show de Nashville, onde estou tocando como se estivesse me apresentando para um dos meus antigos professores enquanto Riley canta "Até você'" como se outra pessoa a tivesse escrito.

O desespero toma conta de mim. Não quero ser mandado para casa. Não quero ser exilado de Riley.

Dominado pelo sentimento, dou um passo à frente por impulso e interrompo o vídeo com um toque na barra de espaço. A imagem congela no rosto de Riley olhando para atrás de mim com uma intensidade penetrante.

– Estou tentando – digo, em parte me defendendo, em parte apelando com ardor.

Mesmo assim, não vou resistir a qualquer que seja a decisão dela. Sei que ela quer que nossa parceria dê certo – na verdade, é um dos traços definidores de Riley. *Ela quer. Ela acredita.* Mas também sei que esta turnê é importante para ela. Riley não vai permitir que eu atrapalhe.

Faria sentido de maneira infeliz, racionalizo. Talvez, depois da nossa conversa no ônibus, quando confessei ter arrependimentos que não podia nomear, ela tenha decidido que não quer mais me ver e menos ainda cantar comigo.

Riley põe o computador de lado.

– Não é culpa só sua – diz ela devagar, como se estivesse relutante em admitir a complexidade do problema. – Estamos juntos nessa apresentação. Quero ensaiar mais. Sem as multidões. Chegar à raiz do problema.

O alívio escorre por mim como água gelada. Confortável? Não exatamente. Revigorante? Sim. Ainda faço parte da turnê.

Não digo nada. Não preciso "chegar à raiz do problema".

Em vez disso, apenas assinto. Vou até o piano, reparando em como a vista do horizonte urbano atrás do instrumento complementa a experiência com perfeição. A sensação é que estou andando até a beira de algum lugar muito alto, espiando de cima de um dos cartazes de Riley a quinze andares do chão.

Riley se levanta, e eu me sento.

– Ouvi vocês dois em uma sessão improvisada no ônibus outro dia – diz Eileen. – Vocês estavam perfeitos. Exatamente do jeito que imaginamos quando criamos esse dueto. Só precisamos passar isso pra "Até você".

– Entendi. Quero fazer isso dar certo – declaro, olhando para Riley.

Seus olhos não dizem que ela está convicta, mas também não desviam dos meus. Ela sustenta o meu olhar, e sua expressão é como a da imagem na tela. Penetrante.

– Vamos só nos divertir com a música – sugere ela, por fim.

Estampo um sorriso no rosto, mas por dentro me debato com o peso imenso que ela me passou. *Não consigo* me divertir. Não com essa música. Ainda assim, começo, lutando para relaxar os ombros. O piano preenche a sala, o mármore espalhando o som para todo lado. Quando Riley canta, finjo que essa não é uma música que ela escreveu sobre nós. É só uma música como centenas de outras que tocamos juntos.

Como se eu estivesse representando, olho para Riley e sorrio.

Ela sorri.

É uma harmonia simples, precisa. Talvez a gente se saia bem. Talvez, se eu não pensar e...

– Ok – interrompe Eileen. – Talvez seja melhor não sorrir. É uma canção triste, não é?

Riley fica corada. É surpreendente – o constrangimento surge no seu rosto como um invasor. A frustração é sufocada na mesma hora pela inibição. Riley começa a andar pelo piso de mármore do hall de entrada e depois volta para perto do piano.

– Max, você gosta dessa música? – pergunta ela.

Dou tudo de mim para não desviar o olhar.

– Eu já te falei. É uma música incrível.

Sob o semblante paciente de Riley, há irritação e preocupação.

– Tá – responde ela. – Mas você *gosta* dela? O que essa música te faz sentir?

Travo o maxilar, meio com medo de soltar a verdadeira resposta. *Eu sinto que a escolha mais difícil que já fiz na vida virou a música favorita de todo mundo.* O momento é de uma tensão terrível.

Riley olha para Eileen.

– Dá uns minutinhos pra gente.

Eileen sai, sem disfarçar a incredulidade. Entendo qual é a questão. Não pode haver alguém na turnê que odeia a música principal. Quando a porta se fecha, o silêncio impera.

Até que Riley fixa em mim um olhar incontestável.

– Toca com sentimento, Max.

A frustração preenche minha voz.

– Eu *estou* tocando – insisto.

– Não – diz ela. – Toca do jeito que a música faz *você* se sentir. Não do jeito que você sabe que deveria fazer você se sentir.

Baixo os olhos. As teclas se estendem diante de mim como uma mandíbula sorridente. Ou talvez sejam grades de uma cela ou degraus de escadas que levam a paisagens desoladoras, onde até mesmo a vista que temos diante de nós pareceria pequena. Toda possibilidade é perigosa.

– Acho que não é uma boa ideia – digo, por fim.

– Sem discussão – pressiona ela.

Sua voz diz que ela sabe o inferno que estou vivendo. Diz que ela quer se juntar a mim.

Ergo os olhos para ela, em um embate comigo mesmo. Não quero tocar o que ela quer ouvir. Não quero os meus sentimentos expostos, não quando Riley me observando vai parecer o vento soprando em feridas abertas. Mas também não quero ir para casa.

Com um suspiro de resignação, recomeço a introdução da música. Dessa vez, toco do jeito que *eu* a ouço – devastadora. Como uma caixa de música da memória ecoando uma melodia pelos corredores de algum lugar em que eu costumava viver. Deixo que o desconforto se esvaia pelos meus dedos, intensificando as notas com toques percussivos que explodem no momento em que Riley entra. Ela se junta a mim com harmonia, mas, pela primeira vez, sou eu que conduzo a música. Enquanto Riley canta, deixo que a raiva, a dor, o ressentimento e o arrependimento saiam de mim. Estou consumido. Eu sou uma sinfonia de rancor.

Riley arregala os olhos, mas não para de cantar. Em vez disso, sustenta o meu olhar e alimenta as minhas emoções, devolvendo-as para mim na música.

Estamos chegando ao primeiro refrão como se estivéssemos disparando para uma colisão frontal. Riley usa a minha interpretação, iluminando a letra melancólica com fúria.

– *Eu já sentia o fim no início* – canta ela. – *Palavras que, sem saber, você não pretendia dizer. "Eu amo você" é o que me faria ver.*

Em vez de enfatizar cada palavra de *Eu amo você*, como faz nos shows, Riley se arrisca na poesia delicada dos versos, cantando a parte "você é o que me faria ver" como um aviso.

Eu a acompanho em cada nota. Toco como se a estivesse afastando, como fiz uma década atrás. Eu me preparo para Riley pôr fim à música, para que ela a interrompa como Eileen fez. *Não está dando certo. Você está fazendo tudo errado. Não podemos tocar isso para os fãs.* Ela vai me demitir. Ela vai me exilar.

Em vez disso, ela chega mais perto.

Riley une a voz ao meu piano, fundindo os nossos sons em um fio unificado de pura emoção. Seus olhos não me largam, mesmo quando os meus vagam para as teclas. Não porque eu preciso de lembretes de onde posicionar as mãos a seguir – eu tocaria "Até você" de olhos fechados com facilidade. Não, o que me distrai é a pura potência do foco de Riley.

O sentimento é indescritível. É – impossível não reconhecer – absurdamente íntimo. Eu conheço a intimidade com Riley de todas as formas: seu cabelo espalhado no travesseiro, a pele toda esperando por mim. Não era assim.

Chegamos ao refrão, subindo juntos os famosos picos da música.

Eu não sabia o que é amor
Eu não sei o que é amor
Eu não vou saber o que é amor
Até você
Abrir a porta

No fim do refrão, Riley se senta perto de mim. Estamos lado a lado enquanto a música segue sua jornada, um de nós o passageiro, o outro, o condutor. Nenhum de nós sabe quem é quem.

Sua voz é totalmente diferente da que aparece nas apresentações. Não é saudosa nem ardente. Ela soa vingativa, se equiparando à vingança da minha execução da música. Estamos abrindo deliberadamente antigas feridas, só para nos encantarmos com o prazer perverso da dor.

No segundo verso, a letra muda para o tempo presente. Independentemente dos meus sentimentos em relação a essa música, sua estrutura é fascinante, a prova de Riley de que existe poesia no pop. É o verso de que eu menos gosto – como se estivesse escrevendo uma matéria policial, ela faz um diagrama do último dia do nosso relacionamento. A escolha de palavras é vaga o bastante para manter a discrição, mas me lembro bem demais do momento exato a que ela se refere.

– *Chega o dia, quero você* – canta ela. – *As estradas são o nosso lance.*

Riley não está usando uma metáfora. Ela se refere à turnê que pretendíamos fazer. O passo seguinte no nosso relacionamento amoroso-musical, aquele que ela esperava que seria o nosso lance juntos.

Levo a melodia adiante. É como se estivéssemos brigando. Como se eu aproveitasse a chance para dizer, em acordes, tudo que não consegui falar quando saímos da vida um do outro. *Era Nashville ou nada? Eu não era o homem que você amava se eu não fizesse música com você?*

Não me admira que você tenha me colocado em uma música quando podia ter me ligado, ao menos uma vez, na última década.

É claro que você não ligou.

A dor só é válida se for um sucesso, não é?

Tenho a estranha sensação de que Riley me ouve. Ao meu lado, ela segue em frente, abrindo o coração no meio da segunda estrofe. Eu a sinto em cada momento, a leve oscilação a cada palavra cantada, o subir e descer do peito toda vez que ela inspira. A proximidade absurda da pele do seu braço bem ao lado do meu. Convite e condenação.

Sua boca linda molda a letra que não consigo descobrir como não odiar.

– *Você parece torcer pra me ver vencer* – canta ela. – *E, mesmo tentando, não tenho chance.*

Sei o que está vindo. Meu coração martela, a hesitação nos meus dedos encontra o caminho reverberante para a melodia. Quando eu voltar às notas de abertura de estrofe, Riley vai soltar os versos mais difíceis de ouvir. *A gente sabe que a verdade não é dita quando você diz que logo vamos nos ver.*

Ela estica a nota de um jeito doloroso em "vamos nos ver", que mal suporto ouvir no palco. Não sei se consigo lidar com isso agora. Com as mãos ainda no piano, eu a encaro, meus olhos presos aos dela.

Ela puxa o ar.

Eu a beijo.

Tudo para. O som do piano cessa de forma abrupta. A letra que eu sabia que estava vindo é engolida sob o encontro dos nossos lábios.

Todos os sentidos se colidem em mim com uma intensidade estonteante. A boca de Riley sob a minha meio que ainda está formando as sílabas roubadas. Seu cheiro, doce como noites de verão, está por toda parte.

Ela corresponde ao beijo, e a nossa música deixa de ser melodia para ser o batimento do nosso coração, o sussurro do sangue nas nossas veias. Ela se inclina para a frente e nos deixa mais próximos. Mais uma vez, nos instigamos a ir em frente, liderando um ao outro em uma harmonia sem voz.

Se um dia tivesse imaginado este momento, eu esperaria que fosse como uma reprise conhecida. Agora, beijar Riley é como se estivéssemos compondo algo novo.

Eu a puxo mais para perto, louco para tocá-la ainda mais. O movimento a pega de surpresa. Percebo ao ouvi-la puxar rápido o ar enquanto se senta no meu colo, os dedos agarrando a gola da minha camisa. Os quadris dela me provocam, e eu seguro seu rosto, suas costas, me agarrando a ela como se tentasse capturar a luz do sol com as mãos. Impossível, mas talvez, só talvez, eu abra a mão e descubra que ela não está vazia.

Só nos separamos porque a porta do hotel apita. Riley desliza do meu colo, e Eileen entra, sem dúvida atraída pela parada repentina da música. A realidade volta de uma vez só. O branco incandescente da pedra no piso, o brilho do dia lá fora. A imediata impossibilidade da situação. Já fizemos isso. Acabou em sofrimento. Nada mudou, nada vai mudar. Não dá para segurar um raio de sol. Minhas mãos estão vazias.

Riley me encara, os dedos apertando os lábios, os olhos chocados. Ela está calada.

Eu me levanto num pulo e vou embora, sentindo tudo. Arrependimento, desejo, medo, saudade.

Não ouço nenhuma melodia na cabeça agora – só barulho.

16

Riley

Saio do palco depois do nosso primeiro show em Nova Orleans quase chorando. A multidão animada no Superdome que deixei para trás não faz ideia do que estou sentindo, ainda bem que não. No estádio que parece uma miniatura de galáxia, o domo escuro dominado pela emoção coletiva, dei o suficiente para eles. Dei o que podia dar.

Ainda assim, a apresentação de "Até você" foi a pior de todas até agora. A criatividade vem com várias mudanças voláteis em altos e baixos. Nos baixos, como hoje à noite, a minha frustração é como afogar e sufocar os pulmões exaustos com fúria.

Ao passar por Eileen, ergo a mão, sabendo o que ela vai dizer. Nosso ensaio no hotel nos fez regredir. *É claro* que fez. Porque Max me beijou e claramente se arrependeu depois.

Só para constar, eu não me arrependo. Claro, provavelmente foi uma péssima ideia a longo prazo, mas não acredito em arrependimentos. E, ainda que acreditasse, eu nunca poderia me arrepender de beijar Max Harcourt. Beijar Max era como ouvir pela primeira vez em muito tempo uma música favorita que tinha sido esquecida.

Está na cara que não foi a mesma coisa para ele. Não consigo espantar a lembrança do turbilhão nos olhos dele ao se levantar do piano, o... ressentimento. Componho canções extraídas das minhas próprias emoções e, com isso, comecei a desconfiar que as pessoas esquecem que eu *sinto* as emoções primeiro. Quando elas encontram caminho até a minha voz, é só porque eu as atravessei, as sustentei eu mesma primeiro.

É o que faço agora com a pontada permanente do significado do nosso beijo. O sentimento me segue pelas laterais escuras, descendo até o camarim.

Sob as luzes metálicas e uniformes do interior do estádio, sorrio em resposta a cumprimentos superficiais de cada um por quem passo, desejando poder responder com mais entusiasmo, assim como eu queria poder ter dado mais aos fãs na nossa apresentação de "Até você". Quando todo mundo, cada pessoa da equipe, cada fã, está lá para ver o *meu* show, a culpa por cada dia difícil ou momento de distração é insuportável.

Foi assim que eu me senti lutando para cantar "Até você" no palco. Esse caos com Max está me fazendo decepcionar todo mundo.

No meu camarim particular, troco de roupa no meu tempo, me escondendo na solidão. Sei que vou ter que encarar Max, falar sobre isso. Descobrir o que aconteceu, o que podemos fazer, como podemos salvar a música. Mas estou protelando, porque desconfio que, quando discutirmos isso, Max vai optar por ir embora em vez de encontrar um jeito de seguir em frente. Já pegamos essa estrada antes e, ainda que o término tenha inspirado o maior sucesso da minha carreira, não estou ansiosa para passar por isso de novo.

Encaro os meus olhos no espelho do camarim. Não me pareço nem um pouco com a estrela que iluminou os telões do estádio, minhas réplicas digitais se movendo em sincronia. Eu pareço infeliz. Pequena. Exausta.

Não quero voltar para o meu quarto, cenário do nosso beijo, onde o piano de meia cauda parece uma lápide bem no meio do cômodo. Nem quero me encontrar com Eileen para discutir o que já sei que preciso consertar para o próximo show. Em vez disso, me endireito. Diante do espelho, espanto um pouco da decepção. *Chega de tristeza.* Saio do camarim para procurar a minha mãe.

———

Com *beignets* quentinhos nas mãos, caminhamos pelo French Quarter. Está tarde, mas Nova Orleans ainda não dormiu. Sua alegria cheia de vida é encantadora. A música sai de janelas do segundo andar e se derrama sobre o clamor amistoso da vida noturna.

Eu me sinto mais feliz, estável, mais eu mesma. É incrível as maravilhas que os donuts de Nova Orleans e dar uma volta com a minha mãe podem proporcionar.

Passamos por pessoas que me pedem fotos ou autógrafos, e eu as atendo, até que começa a juntar mais gente, atraída pela multidão. Mantenho minha cara de multidão, me lembrando de como sou grata de verdade pelo apoio dos fãs, apesar do nervosismo inescapável de momentos como este.

Está indo tudo bem, mas então ouço uma voz gritar:

– Dá mais uma chance pro Wesley!

Na verdade, nos últimos meses, reparei no surgimento de correntes mais sombrias no discurso público sobre *O álbum do coração partido*. Vários fãs de Wesley correram para me culpar pelo divórcio, usando diversas citações mal interpretadas combinadas com histórias bizarras de traição.

Seus adoradores não me fazem temer pela minha segurança em público, apesar da aversão à invocação de Wesley. Mas eles não são o único grupo que me preocupa. Pior ainda são os defensores masculinos de Jacob Prince, que imortalizei em uma das letras menos lisonjeiras de *O álbum do coração partido*. Jacob era a estrela de alguns filmes de super-heróis, não do tipo divertido, mas daquele tipo machão.

Em algumas sessões noturnas e alarmantes na internet, descobri que sou exatamente o tipo de mulher que os fãs dele odeiam. Nos meses que se seguiram desde então, aprendi quais fóruns não ler e por qual tipo de foto de perfil passar direto. Ainda assim, as coisas que alguns comentaristas desejam que aconteçam comigo ou desejam fazer comigo são bem difíceis de ler.

Todos no French Quarter neste momento parecem receptivos, mas a menção a um dos meus ex famosos me deixa tensa. Sei que as pessoas têm opiniões indesejadas sobre a minha vida amorosa. Sei que dou abertura para isso. Ainda assim, não preciso e sem dúvida nenhuma não quero ouvi-las ao vivo – ou pior, os insultos e as reclamações que a multidão possa ter para me dizer – quando estou praticamente sozinha em público depois da meia-noite.

Percebo que preciso armar a minha fuga.

– Ei, pessoal! – grito, projetando a voz com dificuldade. – Desculpem não poder ficar mais, já que estou com a minha mãe, mas muito obrigada pelo carinho. De verdade, é muito bom ver vocês!

Começo a abrir caminho entre a multidão. Bem quando estou me perguntando se deveria ter trazido os seguranças, minha mãe me segura e, cheia de coragem, vai me levando para longe de um jeito que grita *não mexam com a mãe da famosa*.

Enfim ficamos livres e viramos a esquina. Esta rua não está menos vazia, as festas intermináveis jorrando das boates. Só que ninguém nos arredores mais próximos me reconheceu – ainda.

– Aqui.

Minha mãe tira um óculos de sol da bolsa.

Eu os coloco cheia de gratidão, apesar da hora, e solto o cabelo, desfazendo a trança molhada de suor do pós-show.

– Obrigada – digo. – Desculpa. Sei que lidar com o público... não é uma coisa normal de mãe e filha.

Minha mãe ri.

– Meu amor, *nenhuma* parte dessa turnê é normal pra mim. Quero dizer, quinta à noite, e eu estou andando por Nova Orleans depois de um show de rock. Um ano atrás, eu nunca teria imaginado nada disso.

Assim que acaba de dizer a segunda frase, seu sorriso vacila. Sei no que ela está pensando, no que acabou de se dar conta que disse. *É claro* que ela não teria imaginado isso um ano atrás. Um ano atrás, ela estava casada com o meu pai, na certeza de que passaria o resto da vida com sua alma gêmea.

Não acredito em arrependimento, mas me pergunto se ela acredita.

– Sei que o ano não foi o que você esperava – digo com delicadeza –, mas fico feliz por você estar aqui.

Quando ela sorri, parece estar se debatendo com algo.

– Eu também.

Vagamos pela rua sem destino, e a minha mãe me entrega *beignets* enquanto eu dou autógrafos. A vida da cidade reluz em cada vitrine e esquina. Sob os gradis pomposos, as fileiras intermináveis de placas berram seus nomes em luzes vibrantes. Boates, shows ao vivo, restaurantes. A música é quase uma entidade física aqui, parte de cada viga e cada porta.

Já passei muitas noites em Nova Orleans, mas as palavras da minha mãe parecem modificar o cenário. Na verdade, nenhuma de nós poderia ter imaginado visitar a cidade desse jeito.

Para ser sincera, não sei como expressar os meus sentimentos em relação ao divórcio dos meus pais. Por um lado, ainda não descobri exatamente como me sinto. É claro que chorei quando desliguei o telefone depois que meu pai me deu a notícia. Minha sensação era de estar segurando a mão de algo morto.

Fiquei pensando se a separação deles tinha sido culpa minha ou algo assim. Se a minha fama, e os holofotes apontados para minha família, até então normal, tinha de algum jeito contribuído para uma tensão ou um escrutínio que o casamento dos dois não conseguiu suportar. Isso acabou sendo mais uma preocupação, mais um arquivo aberto nas raras noites em que a fama me assusta, mais um item na lista de lugares que nunca mais posso visitar discretamente e de ex-amigos que me pressionaram com propostas manipuladoras.

Mesmo assim, eu respeito a individualidade dos meus pais, a maturidade, a liberdade. Sei que eles não tomariam essa decisão se, de alguma forma, não fosse necessário para os dois. Tenho a minha vida, a minha casa, os meus relacionamentos. Eles têm as coisas deles.

O paradigma dessa coisa de celebridade pop dificulta ainda mais saber como me sentir. Um equívoco sobre mim é que eu não cresci do mesmo jeito que as outras pessoas. Morei no mesmo subúrbio do Meio-Oeste em que os meus pais moram agora, ou moravam. Tive dificuldade em matemática na escola. Adorava futebol.

Mas as pessoas, de maneira inconsciente, fingem que a minha vida começou no meu primeiro single nas paradas ou na minha capa na *Billboard*. Repórteres e documentaristas se agarram a fragmentos de musicalidade na minha infância, recitais de piano, apresentações na escola – o começo da *história* de Riley Wynn – e se esquecem do resto.

Eu mesma meio que esqueço, às vezes. Isso me assusta e me entristece. Não gosto da sensação de acreditar na ilusão, de seguir fãs e críticos e fingir que eu nunca existi fora dos palcos. Isso me faz querer me agarrar à dor e às mágoas da minha família.

Não importa o quanto eu pense na separação dos meus pais, nunca quis entrar nesse assunto nem com a minha mãe nem com o meu pai, até porque não sabia como fazer isso. Quando a minha mãe me ajudou na mudança, só falamos dos sentimentos *dela* em relação ao fim do casamento dos meus pais, embora, para ser justa, ela tenha sido um ombro para *muitas* lágrimas minhas por causa do meu casamento falido.

Outro equívoco a meu respeito é o quanto as pessoas acham que sou narcisista – elas presumem que o meu cuidado musical com os meus sentimentos e relacionamentos significa que não tenho interesse nos de mais ninguém. Não é necessário um estudo de sociologia em nível mundial para entender por que as pessoas presumem isso a meu respeito, afinal, sou uma mulher jovem muito famosa e muito rica.

Mesmo assim, essa visão está completamente equivocada. Sei que a minha mãe teve muita dificuldade em lidar com o divórcio. Mergulhar nos meus sentimentos mais complicados nesse ínterim parecia... sei lá. Injusto. Errado.

Uma hora eu vou fazer isso. Eu sei que vou.

Mas não agora. Já sinto tristeza suficiente por ora.

– Sabe, eu me mudava muito quando era pequena – diz minha mãe, quebrando o silêncio. – Meu pai sempre fazia a gente se mudar por causa do trabalho dele. Eu odiava. Decidi que, quando crescesse, eu ia querer fincar raízes sólidas em uma cidade pelo resto da vida.

A introdução me pega de surpresa. Meu avô era da Marinha. Nunca o conheci, mas ouvi histórias sobre todos os lugares em que a minha mãe morou, cantos distantes do país capturados nesses locais por fotos antigas da família. Eu não sabia que essa tinha sido a inspiração dela para se estabelecer tão decisivamente aos 26 anos, ao se casar com o meu pai.

Ela dá uma mordida no *beignet*, e as luzes de Nova Orleans reluzem nos seus olhos.

– Mas aí a minha única filha se torna uma celebridade pop, e eu me divorcio – continua ela. – É engraçado. Não engraçado de dar risada, só que... acho que estou me dando conta da facilidade com que as minhas raízes podem ser arrancadas outra vez.

Assinto de um jeito solene. Minha imaginação não consegue captar o que ela está descrevendo. Morar em um lugar com a família que ela construiu era tudo para a minha mãe. Era o sonho *dela*.

O que estou fazendo agora, esta turnê, é tudo que eu quis a vida toda. Se eu perdesse de uma hora para outra... É impossível compreender.

– Você pode fincar novas raízes, mãe. Não precisa do papai pra isso – digo.

Sugerir isso parece simplista. Superficial. A ideia de oferecer sabedoria à minha *mãe* – a qualquer um dos meus pais – parece fora da realidade. Mesmo assim, eu quero ajudar.

– Eu sei – responde ela. – Mas... não tenho certeza. Talvez eu esteja pronta para querer algo novo.

Algo novo. Eu me pego pensando em Max. A música nunca foi o sonho dele, não o suficiente para ser a razão da sua vida. Agora ele está tentando por novos motivos, com uma nova perspectiva, com mais vida no espelho retrovisor. Talvez o que a gente queira na vida *possa* mudar. Talvez agora ele finalmente se apaixone pela música.

Por... tudo.

Como se lesse a minha mente, minha mãe me olha com um ar desconfiado.

– Por que você e Max estavam tão tensos hoje à noite?

Sinto os meus ombros desabarem. O clamor de Nova Orleans parece me empurrar para dentro, caótico em vez de animado.

– Me diz que não foi tão ruim assim – imploro.

– Tenho certeza de que só a sua mãe percebeu – me tranquiliza ela.

– Ele me beijou.

Assim como todas as minhas letras favoritas, a simples declaração não é só uma frase. Ela oculta versos e mais versos, questões que não consigo encarar, sentimentos confusos colidindo uns com os outros dentro de mim.

Contudo, isso não parece surpreender a minha mãe.

– *Hummm* – murmura ela, fixando o olhar na esquina da qual nos aproximamos, onde a tinta descascada não diminui em nada o refinamento da fachada.

– Você não vai falar nada? – pressiono.

Duvido que meu ar descontraído oculte o quanto estou desesperada pela opinião dela. Preciso de ajuda com a questão Max.

– Ah, não sei – responde ela.

Aperto os lábios com impaciência.

– Mãe, só fala o que você está pensando. Você acha que foi um erro? Max e eu já passamos por isso. Você acha que eu devo me concentrar em mim depois do meu divórcio? Ou que Max é inseguro demais pra começar algo sério? O quê?

O olhar que a minha mãe me dá é intenso.

– Não – diz ela, calma. – Isso é o que *você* está pensando. *Eu* estou pensando...

Espero, ávida por esclarecimentos. As perguntas na minha mente rangem como acordes dissonantes aguardando uma solução.

– Você compôs um álbum inteiro sobre términos – diz a minha mãe.

– E daí?

– Bom. – Ela faz uma pausa. – Eu ia gostar de ouvir uma música de amor em algum momento.

17

Max

Um leve dedilhado é o primeiro som que escuto quando o solavanco do ônibus me acorda. Tive um sono picado na longa estrada até Miami, acordando a cada desaceleração no pedágio da Flórida.

A progressão suave que Riley está tocando no violão flutua discretamente e passa pela minha cortina fechada. Considero ficar deitado aqui, deixando que a canção me nine até dormir.

O que me impede é a convicção de que não vou voltar a dormir. Eu queria poder amaldiçoar as estradas pela minha inquietação, queria mesmo. Mas a verdade é que eu não durmo bem desde que beijei Riley. Sonhos febris com os lábios dela nos meus, moldando canções de amor sem letra, me despertaram diversas vezes nas últimas noites. Agora não é exceção.

Tenho o mesmo sonho enquanto estou acordado. Sempre que tocamos "Até você", no ensaio ou no palco, lembro de como os meus lábios nos dela silenciaram a nossa música. Isso me deixou totalmente distraído. Na primeira noite em Nova Orleans, quase perdi a introdução. Na segunda, quase pulei a ponte da música. Cada vez que chegávamos a *"quando você diz que logo vamos nos ver"*, meu coração dispara, o infeliz metrônomo que eu queria conseguir ignorar. Vou acabar fazendo besteira uma noite dessas.

Riley não vai. Ao observá-la, dá para ver que ela não foi nem um pouco afetada. Ela não canta "Até você" com a mesma emoção que entrega ao resto do set list, mas tenho certeza de que não é por causa do beijo. Em vez disso, é como se ela não conseguisse acessar o sentimento como antes.

Mudo de posição no beliche, esperando em vão que o vazio na janela vá me convencer de que estou em outro lugar.

Até que ouço a voz de Riley se juntando ao violão, macia e áspera. Ela parece curiosa, como se também estivesse descobrindo a música.

Paro de me mexer e me viro para escutar.

A voz dela vem pela escuridão, me envolvendo como os lençóis.

– *Sigo na Estrada da Dor, sinto sua mão na minha na Estrada da Dor. Lá se vão dez anos.*

Cada palavra é cheia de dor, em busca de esperanças inalcançáveis. Eu nunca ouvi essa letra. Ela está compondo alguma coisa nova.

Na calada da noite, impregnado apenas pela música de Riley, meu corpo não me pertence. Eu me vejo descendo do beliche, a música me chamando, a canção me deixando sem sono. Minha canção de ninar pelo avesso. O sussurro de sereia me atrai até a sala de estar como um marinheiro arrastado para as profundezas do mar.

Riley está sentada no escuro, com o violão nos joelhos. Está debruçada sobre ele, anotando algo em um bloco. "Estrada da Dor" diz o título sublinhado acima do que reconheço na hora como uma letra escrita à mão. Tenho visões de quartos de dormitório, de uma caligrafia corrida em guardanapos. É alarmante descobrir que as letras de Riley são *exatamente* como me lembro. Não importa se o palco é enorme, é aqui que começa a música.

Antes de começar a dedilhar outra vez, ela prende o lápis atrás da orelha. Sua voz é frágil, até mesmo ressabiada, ao cantar.

– *Sigo na Estrada da Dor, sua mão na minha na Estrada da Dor. Lá se vão dez anos na Estrada da Dor. Te beijar é bom na Estrada na Dor, nos levando a lugar nenhum.*

Ali, no meio do caminho, me sinto dilacerado. Partes da letra se enroscam na minha mente. Estou sob a ponta do lápis dela, percebo. Parte de mim fica desconfortável ao descobrir que ela já está me usando como material de composição – outra vez.

Mas a história é tão minha quanto dela. Eu escolhi beijá-la. Não posso pedir que ela não componha uma letra sobre a própria vida, principalmente quando eu sabia que ela provavelmente faria isso. Se eu acabar sendo seu muso descontente, a culpa é só minha.

– Outra música de término? – pergunto.

Riley ergue o olhar, percebendo, pela primeira vez, que estou ali. A inspiração nos seus olhos se transforma em um lampejo de desafio.

– Devia ser algo diferente? – responde ela.

A pergunta é arriscada. Não sei como responder, então não respondo.

Riley me observa no escuro, esperando. Quando vê que não vou responder, ela suspira, e seu olhar vaga até o vazio.

– Pra ser sincera, acho que eu só sou boa em músicas de término.

– Não é verdade – respondo sem hesitar.

As palavras não costumam vir a mim com tanta rapidez. A necessidade que sinto de que Riley entenda isso é feroz. Entro um pouco mais na sala, e o luar desenha uma linha entre nós.

Riley baixa os olhos. Ela começa a dedilhar outra vez, como se fosse a única resposta que é capaz de dar. Seguimos voando pela estrada afora em silêncio, mas estou aqui preso, suspenso, me debatendo com o que dizer. Quero me desculpar pelo beijo, por fazê-la se sentir magoada a ponto de compor *mais uma* canção de término sobre mim. Eu não desfaria o nosso beijo nem que pudesse. Nem os sonhos febris, nem as apresentações conturbadas. Nada disso.

Não quando, começo a perceber, o beijo significou algo para ela assim como para mim. *Ela também me beijou.* Agora ela está colocando cada esperança, medo e dúvida que a assolou no papel. Apesar de ter bancado a tranquila nos últimos dias, suas atitudes mostram o contrário, desde suas apresentações descontentes até sua simpatia casual nos ensaios... Não sou o único acordado depois da meia-noite relembrando o beijo.

Não foi pouca coisa. Nem para ela, nem para mim.

Só não sei ainda o que pode ter sido. As possibilidades giram fora do meu alcance, mas não consigo me impedir de formar acordes com os dedos no balcão acompanhando o ritmo do dedilhado de Riley no violão.

Ela repara.

– O que você acha? Da música, quero dizer. Se bem que qualquer outro insight que você queira compartilhar seria bem-vindo – diz ela, continuando o dedilhado suave de cada acorde.

Baixo as mãos ao lado do corpo e penso. Eu me agarro à primeira parte da pergunta com avidez. Beijar Riley pode ser o mistério definidor da minha vida, mas de teoria musical eu entendo bem.

– Tenta inverter o ré menor – sugiro. – Vai fazer o "te beijar é bom" soar vago.

Se Riley encontra significados ocultos na minha recomendação, não demonstra. Ela assente, totalmente imersa no processo criativo.

– *Te beijar é bom na Estrada da Dor* – repete ela, com a nova progressão harmônica.

O brilho em seu olhar me diz que ela gostou da mudança. Sinto uma empolgação silenciosa.

No que parece ser um convite, ela troca a progressão. Sua melodia vocal muda para o que deve ser a estrofe.

– *Cheios de esperança ou cientes da verdade* – canta ela, bem de leve. – *Refazendo nossos passos sem o adeus da saudade...*

Ela para. Tomada por uma rápida inspiração, ela pega o lápis, a outra mão prendendo com firmeza o braço do violão. Com eficiência, ela apaga o *sem* no bloco e escreve algo novo.

– *Refazendo nossos passos até o adeus da saudade* – continua ela.

Eu a observo com reverência. A poesia de Riley é a minha parte favorita da sua composição, sua arma não tão secreta. Intensa, emotiva, perspicaz. Ouvi-la esboçando "Estrada da Dor" é como observar elementos colidindo para formar uma estrela. Embora ainda não tenha nada concluído, há muita coisa ali. Riley toca a música até que, sem cerimônia, dedilha o acorde final.

Ela ergue a cabeça bem devagar, seus olhos encontrando os meus. Ela quer a minha opinião.

Mas o que sai de mim é a pergunta que vive na minha cabeça sempre que ouço Riley.

– Como é que você faz isso? Como é que coloca os seus sentimentos mais pessoais e mais profundos em uma música?

Na iluminação fraca, é difícil ler o rosto de Riley. Espero que seja o mesmo que vejo sob o sol.

– Eu preciso fazer isso. Onde mais vou colocar isso tudo? Compor é como rasgar o meu coração, mas, às vezes, rasgar o meu coração é o único jeito de parar a dor – diz ela, calma, como se repetisse uma oração ou sabedoria secreta.

Sem esperar a minha resposta, ela recomeça a música. Dessa vez, a voz está mais firme, a expressão, mais centrada. Seus acordes se unem como amigos, e não desconhecidos se encontrando pela primeira vez.

Ao observá-la, percebo que estou visualizando Riley em outro lugar. Em vez da estrada correndo sob nós no ônibus escuro da turnê, no meu vislumbre, ela está em cômodos vazios da própria casa, se debatendo com a dor que ela não sabe como exorcizar. Lembranças de... mim. Ela pega o bloco de anotações. Na minha imaginação, ela vai até o piano, buscando conforto.

Ouço a pergunta na minha cabeça. *E se compor "Até você" foi desse jeito? E se eu não era só um sentimento esquecido que foi facilmente transformado em um sucesso das rádios?*

E se ela compôs a nossa música para superar o relacionamento?

A ideia dói: uma parte triste e íntima de Riley, olhando para a escuridão impenetrável do passado, pensando no que tinha dado errado. Precisando colocar os sentimentos em uma música, mesmo tantos anos depois.

Talvez a dor que eu sinto não seja só empatia. Não, porque não estou só imaginando o que Riley está passando.

Eu sei *exatamente* como ela se sente.

Todo dia, mesmo agora.

Ver "Estrada da Dor" surgir de uma confissão tão sincera desbloqueou uma parte de mim que eu tinha esquecido que tinha guardado. Uma parte de mim – às vezes pequena, outras vezes tão pesada que me arrastava como concreto – sentia falta de Riley desde o dia em que terminamos.

Agora ela berra dentro de mim, exigindo que eu a sinta.

Eu vejo Riley tocar, as mãos correndo pelo violão. A serenidade no seu semblante parece conquistada a duras penas, o cabelo emoldurando o rosto com a cor do mercúrio sob o luar. A futilidade faz parte da dor no meu peito: eu sei que não posso beijá-la de novo, não importa o quanto eu queira.

Não quando ela está na minha frente, compondo uma música que fala de andar pela mesma estrada rumo à dor. Não vou forçá-la a andar por essa estrada agora.

– *Te beijar é bom na Estrada da Dor, nos levando a lugar nenhum* – continua ela.

Ela para ao chegar à parte inacabada da música. Seu olhar pensativo é o retrato da imaginação, até que ela tem uma ideia. Riley toca o acorde seguinte e finaliza a estrofe como se estivesse puxando algo de dentro de si.

– *O sinal fica verde, e, mesmo juntos, a velha estrada não toma nenhum rumo.*

– Que tal...

Riley ergue a cabeça, surpresa por ouvir a minha voz, com o olhar ávido. Sei que não é apenas pela colaboração criativa.

– *O sinal fica verde, e, quem sabe juntos* – digo, alterando de leve o verso final –, *a velha estrada trilhe um novo rumo.*

As mãos de Riley não se mexem. O violão fica no colo dela, quieto. A pausa é carregada. Abrir o meu coração em uma letra não se compara a nada que já vivi. É como voar nas asas da esperança.

Não tem como Riley ter entendido errado o significado das minhas alterações. Minha carta de dois versos para ela não é uma declaração de amor, diz ali *talvez*. Eu nem sei se o talvez que estou propondo é possível. Só sei que quero que seja.

Ela não pega o lápis. Algo indecifrável passa rápido pelo seu rosto.

– Preciso escrever a verdade, Max – diz ela.

– Os sentimentos são a verdade – respondo, e o coração martelando no meu peito dá força às minhas palavras. Neste momento, o meu mundo gira em torno de dois versos em uma letra. Continuo, reunindo coragem. – É... como eu me sinto, na verdade.

Riley me observa por um longo momento.

Quando suas mãos voltam para tocar no violão os acordes iniciais da música, ela está com um leve sorriso no rosto. Então começa a tocar.

Ela segue a trajetória já familiar da canção, me deixando na expectativa, e não tenho mais a sensação de estar voando. Estou suspenso no ar, sem saber se vou despencar ou voar. No confinamento escuro da sala, Riley toca o refrão e depois o verso seguinte. Então, por fim...

– *O sinal fica verde, e, quem sabe juntos* – canta ela –, *a velha estrada trilhe um novo rumo.*

18

Riley

Finalmente acontece quando estamos indo embora de Miami.

Algo está mudando entre mim e Max enquanto estamos no palco. Começou com a nossa sessão de composição à meia-noite para "Estrada da Dor", que não saiu da minha cabeça em nenhum momento desde então. Só falamos sobre o nosso beijo em uma música, mas sinto que a muralha que construímos ao longo de dez anos está começando a ruir.

Noto pequenas diferenças. Momentos no palco em que os nossos olhares se encontram. O lampejo furtivo e real de um sorriso que ele me dá a caminho do primeiro refrão de "Até você", com a umidade do Sul nos cercando. Nos últimos shows, começamos a tocar um *para* o outro, e não mais um *com* o outro. A multidão sempre vai à loucura.

Até que finalmente acontece. Depois do show em Miami, estou dando uma olhada por alto nas menções das redes sociais quando um vídeo chama a minha atenção. Não é do show – ou não desse show.

Somos eu e Max na faculdade. Uma das nossas primeiras noites em um palco aberto. Estamos tocando "Can't Help Falling in Love". Os clientes na cafeteria assistem com educação, mas eu pareço me sentir a menina mais sortuda do mundo. E eu me sentia mesmo.

A especulação dispara. Max é identificado, depois a nossa história na faculdade é desenterrada. Não demora muito para a internet toda saber que tivemos um relacionamento romântico. Dominamos as redes sociais. Todo site de fofoca, todo TikTok sobre celebridades está cativado. *Riley Wynn reunida no palco com seu namorado da faculdade.*

A conexão com "Até você" é feita com facilidade. Em poucas horas, todo mundo descobre que a música é sobre Max. Na manhã seguinte, Max, de cabelo despenteado, segura o telefone e me mostra as manchetes com seu nome enquanto me conta que repórteres começaram a entrar em contato com a Harcourt Homes para perguntar se estamos juntos de novo.

Planejamos a nossa estratégia de mídia enquanto comemos cereal na quitinete do ônibus. Larissa e os assessores estão no viva-voz no meu iPhone, fazendo altos planos: o que vamos dizer, o que não vamos dizer. *Riley Wynn e Max Harcourt foram namorados no passado. Eles estão encantados de se reunir para a Turnê do Coração Partido.*

A cobertura não é totalmente positiva. As buscas na internet pelo meu nome geram de bate-pronto novas classificações dos meus ex-namorados, o que é impossível não achar desagradável, apesar de todas essas listas se encaixarem direitinho no conceito do álbum. Não clico nelas.

Espero que Max também não clique. O burburinho na internet me deixa ciente de que muita gente ainda ama Wesley – é claro que ama, é isso que ele faz – e considera que Max está "no caminho". Eu não. Pelo contrário. Torço com todas as forças para que Max entenda que eu não sinto nada pelo homem que tanto envenenou o meu coração de propósito.

Como descobri nos últimos meses com o sucesso de *O álbum do coração partido*, só consigo engajar na publicidade até certo ponto. A minha história se mescla com a de outras pessoas, interagindo com as histórias e os sentimentos delas, saindo do meu controle e virando algo que eu sei que não é mais só meu. Eu não teria como controlar isso nem que quisesse.

Em geral não me sinto frustrada com o público e os fãs – cuja especulação sobre mim e a minha vida pessoal é exatamente o que eu queria –, mas estou cada vez mais irritada com a falta de colaboração da minha gravadora em priorizar Max e "Até você". As menções e sugestões de promoções com Wesley não param.

Descobri isso em um monte de e-mails – *é claro* que eles querem desviar o foco do meu ex-namorado desconhecido para o astro queridinho da internet, perigosamente provocante, que aparece em várias manchetes e tem milhões de seguidores.

Eles que não contem comigo. O que eu *posso* fazer é continuar cantando a *minha* história, continuar vivendo a história que *eu* quero. Se a minha gravadora não gostar, ela que cancele a turnê.

Sei que todo esse processo é difícil para Max. Seu desconforto com a fama instantânea, sua hesitação em debater sua história romântica com executivos da gravadora no viva-voz são bem evidentes. Por trás dos óculos redondos de metal, seus olhos são os de uma presa no meio de um ermo desconhecido. Ele remexe nas mangas a cada cinco segundos, às vezes até mais. Mas, apesar do incômodo, ele comentou que o hype da imprensa está atraindo notoriedade para a Harcourt Homes.

Mesmo assim, com algumas viagens longas pela frente, sei que o clamor constante de notificações no telefone dele vai deixá-lo sufocado como, sinceramente, me sufoca.

Max *não é* como eu. Ele é um cara reservado, do tipo que faz ligações demoradas em vez de posts em redes sociais, que fica em casa à noite com seus discos favoritos em vez de ir a festivais de música nos fins de semana. Quero mostrar a ele que redes sociais e fama não vão ofuscar o resto de sua vida. É ele que decide a própria história, não o contrário.

Uma lição que aprendi este ano é o quanto o público *não* enxerga. Quantas brigas ou medos particulares. Quantos momentos de bobeira, de surpresas, de alegrias ocultas, que me ajudaram a lembrar que eu não sou *só* a Riley Wynn das manchetes.

Max precisa sentir as próprias alegrias ocultas.

Com a longa viagem de Atlanta até Houston se aproximando, tenho uma ideia de como ajudá-lo ao longo da estrada. Bem no fundo, talvez eu saiba que isso também não é só por ele. Preciso de um lembrete de que não sou apenas uma bonequinha. Não sou só a Riley da história que querem contar sobre mim.

Reúno todo mundo no nosso ônibus – a banda inteira, minha mãe e Eileen. Estamos apinhados lá dentro, de janela a janela. O sofá está lotado. As pessoas se empoleiram no balcão ou se sentam no chão quando não tem mais nenhum lugar. Parece o estúdio apertado em que gravei minha primeiríssima demo, só que com menos espaço ainda.

Enquanto a estrada corre lá fora, puxo Max até o corredor dos beliches.

– Quero jogar um jogo hoje – digo com indiferença. – Mas preciso da sua ajuda.

Ele me olha com cautela. Parece, pelo que reparei, estar dormindo melhor nos últimos dias.

– O que eu tenho que fazer?

A paciência na voz dele é descontraída.

– O que você acha de um desfile de moda? – pergunto.

Seu semblante transparece confusão, como se ele estivesse achando divertido.

– Riley, tenho certeza que você consegue desfilar em uma passarela de verdade em vez de no corredor de um ônibus em movimento.

Balanço a cabeça, me divertindo um bocado.

– Eu não. Você.

Ele ergue as sobrancelhas e se inclina para a frente, encurtando os milímetros que nos separam.

– Você só pode estar brincando. Quer que eu exiba meu rodízio de camisas de sete botões? Tenho certeza que a banda já viu todas.

– A ideia é outra. Vai ser divertido, prometo – replico.

Olho para Max com um sorriso esperançoso. Não é o sorriso que abro para executivos quando quero que eles paguem mais tempo de estúdio nem o que dou para Eileen quando vou perturbá-la para pedir mais um ensaio. Esse é mais doce, mais acanhado. Menos usado, mas, de alguma forma, mais eu mesma.

O ceticismo some do rosto de Max, assim como o vento dissipa a névoa em ruas enevoadas.

– Tá bem – concorda ele com facilidade, como se não pudesse ou não quisesse resistir. Como se nós dois quiséssemos colocar a tristeza de lado só por um tempinho.

– Ótimo. – Agarro a mão dele para puxá-lo até a sala de estar. No segundo em que a pele de um encontra a do outro, eu me lembro que ele não quer que a banda pense que estamos juntos. – Desculpa – digo, soltando-o rápido. – Eu não quis...

– Tudo bem – interrompe ele, com algo melódico na voz ao me tranquilizar, baixinho. – Não tem problema.

Não tem problema. Sei que o meu coração está faminto quando ouve uma canção de amor inteira em uma simples frase de Max.

– Beleza – respondo.

Estamos no corredor, de repente constrangidos, até Vanessa gritar.

– Me prometeram entretenimento! – diz a nossa baterista.

Max estende o braço, fazendo um gesto para que eu vá na frente. Eu vou e quase tropeço quando o ônibus troca de faixa. Lembro a mim mesma que sou literalmente uma estrela do rock que sempre anda nos palcos usando salto alto e me recomponho. Não posso ficar com as pernas bambas agora.

Ao chegarmos à sala de estar, todos os pares de olhos nos encaram. Está *calor* aqui dentro, resultado da densidade populacional e nenhuma ajuda do sol do Sul que entra pelas janelas, sobre a estrada livre. O ar-condicionado não dá conta.

– Obrigada por virem ao Ônibus A da Turnê hoje – digo ao grupo. – Temos uma tarefa muito importante diante de nós! Nosso Max Harcourt ficou famoso recentemente.

Faço uma pausa enquanto o pessoal assobia e aplaude Max. Ele parece tímido, mas não de todo desconfortável.

– Durante a viagem até Houston – continuo, dramática –, vamos atualizar o guarda-roupa de palco de Max. Precisamos encontrar seu visual de deus do rock.

Max ri, surpreso.

– Sem querer ofender, mas é mais fácil você ganhar cinquenta Grammys do que conseguir isso.

– Eu *vou* ganhar cinquenta Grammys – informo a ele. Com um gesto, eu o levo pelo corredor até o quarto no fim do ônibus. – Entra – ordeno enquanto o pessoal comemora.

Seguindo Max, encontro tudo exatamente do jeito que planejei. Bolsas de compras cheias sobre a cama. Dei ao mensageiro instruções detalhadas de tudo que ele devia comprar antes de partirmos hoje de manhã. Incapaz de me conter, observo com atenção a reação dele. Max não parece intimidado, só intrigado.

– Uau. Você planejou mesmo isso tudo. Ok, por onde eu começo? – Ele tira os óculos, pronto para embarcar na brincadeira.

Antes que eu vire de costas, ele tira a camisa.

Eu paro, atordoada. Não me arrependo de não desviar os olhos. Passei noites com protagonistas de filmes que dedicavam horas e horas todos os dias na academia a aperfeiçoar o físico, mas o peitoral de Max é... lírico. É *ele*, discreto, mas impossível de ignorar. Os músculos do abdômen, de alguma forma, parecem trastes de violão, o desenho das costelas é como as teclas do piano. Quero pôr os dedos nelas e descobrir que melodia vai sair.

Ele percebe que estou observando. Seu orgulho discreto muda rapidamente para preocupação.

– Ficar sem camisa não é uma das opções no meu armário, né? – pergunta ele, segurando a camisa como se estivesse se protegendo.

Fico corada.

– Não seja ridículo – digo, lutando para formular essa única frase.

Preciso me afastar dessa onda de sentimentos que me arrebata, por isso jogo a sacola de compra para ele e saio do quarto.

No corredor, sinto uma pontada de calor na nuca. Não tem nada a ver com a paisagem quente da Geórgia que passa voando por nós lá fora.

Vou até a sala de estar para me juntar à banda, ignorando o olhar sabichão que minha mãe me dá. Em vez disso, me concentro em me tornar imperceptível em meio à pequena mas apertada plateia. Consigo encontrar um espaço no chão diante da cafeteira, ao lado do Kev, que está reorganizando suas playlists no Spotify no telefone. Reparo em emojis de coração no título da que ele está fazendo.

Ele corre os dedos calejados pelo cavanhaque com um ar contemplativo. Ergue os olhos para mim, distraído por um instante pela minha presença.

– Canção de amor favorita – diz ele do nada. Ele fala devagar, e sua voz baixa passa tranquilidade.

Não entendo.

– Oi?

– *Sua* canção de amor favorita – explica ele. – Tô montando uma dessas playlists colaborativas com a minha esposa, que tá em casa, em Carlsbad. Escutar as escolhas um do outro ajuda a gente a se sentir, sabe, conectado.

Assinto.

– Preciso da sua canção de amor favorita – continua ele. – Rápido.

Digo o que me vem à mente primeiro, sem saber se estou só me lembrando do vídeo que os fãs encontraram de mim e de Max na faculdade ou se seria a minha escolha de qualquer maneira.

– "Can't Help Falling in Love" – respondo, baixinho.

Em uma aprovação silenciosa, Kev acrescenta a música enquanto eu me volto para o meu coração. *As antigas músicas minhas e de Max nos meus lábios.*

Nosso beijo em Nova Orleans. "Unchained Melody". Sessões de composição à meia-noite. Eu corando ao vê-lo sem camisa, pelo amor de Deus.

Se eu não tiver cuidado, vou me ver perdida no meio da Estrada da Dor sem saber como voltar para casa.

Sou tirada desse momento introspectivo quando todos assobiam. Max vem andando pela "passarela" usando o look que elaborei. É óbvio que é tudo preto-obsidiana. A camiseta, a bermuda, os Vans de cano alto, o cinto com tachinhas de metal. Eu estava atrás de um misto entre My Chemical Romance e Nine Inch Nails. É perfeito.

É claro que não é a cara de Max. Ainda assim, ele está se divertindo, fingindo tédio e tirando o cabelo da testa com uma das mãos. Dou risada, adorando. É muito gratificante vê-lo entrar na brincadeira. Essa experiência toda é para ajudá-lo a experimentar algo diferente – e por que não algo relacionado à moda?

Dou um pulo de onde estou sentada.

– Ok! – grito para a plateia barulhenta. – Votos a favor?

Todo mundo vota contra, e Max parece aliviado. Quando ele volta para o quarto para vestir o próximo look, luto contra os devaneios que querem me atrair para lá com ele.

Ele volta no estilo indie-pop que escolhi, o veludo cotelê em tom pastel combinando com uma camisa abotoada estampada. O traje dos hipsters de rádio de faculdade que se aventuram com sintetizadores elegantes. O visual é aprovado por alguns. Seguimos até o renascimento do grunge – calça jeans rasgada com a jaqueta de couro mais pesada que o assistente encontrou –, e depois para o combo do estrelato do rock clássico: colete e calça de couro.

A votação fica bem dividida entre os dois trajes, todos querendo ver o que Max vai desfilar em seguida.

Ele finalmente sai com o look no estilo Rat Pack dos anos 1950 que montei. É exagerado, com uma formalidade excêntrica, mas fica superbem nele. É como toda grande música que parece feita para a voz do cantor. O traje de Max não é a escolha óbvia, mas funciona porque reflete o que ele é. A Harcourt Homes no palco.

Sinto o calor no pescoço se espalhar. Não é só que ele pareça ele mesmo. Ele está *bonito*. As lapelas, o ébano com o marfim, o modo como o corte do terno faz Max parecer dar um sorrisinho sem mexer os lábios. É lindo demais.

Mas não está *exatamente* certo. Enquanto o pessoal dá risada quando ele inclina o chapéu para a minha mãe, eu me levanto de novo. Chegando mais perto, ouço o refrão dos meus batimentos nos ouvidos, se recusando a diminuir.

Na frente de Max, estico a mão até a gravata-borboleta.

– Posso?

Ele assente, um pouco sem fôlego.

Eu tiro o chapéu dele. Quando removo o paletó, ficamos ainda mais próximos. O peito dele sobe e desce no próprio ritmo, retomando e perdendo a sincronia com o meu. Com dedos trêmulos, eu afrouxo a gravata, deixo-a pendurada ao redor do pescoço dele e desabotoo o colarinho.

Max não diz nada enquanto o ajudo.

– Mais uma coisa – digo, acima da minha respiração errática.

Vou até o quarto no fim do corredor, onde pego os óculos dele na penteadeira. Volto à sala de estar, coloco os óculos nele e os posiciono direitinho sobre as feições que conheço mais do que bem. Seu semblante parece equilibrado, como se Max se recusasse a se mexer sob a presença cautelosa das minhas mãos.

Quando termino, mal consigo encará-lo.

Eu me viro rápido para fitar o grupo. Como é que ficar diante de Max agora abala a minha compostura de um jeito que shows até tarde da noite não abalam? Com mais um olhar intenso dele, meus pés me deixariam na mão. Faço uma expressão de orgulho, torcendo para que esconda tudo que está em colisão no meu coração.

Hamid é o primeiro a reagir.

– Gostosão – declara ele.

Todos reagem com empolgação. Todos os ritmistas seguem as palmas lentas puxadas por Savannah. Eileen parece impressionada, e Vanessa assobia.

– Minha nossa – observa a minha mãe.

– Me chama pra trabalhar na Harcourt Homes! – grita Vanessa.

O sorriso tímido de Max toca cordas ocultas em mim. Dou a volta nele, indo sentar discretamente ao lado de Kev outra vez.

Nossa plateia tem razão. Max está... sexy. Sinatra na manhã seguinte. O novo visual esbanja ginga da velha guarda, transformando-o de um pianista tímido em um contador de histórias musical elegante e cansado.

É um charme o jeito como ele abraça o personagem. É claro que todo mundo vota a favor desse novo look. Pouco tempo depois, ele está posando para fotos com a banda e examinando o próprio reflexo nas janelas.

Durante todo esse tempo, eu dei o máximo de mim para passar *despercebida*.

Não quero encontrar as opalas verdes do olhar de Max. Não quero sentir as frases melódicas em mim só de estar perto dele. Não quero ouvir a melodia complicada das perguntas que a presença dele murmura para mim.

Pela primeira vez sem estar cantando sobre o amor que compartilhávamos, descubro que preciso desviar o olhar de Max. Não posso me arriscar a fazer outra coisa. Se ele flagrar o meu olhar – se ele sorrir –, temo pelo meu coração.

19

Max

Quando chegamos a Houston, já tem uma aglomeração de fãs esperando por Riley do lado de fora. No momento em que desce do ônibus, ela desliza com facilidade para a fama, dando autógrafos para fãs com um sorriso genuíno, apesar da longa viagem e do fato de que estamos indo fazer a passagem de som. Ela não tem tempo para si. E, no momento, parece que não precisa disso.

Fico perto do ônibus, querendo esticar as pernas em terra firme. A noite está agradável e fresca, e não pegajosa como na Flórida. Olhando para a ampla paisagem de arranha-céus se erguendo sobre a poluição, começo a ficar com medo de entrar no estádio. Suponho que os corredores labirínticos sejam tão claustrofóbicos quanto os outros.

Estou distraído quando ouço alguém no meio da aglomeração gritar o meu nome.

Por instinto, quero evitar o chamado por imaginar que seja um dos fãs de Riley esperando tirar informações de mim, em quem, em tese, ela tem um interesse romântico. A ideia me esgota tanto quanto a expectativa dos bastidores escuros do palco.

E aí eu escuto o meu nome outra vez. *Maxwell*, não *Max*.

Encaro a fila de fãs e vejo os olhos de uma mulher fixos em mim. Ela tem mais ou menos a minha idade, talvez um pouco mais nova. Nunca nos encontramos, mas eu a reconheço. Já vi seu rosto em fotografias em cima de um aparador lotado de coisas.

– Delia?

O sorriso da mulher se alarga. Apesar do cansaço, é impossível não corresponder ao sorriso. A neta da Linda é igualzinha a ela, até o diastema. Quando me aproximo, ela se inclina por cima da grade de metal, suas feições angulosas iluminadas de empolgação.

– Estou muito feliz por conseguir te encontrar – diz ela. – Minha avó me deu ingressos pro show no meu aniversário e insistiu pra que eu tirasse uma foto com você.

Quero fazer o que Riley faz: utilizar uma reserva oculta de equilíbrio perfeito, tirar a selfie perfeita. Em vez disso, eu não me movo, sentindo um aperto forte no peito.

É alarmante a rapidez com que a saudade de casa me atinge. Eu nem conheço Delia, só das histórias que a Linda conta. Ela é o menor e mais frágil fragmento da minha cidade. Ainda assim, diante da mera menção à minha residente favorita da Harcourt Homes, o fragmento me perfura.

– Claro, vamos tirar essa foto – digo de coração. Preciso forçar a animação na voz, mas estou feliz de verdade em fazer isso. – Como está a Linda? – pergunto, depois que Delia tira a foto.

– Está bem. Mas ela me falou pra não falar dela com você, porque tem coisas muito mais empolgantes acontecendo na sua vida – responde Delia. Vejo mais de Linda no sorriso zombeteiro da neta. – Ela também me pediu pra coletar informações pessoais, o que eu não vou fazer, já que não te conheço tão bem assim.

Dou uma risada, e meus ombros relaxam um pouco.

– Obrigado. Manda um oi pra ela por mim, se isso não for te causar problemas.

– Vou mandar, mesmo que cause – responde ela. – Ei, hum, se não for pedir muito... – Seus olhos desviam de mim até Riley, que está encarando uma muralha de câmeras como se fossem velhas amigas.

Dou um sorriso complacente.

– Vou buscar a Riley, aguenta aí.

Ando pela extensão da barricada de metal até ela, desacostumado com os olhares curiosos que me seguem. Quando chego até Riley, ela ergue o olhar, com uma caneta na mão encostada em um pôster do show, que ela está assinando.

A promessa pré-show da noite reluz sob a pele dela. Parece que a flagrei fazendo a coisa que ela mais gosta de fazer no mundo.

– Oi! – diz ela. – Você está pronto pra revelação do seu visual hoje à noite?

– *Você* está? – pergunto. – Ei, talvez eu suba um pouquinho e fique em segundo ou terceiro lugar na classificação oficial dos seus ex-namorados.

Riley revira os olhos, se divertindo, mas noto um desconforto no semblante franzido, algo que eu não pretendia causar. Para ser sincero, não gosto dessas listas nada lisonjeiras, mas sei que ela não tem culpa de nada.

– Não lê essas coisas – me aconselha ela, com seriedade. – E qual é, você sabe que é o número um. De longe.

Meu coração acelera do jeito que só ela sabe fazer.

– Se você não se importar – respondo, provavelmente sem esconder que me sinto nas nuvens –, a neta de uma das residentes da casa está logo ali, de vestido amarelo, e quer te conhecer.

Riley busca pela fileira de gente até que seus olhos cheios de energia encontram Delia. Ela acena.

– Bora – diz ela, enquanto pega mais CDs e discos de vinil com as pessoas que os querem autografados.

Dou um passo atrás, sem querer privá-los dos poucos segundos preciosos que têm para dizer a Riley que sua música significa muito para eles. O suor está começando a grudar meu cabelo na testa. Eu me afasto da multidão e recuo até a lateral do ônibus, onde encontro Frank nos degraus, terminando de comer um sanduíche.

Querendo ficar sozinho por um momento, volto a observar Houston. Autoestradas mais abaixo cruzam ruas intermináveis. O reflexo do sol poente bate impiedosamente nas laterais espelhadas dos arranha-céus. Fico arrebatado pela escala esmagadora da paisagem. Não vou *conhecer* este lugar. Vai ser só mais uma passagem corrida pela vida em slides que estou vivendo.

Bem no fundo, isso me deixa exausto. As cidades que visitamos são como os fãs que encontramos: um monte de personalidades que nunca vamos conhecer, cheias de vida que nunca vamos entender de verdade, já que passam correndo por nós por causa do cronograma rigoroso da turnê. Com Houston, não é diferente. Mais uma noite, mais uma cidade desconhecida.

Em silêncio, começo a ceder às lembranças, mergulhando cheio de culpa em outro lugar. A mera menção à Linda me faz pensar na sala de jantar da Harcourt Homes, no cheiro familiar da cozinha. O burburinho dos residentes que amo como se fossem da família, o tapete sob os pés. O jeito como as teclas do meu piano favorito se movem sob os meus dedos.

Não preciso do dom lírico de Riley para descrever esse sentimento. Sinto uma saudade absurda de casa. Estou preso no meio da turnê. Faz sete semanas que não sei o que é o conforto de casa. E ainda vou ficar longe disso tudo por mais oito semanas.

Mas não vou embora daqui. A casa ainda vai estar lá, de um jeito ou de outro. E Riley vai seguir para novas músicas, novas pessoas, novas cidades. Em termos de composição, às vezes sinto que sou uma nota que toca eternamente. Riley é um set list inteiro, de ponta a ponta, nunca imóvel, sempre em evolução.

– Aquela ali é única.

A voz rouca de Frank me dá um susto. Olho para baixo e o encontro me observando, sem dúvida tendo me visto encarando Riley.

– Claro que é – respondo. Estranhamente, parece a coisa mais fácil do mundo a dizer. – É por isso que ela é Riley Wynn.

Frank amassa o embrulho do sanduíche e balança a cabeça.

– Nah. Eu não tô falando disso, embora ela seja. Tô dizendo que ela é única porque é uma das poucas musicistas que conheço que não fica com saudade de casa.

Franzo a testa, surpreso pela perspicácia de Frank.

Ele sorri, e tenho a impressão de que não sou o primeiro músico com quem ele já teve essa conversa.

– Sei ler no rosto de uma pessoa que ela sente saudade de casa assim como consigo distinguir se estão usando címbalos Zildjian ou Sabian.

Não há julgamento nem dúvida nas suas palavras. Assinto, porque é a única resposta que consigo encontrar.

– Alguns dos maiores astros de rock do mundo sentem saudade de casa – observa ele. – Estão vivendo um sonho, mas se preocupam com o que estão perdendo em casa. Aí ficam frustrados, porque estão se preocupando em vez de viver o sonho, principalmente porque sabem como esses sonhos podem acabar rápido.

O vento sopra por mim enquanto peso as palavras dele. Fico... aliviado. É reconfortante saber que a saudade de casa não significa que não tenho jeito para essa vida. Porque eu *quero* querer essa vida. Eu quero querer por Riley.

Com certeza, aprendi uma lição com o nosso passado: ela nunca ia querer alguém que não conseguisse embarcar no sonho dela, que fosse incapaz de correr atrás do relâmpago que ela tanto deseja. Quando não me juntei a ela na turnê que planejamos, Riley não deixou aberta nenhuma possibilidade de ficarmos juntos. Sem discussão. Tínhamos terminado.

Isso me dá a certeza de que Riley só vai me querer se eu me juntar a ela nessa jornada interminável, nessa estrada onde o único destino são as esperanças mais loucas dela. Se isso que o Frank está dizendo for verdade, ainda consigo fazer isso. Se sonhos como esses podem servir para mim apesar da saudade de casa, beijar Riley não precisa levar a lugar algum.

Sinto uma onda de gratidão pelas palavras gentis e colocadas de forma impecável por Frank. Estou prestes a agradecer quando Carrie aparece.

– Você ainda quer assistir ao show hoje à noite, né? – pergunta ela a Frank.

Qualquer aspecto da nossa conversa some do rosto de Frank. Ele se levanta rapidamente, ajeitando a camisa.

– Estou pronto, é só me avisar.

– Deixa só eu me trocar, e a gente pode ver a passagem de som – diz Carrie.

Quando ela vai até os degraus, ela e Frank hesitam e fazem aquela dança para descobrir em qual lado do degrau ele vai ficar para deixá-la passar.

Frank espera, observando-a entrar no ônibus. Quando Carrie já se afastou o suficiente para não nos ouvir, ele se vira para mim.

– Pergunta: a Carrie e o pai da Riley... – Ele deixa a frase morrer.

É impossível não dar um sorriso.

– Divorciados – respondo, esperando que a informação sirva como retribuição pelo incentivo que ele me deu.

Frank assente algumas vezes, se aprumando. Dou um tapinha sincero no ombro dele.

Nos últimos minutos, Riley deixou a fila de fãs. Com uma nova leveza desfazendo o medo no meu peito, me dirijo ao estádio. De onde estacionamos, encontro o caminho para a entrada dos que vão se apresentar. A geometria dos locais agora é mais intuitiva para mim. Cada estádio é como o set list que tocamos toda noite: diferente, mas o mesmo. Lá dentro, sou recebido pelos corredores de sempre, com iluminação no teto.

Faço as coisas de sempre. Verifico os microfones, vou até o palco tocar piano antes da passagem de som, tomo banho no vestiário. Apesar das dimensões do chuveiro, o vapor é ótimo. Não me incomodo com a minha rotina, não hoje à noite. Eu me sinto... competente. Experiente. Mais como os músicos habilidosos que conheci em Nova York, menos como um frequentador da sala de jantar da Harcourt Homes.

Quando saio do banho, visto o traje que foi escolhido de forma unânime hoje de manhã durante a viagem surpreendentemente divertida. Minha parte favorita da roupa não é a gravata-borboleta elegante nem a vibe pianista de lounge. É a lembrança de Riley a centímetros de mim, colocando os óculos no meu rosto com dedos ágeis.

Vou até o camarim, satisfeito com o resultado.

Meu sorriso convencido desaparece assim que vejo Riley.

Ela está... totalmente diferente. Sentada na beira de uma cadeira com os fones de ouvido, ela olha para a frente, os olhos fixos na parede.

Quase nunca a vejo desse jeito. Estressada, retraída, destruída em vez de cheia de energia antes do show. Em geral, ela parece um relâmpago. Agora, é como se fosse a marca de queimado deixada por ele.

Vou na direção de Vanessa, que está perto da mesa onde os itens de caubói de Riley estão intocados. Ela observa Riley com preocupação.

– O que aconteceu? – pergunto baixinho.

– Ela recebeu flores – responde Vanessa, e vejo a fúria refletida nas profundezas do seu olhar. – Vieram… daquele ator. Acho que ele ouviu dizer que "Até você" não é sobre ele.

Fico grato por ela não dar uma de enxerida nem insinuar quem obviamente *é* o sujeito da música.

Volto a olhar para Riley, sentindo o estômago revirar.

Não sei o que fazer. É claro que eu quero ajudar. É claro que não tenho a menor ideia de como fazer isso. Nunca vi a Riley que está diante de mim, a estátua nervosa e estilhaçada. Como é que flores enviadas por Wesley Jameson podem deixá-la tão abalada?

A resposta me acerta em cheio. *Ela não o superou.*

Na mesma hora, me sinto ridículo por ter presumido que ela o tinha deixado pra trás. Ela só terminou um relacionamento – um *casamento* – com ele. Se o amor que ela sentiu por mim causou a dor que ela colocou em cada sílaba de "Até você" uma década depois, é claro que o casamento recém-terminado ainda não desapareceu do coração dela.

Eu me sinto bobo por esquecer esse detalhe, sem falar no ciúme latejante. É quase tão estranho quanto foi tocar no Madison Square Garden. Quer dizer, eu sei quem é Jameson pelas manchetes do mundo do entretenimento quando ele faz algo encantador, pelas exibições automáticas na Netflix – por Jess curtir os posts do Instagram idiota dele.

É surreal. Riley não sai do meu coração, mas o homem mais perto do dela é... o namorado da internet.

A minutos da passagem de som, com Riley sentada no sofá de couro diante de mim, perdida em pensamentos, eu me agarro ao amargo lembrete. Preciso fazer isso.

Posso ter sido a inspiração para a maior canção de Riley, mas não sou seu maior amor.

20

Riley

Vive pra sempre comigo, Riley?

Tenho apenas alguns minutos até precisar deixar o camarim. Passo esse tempo com meus fones, ouvindo "Montanha-russa a dois", torcendo desesperadamente para conseguir usar as minhas palavras para afogar o estrondo na minha cabeça. Funciona para os meus fãs, eu sei que funciona. Vi os TikToks dizendo que eu os ajudo a fugir de sussurros que os deixam inseguros ou dos pais brigando, ou das coisas horríveis ditas por um ex.

Por que não funciona do mesmo jeito comigo?

Vive pra sempre comigo, Riley?

Mesmo sem bilhete, as flores de Wesley deixam várias palavras dele apitando nos meus ouvidos. Eu o odeio por causa delas. Quero esquecer Wesley tanto quanto me arrependo de ter ficado com ele.

No camarim, me pergunto se um dia vou conseguir fazer isso. No meio de tudo, da turnê, do reconhecimento pelo meu álbum, das sessões de fotos – *Max* –, eu fingi que não sentia mais a presença de Wesley. Suas lembranças. A sombra do meu maior erro agora me alcançou.

É fácil falar que eu era jovem, que eu não sabia o que estava fazendo. Eu era indomável, impetuosa. Eu não sabia que um amor impulsivo era diferente do amor verdadeiro. Ou que eu estava atrás da fama, do glamour, apaixonada pela ideia de ver o imponente astro do cinema apaixonado por mim.

Ouvi todas as versões. Músicas covers com comentários desprezíveis, que explicavam a minha história de amor amaldiçoada tocando na eterna jukebox da opinião pública.

Nada disso está certo. Eu me apaixonei pelo meu ex-marido por um motivo que nunca vou negar, apesar de odiar as consequências.

Ele é igual a mim. De um jeito desejoso e destrutivo, eu me vi nele. Vi quando nos conhecemos em uma festa realizada por uma revista em janeiro retrasado, com iPads nas sacolas de presente. Ele era famoso, com muitos filmes no currículo para que sua magia sombria precisasse de qualquer reconhecimento. Eu era recém-famosa, com singles notáveis me tornando "alguém em quem ficar de olho", "estrela em ascensão", "artista-revelação" ou qualquer que fosse a frase que cada publicação ou podcast quisesse lançar. As luzes da festa no terraço reluziam nos nossos olhos. Quando meu assessor de imprensa nos apresentou, ele beijou a minha mão.

O gesto era igual a ele, eu descobriria com o tempo. Exagerado, só que não. Ele tem uma finesse fantástica para floreios que outros homens não teriam como fazer sem parecerem constrangedores. Ainda assim, nele... caía bem. O efeito me deixou intrigada de formas que a lisonja formal do beijo não deixaria. Entendi, naquele momento, que sua estrela incrível continuaria a ascender.

Trocamos telefones. Com o passar dos meses, descobri o outro lado dele, que me desarmava. Nas mensagens de texto, ele não era só descontraído e falante. Ele era... efusivo, até mesmo bobão. Ele me mandava *memes*. Não ficávamos muito juntos por causa da agenda desgastante dele na filmagem internacional de *Reckoning*. Mesmo assim, senti que nos conhecíamos a fundo quando nos encontramos em Paris para a Fashion Week, em março.

Em vez de eventos marcados, voltamos para o quarto de hotel dele. Fizemos sexo por horas. A cobertura dele dava no terraço do hotel, onde me juntei a ele para observar – o que mais seria? – a maldita Torre Eiffel. Mais uma vez, era ridículo, um romantismo de revirar os olhos. Era *ele*.

Fiquei arrebatada. Ele tinha 38 anos, e eu, 29. Eu mal conseguia compreender por que a vida tinha me levado até ali.

Na noite parisiense, ele caminhou até o parapeito com uma pose imperial. Quando ele começava a falar, não parava mais. Compartilhou tudo comigo, confessou que alcançar sonhos muito antigos só o fazia querer mais. Ele queria *tudo*. Ele me queria.

Eu o observava, arrebatada. O amor no meu peito era como o dos meus sonhos: perigoso o suficiente para exigir que eu lhe desse tudo. Ele falou que não queria mais só fama ou prestígio. Ele queria que seu trabalho fosse eterno.

Em seu monólogo ininterrupto, ele me encarou. Dominou tudo, um homem avassalador como um furacão. Com as minhas mãos nas dele, Wesley disse que me queria na sua vida de verdade. Bastava de flerte por mensagens. Ele queria namorar comigo. Ele queria me amar. Nunca vou esquecer as palavras exatas. Elas se repetem na minha mente agora, o refrão tenebroso evocado pelas flores diante de mim.

Vive pra sempre comigo, Riley?

Eu disse que viveria. No lirismo da minha mente, eu me vi maravilhada, amando o fraseado dele, entendendo exatamente como ele tinha conseguido converter uma poética exagerada em um encanto inegável. Parte disso é pose. Parte é inteligência. Ele já leu centenas de roteiros. Reencenou Shakespeare nos palcos de Londres. Ele buscava a pergunta dentro da pergunta. *Vive pra sempre.* Vamos nos imortalizar. *Vive pra sempre comigo.* Entrelaça a sua vida na minha.

Vive pra sempre comigo, Riley?

Ele tinha finalizado cenas importantes para o piloto de *Reckoning*. Era o novo programa queridinho da HBO, o que eu sabia que o deixava feliz. *Me* deixava feliz. Não só por causa dele. Eu estava começando a entender a emoção estratosférica da promessa criativa. Eu me lembro da solidão de alcançar novas alturas, por mais que fosse uma felicidade. Eu me lembro da sensação maravilhosa que era ter encontrado alguém que cantava nos mesmos acordes de uma promessa perigosa e de uma esperança sem limites. Em Wesley, eu senti que tinha encontrado o meu espelho.

Não percebi que ele nunca queria ouvir o meu entusiasmo quando as reuniões com a gravadora iam bem, quando reservei meu primeiro estádio ou quando começaram a aparecer as propostas para matérias de capa, até que percebi. E aí percebi todo dia. Escondi os vislumbres de mim mesma, fingindo, com a porcaria do meu otimismo, que eu não ligava se esse homem atraente não queria saber como a minha carreira estava disparando. Passei os nossos meses conturbados esperando que ele se sentisse tão sortudo quanto eu, acordando todo dia feliz por ter encontrado a imagem espelhada da minha alegria implacável.

Só que ele não queria uma imagem espelhada. Ele queria um *espelho*.

Ele não queria que eu conquistasse o mesmo estrelato, o mesmo tamanho, a mesma lenda que ele. Queria que eu *refletisse* tudo isso, para que as vitórias dele parecessem maiores.

Vive pra sempre comigo, Riley?

No fim das contas, a falta de elogios dele se transformou em desmotivação. Oportunidades dispensadas, reconhecimentos desmerecidos. Suas rejeições machucavam como o estrondo insensível da crítica on-line nunca tinha machucado, facas sutis em vez de rolos compressores psicológicos. É claro que terminamos poucos meses depois.

Eu me recuso a me arrepender do que aprendi com o nosso relacionamento. Buscar alguém exatamente igual a você não é amor. É narcisismo. Alguém que viva como você, fale como você, se empenhe como você, sem *amar* você. Sem se importar com você. Nosso casamento era como tocar as notas que ficam lado a lado no piano. Elas não têm harmonia. Elas entram em conflito. Seus complementos estão em outro lugar. Não perto, mas compatível.

É por isso que ele está me interrompendo agora, é por isso que está se agarrando a "Até você". Sei que ele não tem nada a me oferecer no que diz respeito ao companheirismo que tanto desejei.

Mas Wesley sabe que eu *poderia* lhe dar o que quer. Sabe que a minha luz pode brilhar de forma estonteante sobre ele. O fato de eu não fazer isso o deixa furioso. Ele está determinado a roubar de mim como se estivesse convencido que roubei dele.

Por isso Wesley quer explorar a minha música. Por isso quer me irritar de todas as formas possíveis.

Inclusive com as flores. Suas faces zombeteiras me observam ao lado do espelho. São brancas, com pétalas compridas que parecem lábios. Não sei de que tipo são.

E também não interessa. O problema não são elas.

É o *eco*. Ele me mandou flores no dia em que voltei para casa de Paris.

Mandá-las agora não foi um ato de gentileza nem o desejo de me reconquistar. Foi um lembrete. Ele sabe falar em metáforas e imagens do mesmo jeito que eu e está usando como arma a linguagem elegante com uma intenção inconfundível. Eu posso ter seguido em frente, diz ele, mas nunca vou de fato *seguir em frente*. Sempre vou estar ou no fim ou no começo do próximo relacionamento. Meu ciclo de términos está nas flores.

Ele sabe que o surgimento de Max na minha vida, nas minhas manchetes, é o momento perfeito para entalhar em mim sua obra-prima em forma de mensagem. É o que significa de verdade lembrar dele ao seguir em frente com alguém novo. De uma forma ou de outra, quer seja com Wesley, quer seja com um cara no bar, quer seja com Max, sempre termina comigo transformando a dor em música.

A bola da vez é Max. O outro passageiro na próxima volta do meu carrossel amaldiçoado. Sinto que estou me apaixonando por ele, ou talvez espanando o pó de sentimentos que nunca tirei da prateleira. Não é nem a nossa história o que me preocupa, embora, sim, eu esteja com medo de que ele vá embora da minha vida de novo. O medo real é mais profundo.

Acho que amor não é algo que dura para mim.

Ao dar tanto de mim nas composições sobre términos, acabei escrevendo uma profecia pop autorrealizável. Sou a personificação viva das minhas canções melancólicas, a direção invertida entre os meus relacionamentos e a minha música, a minha vida amorosa reduzida à infelicidade da protagonista. Em vez de escrever os meus refrões, descubro que são eles que estão me escrevendo.

Quem dera não fosse assim. Não é uma escolha minha, não de todo. A Riley que os meus fãs querem é aquela que lhes oferece suas intermináveis mazelas amorosas. Sou o Ícaro apaixonado favorito deles, voando até o sol pouco antes de cair do céu, só para me erguer mais uma vez com asas novas. Todo mundo adora um amante condenado.

Se eu precisar seguir nesse caminho, sempre revivendo as minhas canções – os términos que me mantêm cantando, as músicas que me mantêm magoada –, assim será.

Se o amor é o preço que preciso pagar pelos meus sonhos, beleza.

Aperfeiçoei o uso da dor a serviço dos meus shows em vez de lutar contra sua força para contrariá-la. Eu me lembro de apresentações *incríveis* que fiz no encalço da tristeza. A sessão do Spotify Live na semana que os meus pais me contaram que iam se divorciar, o show em Nashville para promover o meu primeiro álbum na noite em que Jacob Prince – *o imbecil do Jacob Prince e seus fãs horríveis* – me largou. Eu cantei de peito aberto, destruída, com sinceridade, e foi maravilhoso.

Esta noite não é um desses casos. Saio do camarim com as mãos trêmulas, o suor escorrendo pela pele, e me sinto travada, presa na gaiola de arrependimento que o ano passado construiu para mim.

Todas as noites da Turnê do Coração Partido começam comigo chegando até o microfone usando meu vestido de noiva, enquanto Vanessa marca o compasso proposital de um relógio na linha de abertura de "Um minuto" na bateria. Quando me junto a ela com os primeiros acordes do meu Fender branco, deixo jorrar uma das minhas composições favoritas.

Infelizmente, é longa, cheia de sílabas, e precisa que eu antecipe o compasso inicial do verso.

Entro nos bastidores com o lembrete perverso de Wesley me seguindo como o cheiro doce e rançoso das flores. No ritmo da abertura, piso no palco, usando o vestido com o qual andei pela nave central, a cabeça em frangalhos. Os holofotes machucam os meus olhos, a enormidade da multidão é avassaladora.

Suando no vestido de seda, erro o primeiro verso.

– Você quer...

As sílabas não encaixam.

Em vez de compensar, mudar o fraseado do jeito que a intuição adquirida pelos anos de palco deveria me ajudar a fazer, eu simplesmente – paro. Sinto a garganta fechar com o nó das lágrimas, me deixando tão alarmada que não tenho a confiança de continuar, de fingir que foi de propósito.

Mesmo agora, eu sei o motivo. Eu me sinto absurdamente constrangida. Pelo quanto eu sonho alto, por me permitir amar profundamente o homem que acabou me infligindo as crueldades que revivo na minha letra todas as noites.

Porque, ainda que a canção seja sobre Wesley, eu começo a descrevendo a mim mesma.

Você queria a história da ovelha que levou pra ser abatida
O romance entre um filho desgarrado e uma filha preferida

É claro que, ainda que o meu erro tenha sido coisa de amador, os meus músicos não são. Com um floreio perfeito, eles reiniciam a estrofe.

É constrangedor. Todo mundo, provavelmente todas as pessoas na plateia gigantesca, sabem que eu errei. Riley Wynn, sob as luzes neon, a quem eles vieram idolatrar, errou segundos depois de pisar no palco.

Na mesma hora, eu me obrigo a me concentrar. Na estrofe reiniciada, acerto o verso com perfeição. No meu íntimo, me comprometo a tocar tudo com precisão. Pelo resto do show, estou na minha mente, me concentrando nas minhas letras, sem me deixar sentir as emoções das músicas, temendo que elas me devorem inteira.

Não é a apresentação que quero fazer, não é o show que os meus fãs esperavam. Não quero ser uma jukebox humana, dando ao público apenas a coisificação dos clipes musicais. Nada mais dá *errado* de fato. Só não estou sendo *eu* mesma. Eu me sinto culpada por encarar os milhares de pessoas que vieram ver o show, que não vão ter a chance de me ver no próximo fim de semana, quando eu tiver superado isso. O que vai ter acontecido.

Então eu compenso. Acrescendo músicas ao set list, coisas dos meus álbuns anteriores. Toco para eles, só eu e o meu violão. Quero compensar as apresentações distraídas do set principal e torço para que as músicas extras passem a impressão de intimidade, ainda que, no meu coração, a sensação seja de desespero. Sob os holofotes, estou me afogando aqui há três horas.

Quando deixo o palco no fim da noite, exausta em todos os aspectos, tenho a sensação de que dei tudo de mim. Ainda assim, estou furiosa comigo mesma. Isso me domina com rapidez, a súbita mudança sem a música para me distrair.

Eu não deveria ter me pressionado. Não deveria ter subido no palco sabendo que não estava pronta. Eu deveria ter atrasado, deveria ter me dado o espaço mental de que precisava. É comum que shows comecem com quinze minutos de atraso... ou 45. Ninguém teria percebido, e eu teria feito o show que os meus fãs mereciam.

Mas não, acabei me distraindo.

Incapaz de lutar contra a compulsão, verifico o celular, entrando no modo de contenção de danos emocionais. Não tenho dúvida de que havia críticos na plateia, sem falar nos fãs, que muitas vezes atuam como meus críticos mais ferozes. Tenho certeza de que um show de merda não vai arruinar a reputação de toda a turnê, mas preciso saber a magnitude exata da compensação que vou encarar.

O que acho na primeira pesquisa é... pior. Sim, algumas manchetes da imprensa musical e sites pop me reprovaram pelo momento inicial "constrangedor". Mas, em sua maioria, a internet está falando sobre uma história diferente. De como, por uma "fonte próxima ao casal", Wesley me mandou flores antes do show. *Reconciliação?*, questionam as matérias. Eles elogiam o meu ex-marido pelo gesto de apoio elegante e ético.

Fonte próxima?

Fico enfurecida. Fonte próxima o cacete. Sem dúvida isso é coisa do agente de Wesley. Aperto o telefone na mão, prestes a esmagar o aparelho no chão de concreto.

Não. Eu controlo o impulso. Sei o que preciso fazer.

Disparando pelos corredores do estádio como se eu fosse em parte caça, em parte caçador, encontro Eileen. Lendo o meu semblante, ela me encara com serenidade.

– Não se preocupa – diz ela. – O show foi fantástico.

Balanço a cabeça com veemência, sem querer ser tranquilizada. O que eu preciso é cortar a tristeza pela raiz, torná-la produtiva. Na minha carreira, aprendi a ser grata por cada ferida. Todos têm um instinto de sobrevivência que estimam como admiradores secretos. O meu é esse. Emoções assim significam que posso estampar a minha dor em discos de platina.

– Arruma umas horas de estúdio pra mim em Houston? – peço, resistindo à impaciência.

Eileen arregala os olhos.

– Vamos embora amanhã e...

– Eu sei. Eu quis dizer agora. Hoje à noite. Só por algumas horas.

O staccato na minha voz me dá nos nervos. Solto o ar no corredor claustrofóbico, me sentindo pronta para me desnudar sob a iluminação inflexível.

A preocupação deixa o semblante de Eileen pesado.

– Tivemos uma longa viagem. Você acabou de fazer um show. Não é melhor descansar?

– Não posso. Eu... – As lágrimas fecham a minha garganta outra vez. – Preciso...

Preciso usar isso enquanto ainda está aqui.

O longo olhar que Eileen me dá se transforma em empatia. Ela assente.

– É claro – diz ela, com uma determinação reconfortante, depois repete.
– É claro. Vou ver o que posso fazer. Imagino que *algum lugar* da cidade de Houston vai querer que Riley Wynn grave algo, não importa a hora.

Ela se esforça para sorrir.

Consigo responder com uma breve tentativa de sorriso. O jeito como ela usou o meu nome, evocando o meu eu que grava músicas, cai bem. Quero usar essa dor a serviço de *Riley Wynn* em vez de me sentir presa com a tristeza da Riley comum, o eu que assinou os papéis do divórcio com mãos que ainda nem haviam chegado aos 30 anos.

Agradeço a ela. Quando vou para o camarim, tiro a roupa de palco o mais rápido possível. Removo a maquiagem em frente ao espelho, onde o meu reflexo calado me encara.

Sustentando seu olhar, fico feliz porque o silêncio não é a única coisa que me resta hoje à noite.

21

Max

Eu não podia passar mais uma noite em claro angustiado por causa de Riley.

No meu quarto de hotel, o show me preocupava. Desde o momento em que Riley pisou no palco, eu soube que ela não tinha se livrado de tudo que estava sentindo no camarim. Quando as luzes se apagaram na última música, ela ainda continuava com aquele sentimento. O horizonte noturno de Houston desenha sombras distorcidas no chão, e as perguntas não me dão trégua: Wesley foi ao show? Ela estava com ele agora, ou com outra pessoa que pudesse ajudá-la a esquecer?

Isso me fez desejar ter conversado com ela sobre o nosso beijo quando tivemos oportunidade.

Por fim, em vez de encarar o lençol branco e limpo, onde eu não encontraria descanso, decidi encarar o problema. Sem me deixar perder a coragem, mandei uma mensagem para Riley. Nada muito elaborado: perguntei se ela estava bem e se queria conversar.

Ela respondeu com um endereço.

Que é onde estou agora. Desço do Uber, grato pelas noites quentes da cidade. O lugar é modesto, uma vizinhança residencial com cercas de arame ao redor da grama.

Estou aguardando do lado de fora da cerca quando percebo para onde Riley me trouxe. É um estúdio de gravação. Mesmo depois de duas da manhã, tem luzes acesas lá dentro.

Um dos seguranças de Riley – os caras que ela leva para encarar multidões pesadas – sai pela porta da frente, me procurando. Aceno para ele, que assente. O portão do estúdio se abre.

O sujeito me leva para dentro, passando por corredores onde há, ao longo de todas as paredes, fotos emolduradas de músicos tocando, até chegarmos a uma porta, e ele para. A luz de gravação não está acesa.

Abro a porta, reconhecendo a gravidade que me atrai.

No pequeno cômodo silencioso, Riley está sozinha. Não tem nenhum produtor nem engenheiro de som com ela. Riley está sentada no chão, com fones nos ouvidos, imersa na audição de algo que não posso ouvir. É engraçado perceber que já vi essa mesma cara dela em várias ocasiões, quando ela não estava de fone. Talvez Riley costume ouvir música no mundo quando o resto de nós não ouve.

Quando entro, os olhos dela se abrem e pousam em mim. A distração que ela demonstrou no palco se foi, substituída pela intensidade elétrica de sempre.

Não é bem alívio o que sinto. Por um lado, estou feliz por ela estar mais ela mesma. Por outro lado, o fato de ela estar aqui no meio da noite, depois do dia que teve – não está tudo bem.

– Você veio.

Ela se levanta e tira os fones de ouvido.

Não consigo esconder a cautela na minha voz.

– O que você está fazendo aqui, Riley?

Ela ignora a pergunta. Em vez disso, vem até mim e coloca os fones nos meus ouvidos, deixando as mãos se demorarem um pouco mais do que o necessário.

– Ouve isso – diz ela.

Ela dá play no computador, e o som alto e imersivo da música me surpreende. Levo segundos para reconhecer o que estou ouvindo. *Refazendo nossos passos até o adeus da saudade*. Ela acelerou a música, encaixando um ritmo que faz parecer que ela está correndo em direção a algo ou talvez quase capotando.

Não é só estimulante. Parece perigoso.

Ergo o olhar para Riley e falo por cima da música.

– Você está gravando "Estrada da Dor"? No meio da turnê?

Ao ser lembrada da turnê, seu olhar perde um pouco do brilho. Ela pega os fones de volta, segurando-os na defensiva ou como se eles fossem protegê-la. Vejo as sombras sob o entusiasmo em seu rosto. Ela está

escondendo a exaustão por trás de uma empolgação implacável e imprudente.

– Eu preciso fazer *alguma coisa*. Preciso transformar isso... esta noite,
tudo... em algo bom. Vou avisar pra minha gravadora e... – Ela olha para
um ponto atrás de mim, seu olhar mais aguçado, como se ela estivesse buscando a solução imaginada para o que está sentindo. – Lançar como um
single-surpresa. Ou... sei lá.

Ela se senta em frente ao computador do estúdio. Com movimentos
frenéticos, pega o teclado para fazer uns ajustes.

Dói vê-la instigando a dor a serviço da música. Quero ajudar.

Eu me sento no sofá perto da porta.

– O show foi ótimo, você sabe disso – digo.

Riley se detém, mas não me encara. A sala está perigosamente silenciosa.

Aproveito o silêncio. Riley merece todos os meus esforços para fazê-la
entender que está tudo bem.

– É como você me disse... às vezes, os erros simplesmente fazem o show
ao vivo ser melhor. São a prova de que ele é ao vivo. Se os seus fãs quisessem
perfeição, eles iam ouvir o álbum gravado.

Emoldurada pelo monitor de tela grande, a silhueta de Riley está imóvel.
Até que, por fim, ela solta um suspiro.

– Obrigada por dizer isso – responde ela.

Relutante, Riley tira as mãos do teclado e as coloca no colo. Ela gira na
cadeira para me encarar. Aos poucos, algo vai despertando no seu olhar,
como se ela estivesse percebendo como está ansiosa para que alguém a
escute.

– Não é só o show...

– Wesley – confirmo.

É claro. Foi ele que a colocou aqui, inquieta pela triste inspiração. Não
importa a quantos quilômetros estejamos de Los Angeles, ele nunca está
longe do coração dela.

– Você está com ciúme? – pergunta ela, com certeza ouvindo o tom
sombrio na minha voz.

Ela não parece falar com malícia, desafio, nem mesmo como se flertasse.
Está curiosa de verdade.

Desvio o olhar, ainda que o sentimento esteja estampado no meu rosto, exposto para a "Rainha do Término", como a *Spin* se referiu a ela. Meu olhar para no piano de armário. Não posso mentir para Riley, não aqui, onde ela está cantando com todo o coração. Não posso profanar o altar da sua música.

– É claro que estou com ciúme – respondo, rápido, torcendo para que a rapidez aplaque o desconforto.

Quando tomo coragem de encará-la, vejo seus olhos arregalados. Ela assente, registrando o meu sentimento. Provavelmente vai compor uma música sobre isso. Apesar do momento difícil de Riley, não consigo ignorar a pontada de ressentimento que a ideia me causa.

Abafo a indignação nociva. Estou aqui por Riley. Eu me concentro nela.

– Não fica com ciúme – me tranquiliza ela. Seu meio-sorriso zombeteiro, como se achasse isso ridículo, é reconfortante. – Eu não sinto nada pelo Wesley. Só que... – Ela pega o violão e começa a dedilhar, como se precisasse da música para desbloquear seus recônditos mais particulares e íntimos. – Às vezes parece que esse é o meu dom... estragar as coisas.

O olhar dela fica vazio. É como se estivesse contemplando cenários arruinados, paisagens às quais se rebaixou sem saber como nem por quê.

– Meu show. O casamento dos meus pais. Meu *próprio* casamento – continua ela, de um jeito vazio. É óbvio que não é a primeira vez que ela enumera a lista de fatalidades. – Tudo que eu toco desaba, porque, pra fazer o que eu faço, pra alcançar todos com a minha música, eu preciso pagar por isso. Me tornar minha própria musa.

Eu a observo com atenção. Isso mostra como ela sente isso profunda e constantemente. Não importa quantos quilômetros a gente percorra de cidade em cidade, de show a show em estádios, Riley navega um mapa particular no próprio coração. Um que tem estradas da dor se espalhando em todas as direções, conectando a desolação dos lugares para onde ela nunca pode retornar.

– Eu não acredito nisso, de jeito nenhum – falo.

Riley ergue o olhar, com os olhos incandescentes. No seu rosto, esperança e frustração travam uma batalha, como se ela não conseguisse decidir se quer que a minha aprovação a convença ou se desdenha da minha ingenuidade.

– Você me deixou, Max – diz ela com um tom acusatório. – A gente tinha uma coisa boa, e você acabou com isso e nem olhou pra trás.

– Eu olhei pra trás – insisto, sem controlar a emoção na voz. Sinto o coração disparar, o martelar no peito bem na hora certa. – Pode ter certeza, eu olhei pra trás. Mas você já tinha seguido em frente.

Riley ri, na defensiva.

– Então a culpa *é* minha. – Ela segura o braço do violão, se deleitando com o sentimento. – Acho que eu devia ter esperado, né? Pelo dia em que você quisesse vir comigo? Ia demorar só uns dez anos.

O que ela diz bate nos limites afiados do rancor que escondi de mim mesmo.

– Bom, se eu fosse esperar que você ficasse, eu ia esperar pra sempre.

No eco vazio das nossas palavras, lembro que aquele estúdio pequeno é à prova de som. Parece mesmo. As coisas há muito não ditas que finalmente falamos forçou todo o resto a deixar o espaço. A mulher na minha frente nunca tinha me lembrado tanto a Riley que eu conheci como agora. Ela não é a estrela do pop no topo das paradas. Não sou seu interesse romântico dos boatos. Somos apenas duas pessoas que se apaixonaram só para se dilacerarem.

Sinto uma dor física no peito por causa disso, a ponto de precisar suspirar.

– Olha, não dá pra gente mudar o passado, mas eu estou aqui agora.

Quando Riley fala, seu sussurro sai desesperado.

– Pra quê?

Seu peito sobe e desce. Nenhuma noite em cima de um palco – não no Madison Square Garden, nem em Nova Orleans, logo depois do nosso beijo, nada – se compara ao encantamento muito, muito perigoso que eu sinto agora.

– O que você quer? – pergunto.

Ela olha para o chão, depois reúne algo dentro de si mesma.

– Toca piano em "Estrada da Dor" – diz ela com serenidade. – Deixa eu te gravar. Se... tudo desmoronar como todo o resto, eu quero ter isso.

Eu hesito. Não só pelas implicações de gravar uma música com a superestrela Riley Wynn. Ouço tudo que ela não está dizendo, tudo que está subentendido. *Se tudo desmoronar.* Imaginar o fim de algo significa ter imaginado o começo primeiro. Significa que Riley está sugerindo um novo e frágil nós.

Significa que talvez a gente ande pela Estrada da Dor juntos de novo, contando cada passo, torcendo – só torcendo – para que possamos escapar do destino.

Decidido, vou até o piano.

– Como você quer que soe?

– Como... – Riley morde a parte de dentro da bochecha, e a luz estrelada familiar aparece no seu rosto. – Como o nascer do sol depois de noites em claro – conclui ela.

Reflito sobre a descrição. Posicionando as mãos nas teclas, invoco as várias vezes que vi o sol nascer no último mês na estrada pela janela do ônibus e dos quartos de hotel, quando eu não conseguia me livrar da lembrança dos refletores reluzindo em um vestido de noiva.

Começo a tocar.

Horas se passam enquanto gravamos um take atrás do outro. A canção vai tomando forma aos poucos, nossa colagem de som. Exploramos floreios diferentes na melodia do piano, estilos de tocar diferentes, buscando o sentimento que Riley quer. Ela adiciona o vocal, e ajustamos, mixando os instrumentos, encontrando espaços para esticar ou acelerar.

O sol está quase nascendo quando finalmente ouvimos a versão final.

Nunca me senti tão desperto. Riley bota a gravação para tocar com um sorriso, assentindo. Vê-la fazer música, sua música, *nossa música*, não se compara a nada que já vivi. Eu passaria todas as noites em claro se elas fossem sempre assim.

Os últimos acordes vão sumindo, nos deixando no estúdio silencioso. Riley solta o ar, como se um grande peso tivesse saído dos seus ombros. Fico esperando que ela seja atingida pela emoção extravasada ou pela exaustão. Mas ela dá uma risadinha.

– Ficou bom *pra caralho* – declara ela.

Estamos sentados no chão, e Riley desaba para trás, de um jeito exagerado. Esparramada no carpete, ela olha para a sala.

Não respondo. Não consigo. Estou dominado pela perfeição dela no momento, exaurida pela própria música. Eu me apoio no cotovelo e me deito ao lado dela.

Uma mecha de cabelo repousa no rosto dela, um afluente imprudente do delta dourado espalhado sobre seus ombros. Não resisto e traço seu percurso com um dedo.

– Como é que você pode pensar que destrói tudo? – murmuro. – Seu toque é mágico, Riley.

Ela apenas me olha, e, em seus olhos, há uma intenção inconfundível.

E aí ela me beija.

O beijo é demorado, profundo, cheio de uma certeza silenciosa. Não parece imprudência, como se fosse uma colisão colateral da paixão que não conseguimos controlar. Parece *certo*. O contraste com o nosso beijo no banco do piano em Nova Orleans não podia ser mais evidente. Esse beijo é menos desejo, mais necessidade.

No mesmo instante, me sinto ceder, aprofundando o beijo, minha mente entrando em colapso quando me perco no paraíso inebriante dos meus lábios nos dela. Nossa, como ela é perfeita. Seu cheiro está por todo lugar. Seu corpo é elegante, e cada curva está ao meu alcance. Ela é a mulher dos meus sonhos mais desesperados, impossivelmente real. Ela é Riley...

A *minha* Riley.

Mal me reconheço enquanto a beijo, a profundidade da emoção me deixando à beira das lágrimas. Eu a quero tanto que dói. Nenhum desejo que ousei deixar chegar ao coração me atingiu desse jeito. Não permiti que isso acontecesse. Agora permito e ouço o refrão na minha mente.

Eu não sabia o que é o amor...

Até você...

Estendo a mão e aninho a escultura suave do pescoço dela enquanto a beijo. *Não* parece que estou revivendo o passado, continuando de onde paramos.

Não dá para ser isso, porque, quando me apaixonei pela Riley na primeira vez, ainda não sabia o que era viver todos os dias sem ela. Eu não tinha como sentir o que sinto agora: cada ferida de tê-la perdido se fechando, cada cicatriz apagada sob o bálsamo maravilhoso da sua boca na minha, o eco da canção que fizemos juntos ressoando nos meus ouvidos.

Quando nos afastamos – Riley olhando nos meus olhos, com choque e seriedade –, sei na mesma hora que ela sente o mesmo.

Ela se senta. De algum jeito, sei que ela não vai embora.

Ela tira a blusa. *Who ever made music of a mild day?* As palavras de Mary Oliver me acolhem sob o seio esquerdo de Riley, tatuadas na pele que vejo, onde a memória encontra a fantasia.

Ela abre o fecho do sutiã.

Dou um suspiro trêmulo. Ao ver seu peito exposto, um desespero físico me rasga ao meio.

– Me toca, Max.

É o eco sensual e selvagem de como ela dirigiu meu desempenho no piano. *Não para no verso. Sustenta aí.*

Mais forte. Mais rápido.

Não preciso de mais incentivo. Eu a puxo para mim e beijo sua boca, seu pescoço, o topo dos seios, enquanto ela estica as mãos e as enfia no meu cabelo.

É como se algo estalasse, algum filamento de restrição ou reverência. De repente, estamos em chamas, furiosos, tomados pela paixão de uma década sem o outro. O desejo é imediato e ardente.

Eu quero ela. Eu quero ela pra caralho.

Eu a posiciono no chão do estúdio, enlevado pela alegria da consumação, voando direto para a paixão – tirando o banco do piano do caminho, abrindo espaço para nós. Nossa respiração é entrecortada, os corações martelam em um ritmo indetectável. Nossas mãos se agarram a qualquer lugar, *querendo, precisando*, desejando ardentemente cada pedacinho um do outro. Não tem nada de cuidadoso no nosso êxtase. É febril. São anos de privação colidindo na explosão quente de um relâmpago sobre *nós*.

Riley fecha os olhos, soltando a respiração em gemidos. Sinto seus batimentos disparados, seu corpo se arqueando para encontrar o meu.

Dedos encontram o meu cinto. Tiramos as roupas do caminho, com as mãos trêmulas, incapazes de esperar mais tempo para removê-las direito – puxo a calcinha de Riley até a metade das pernas perfeitas –, até que consigo tocá-la por baixo da saia. Ela fecha os olhos. Eu não. Não preciso de mais do que isso, apenas senti-la *aqui*, observando seu rosto corar enquanto ela arqueja a cada movimento meu.

Seus dedos despertaram meu coração.

Não dou a mínima para quanto tempo Riley me faz esperar por ela. Eu esperaria para sempre. É claro que eu esperaria para sempre.

Ela comprime os lábios e me faz parar, tateando cegamente até encontrar a bolsa na cadeira.

Quando a vejo pegar a camisinha, uma surpresa momentânea me atinge, e Riley dá de ombros.

– Eu sei exatamente o que eu quero quando eu quero – suspira ela.

Assinto. Sinceramente, qualquer explicação ia bastar. *Sim*, grita tudo dentro de mim. *Sim. Agora. Sim.*

Ela está em chamas. O desejo que nos perseguiu por quilômetros, anos e músicas a consome por inteiro.

Eu me sento, tirando a camisa, e a puxo para o meu colo. Suas pernas se enroscam ao redor do meu corpo, estilhaçando a minha mente. Não sei como chegamos aqui nem aonde isso vai dar, mas vou me entregar a ela. Vou tê-la. Aqui, neste estúdio, nosso santuário, como se o nosso dueto nunca tivesse chegado ao fim. Como se o tocássemos um no outro agora. A música é a alma do nosso amor – agora vai ser o palco dele.

Riley me empurra até eu ficar deitado, esperando por ela enquanto ela deixa uma trilha de beijos pelo meu peito, descendo cada vez mais. Só com muito esforço eu me controlo para não chegar ao clímax na mão dela, sentindo os dedos que ela usa para extrair magia do violão passando com delicadeza por toda a minha extensão.

Quando não aguento mais, ela põe a camisinha em mim. Flexiono a barriga quando ela desliza pelo meu corpo, voltando para capturar minha boca em um beijo. Eu a recebo com beijos aflitos e urgentes, acariciando a parte de trás das suas coxas.

Devagar – com reverência –, ela se afunda em mim, enquanto eu a seguro bem perto pela primeira vez em dez anos muito, muito longos.

Em um ritmo de desespero e desejo, Riley me fode. Eu a agarro pela cintura, prendendo-a a mim com uma intensidade faminta. A cada estocada, eu a puxo para mim, passando os lábios por toda parte: colo, pescoço, o seio na minha boca. Eu idolatro cada pedacinho dela como se pudesse viver a vida toda dedicado à deusa com a voz de um doce trovão.

Estou dividido ao meio, querendo ver cada parte dela e também querendo encostar o coração dela no meu, enfiar o rosto no seu cabelo. Mas Riley não está dividida. Ela sabe o que quer, como sempre. Ela põe as mãos no meu peito. Seu corpo todo treme. Uma nota descontrolada escapa dos seus lábios quando terminamos juntos.

É o retorno pelo qual eu ansiei por muito tempo. Como se eu tivesse passado a última década vagando na solidão, só para finalmente voltar para casa.

Seu corpo todo arqueja, exausto, e Riley sai de cima de mim. No chão, ela se estica. Descansa a cabeça no meu peito e dá um sorriso preguiçoso e satisfeito.

Não consigo resistir e lhe dou um beijo na cabeça, sentindo o cheiro doce de seu suor, saboreando-a. No fulgor do nosso êxtase, o silêncio é magnífico.

Por fim, Riley fala.

– Vamos andar pela Estrada da Dor de novo, Maxwell Harcourt? – Sua voz é suave.

Eu me afasto para encará-la. É como se fosse um sonho.

É como se eu estivesse bem desperto.

É como se eu a amasse tanto que dói.

– Talvez. Não sei – respondo.

Não quero que isso termine em dor. Não sei se consigo sobreviver a isso. Ainda assim... também não quero desaparecer no silêncio em vez de encarar a nossa música. Ainda não.

Ela beija o meu peito, seus olhos encontrando os meus.

– Mesmo que isso aconteça – diz ela, a voz cheia de paixão –, vamos ter isto aqui. Esta noite. Esta música. Seria tão ruim assim?

A resposta é óbvia. Esse sentimento vai ser eterno, não importa aonde as coisas vão dar. Se ele for preservado no próximo single de Riley, se eu pensar em estar abraçado a ela no chão do um estúdio de música toda vez que as notas da introdução tocarem no rádio, vou lamentar?

Minha voz não treme quando falo:

– Não, não seria. Nem um pouco.

22

No chão do estúdio de gravação, decidimos como vamos lidar com esse novo nós. No final, a cautela fala mais alto. Não quero dividir as nossas coisas, não quero nos apressar – não quero nos sujeitar à pressão punitiva dos holofotes quando parte de mim tem medo de que sejamos destruídos, como todo o resto. Já tenho a minha cota de términos expostos para o público.

Decidimos que o que temos é real. Não é só uma noite ou algo que podemos parar e retomar sempre que quisermos. É algo a que vale a pena se agarrar, o que significa que vale a pena proteger – da minha empresária e, sem dúvida nenhuma, do público impiedoso.

Então, não contamos a ninguém. Não deixamos ninguém nos ver.

Não é fácil. Não quando estamos em uma turnê, todos os dias da semana seguinte repletos de horas conturbadas, cercados o tempo todo por colaboradores próximos. Não quando, a todo momento, eu queria poder jogar Max no chão para mais uma rodada de sexo estonteante.

O léxico de todas as canções de amor que já ouvi não basta para pôr em palavras como foi estar com ele, como é finalmente voltar para ele. Eu não sabia o quanto eu precisava disso até estar ali, sob o seu toque, vivendo o prazer do coração descompassado que letras nunca vão conseguir capturar.

O eco de como eu me senti com Max não me larga em nenhum momento da semana. Ele acompanha o ritmo do meu coração, e só é possível ignorá-lo pela presença constante a cada respiração. Se eu parar por um instante para senti-lo, de repente ele se torna o meu centro.

Por sorte, a turnê nos oferece muitos obstáculos. Saindo do Texas, a agenda fica mais intensa e exige toda a minha atenção. Volto para Nova

York no jatinho da gravadora para uma sessão de fotos de uma revista e de lá voo direto para Palm Springs. Sou a atração principal do Coachella, a peça principal da minha turnê.

No vale abafado de Indio, na Califórnia, o carro me deixa em frente à minha casa alugada. A banda, incluindo Max, veio de avião ontem, enquanto Frank e os outros motoristas vão passar os próximos dias levando os ônibus até Chicago para a segunda parte da turnê. Minha mãe tirou o fim de semana de folga, já que me levou ao Coachella quando eu tinha 15 anos e declarou, na época, que nunca mais voltaria. Estou sozinha.

Entro no espaço alugado que vai ser a minha casa pelo resto da semana. O local é incrível, no estilo vintage de Palm Springs, cheio de adornos modernos de meados do século. Exausta por causa do voo, sei que não estou curtindo totalmente os confortos luxuosos oferecidos pelo design desértico.

Ainda assim, vou de porta em porta, reparando nos detalhes – a mobília geométrica mais baixa, as luminárias extravagantes. Pelas amplas janelas, que cobrem a extensão da sala de estar, só dá para ver colinas rochosas cor de café com leite, cobertas pelos dedos tortos de iúcas. Desabo no sofá cinza, aproveitando a estabilidade da terra firme, se não a solidão.

Não vou precisar me ocupar por muito tempo. Tenho um jantar com a minha gravadora hoje à noite. Nesse ínterim, sei direitinho como quero passar as poucas horas antes de me preparar. Mando uma mensagem para Max, dizendo que cheguei.

Encontro minha bagagem esperando por mim e coloco um maiô – um branco que não uso desde que me mudei da casa de Malibu. Eu amava nadar quando criança. Na mudança para Los Angeles, achei que passaria todos os dias na praia, dando um mergulho no mar entre uma composição e outra. Mas isso foi antes de entender como Los Angeles era enorme e que uma hora no trânsito para ir e voltar não acomodava os meus turnos na sorveteria.

Abro as enormes portas de correr envidraçadas que levam ao quintal, onde faz um calor de mais de 30 graus. Lá em cima, o céu é um mar de turquesa sem indício de nuvem. A piscina infinita vai do quintal até a encosta. No calor abafado de Palm Springs, a superfície cristalina da água é um convite irresistível.

Entrando na água, solto um suspiro de alívio sem querer.

Eu adoro cada segundo do que faço, mas sair em turnê é um castigo para o corpo. Ainda sinto a tensão nas canelas e nos joelhos, e o meu pé está coberto de bolhas ardidas. Não vou nem falar do sono ruim. Malho por três horas em cima do palco durante cada apresentação. O conforto da água fria no meu corpo exausto é indescritível.

Preciso de mais descanso ainda por causa do esgotamento emocional dos últimos dias. A galera do Jacob Prince ficou ainda pior, com o meu caso de uma noite decidindo que ia entrar na brincadeira deles escolhendo alguns memes sobre mim para repostar. Uma merda idiota que ele pode fingir que é só uma brincadeira, embora saiba muito bem o quê e quem está incentivando – e gosta disso.

Odeio como isso me aborrece. São pessoas horríveis e cruéis que não merecem que eu desperdice energia emocional com eles. Ainda assim, não consigo evitar. Alguém consegue? Estou felicíssima com meu novo relacionamento, o que é um perigo. Será que Max viu os xingamentos horríveis que dirigem a mim? As acusações?

Será que a minha mãe viu? E meu pai?

Sob o sol de Palm Springs, estou decidida a ignorá-los. Fecho os olhos e relaxo até que ouço as portas de correr se abrindo.

Quando olho para trás, dou de cara com Max sorrindo.

O alívio da piscina não é nada comparado a simplesmente vê-lo. Ele parece ele mesmo, em uma versão vintage desértica. A camisa social de linho com manga curta cai bem com os óculos de sol com armação dourada, que ele usa no lugar da armação redonda erudita de sempre.

Fico assustada quando a minha mente e o meu coração dizem *o meu Max* ao vê-lo. Parece precipitado.

Espanto a preocupação e retribuo o sorriso. *Não foi duvidando de mim mesma que saí dos subúrbios de St. Louis para o Superdome*, lembro a mim mesma, bem séria. *Não foi duvidando de mim que compus o single número um do ano*. Duvidar de si mesma não vai impedir Riley Wynn de amar Max Harcourt.

– Da última vez que fomos ao Coachella foi meio diferente – diz ele.

Dou uma risada, percebendo a piada na afirmação. Ele não parece ligar para o burburinho recente na internet, o que me deixa feliz.

Nado até a borda da piscina perto dele, onde ergo o olhar, querendo gravar na memória cada detalhe de Max rodeado pelo céu. A casa sofisticada atrás dele dá mais ênfase às suas palavras.

– Está falando de quando dividimos um quarto de hotel com um monte de gente, tivemos uma bela duma insolação por acampar mais cedo pra pegar grade e escapamos por pouco que vomitassem na gente? – pergunto. – É, desta vez é diferente.

Não estou dando ao único Coachella do nosso relacionamento crédito suficiente – quer dizer, ao nosso *primeiro* Coachella. Estamos aqui juntos, agora. Na nossa última visita a Indio, Califórnia, forçamos os alto-falantes do meu Volkswagen ao máximo, tocando a playlist que montei com as atrações principais. Dancei nos braços dele em todos os set lists. Voltando para casa, comecei a fazer uma música que nunca terminei, que falava da promessa de noites no deserto. *Você faz dos dias noites estreladas*, dizia o primeiro verso, agora ressoando nos meus ouvidos.

Não foi a única canção de amor que abandonei. Para ser sincera, a fragilidade delas me assusta. Músicas de término se voltam para o passado, para o que *já* aconteceu. Não há como mudar o passado, por isso os sentimentos são sempre genuínos. A cada versão, elas não têm como se tornar o presente. Os fins nunca chegam ao fim.

Mas as canções de amor existem no presente. A possibilidade é a premissa delas. O que significa que é perigosamente fácil que a vida as invalide. E aí? Como é que você fica no palco cantando discursos cheios de esperança que não pode mais manter? Como é que você compõe essas canções sabendo que um coração partido provavelmente vai roubar o sentimento de cada verso?

Nunca abracei essa ideia. Não parece coragem. Parece ingenuidade.

Ou parecia.

A expressão de Max agora me faz querer concluí-la. Ele tira os sapatos e se senta, enfiando os pés na água.

– Mas eu me diverti.

– Eu também.

Está bem quieto aqui, nas colinas de Palm Springs. Acho essa quietude reconfortante. O único som no amplo espaço é a água batendo quando nado para a frente, na direção de Max.

Fico entre as pernas dele e coloco as mãos nos seus joelhos. Passo um dedo molhado pelo seu braço. Quando o beijo acontece, desejo que nunca termine.

Chego à conclusão de que noites no deserto ganham de lavada de dias no deserto.

– Senti saudade – digo. – Faz muito, muito tempo.

Max sorri, reconhecendo a música, "It's been a long, long time". Ele sabe que não estou falando da semana que passou desde que estivemos sozinhos no estúdio. Este lugar ressoa ecos há muito esquecidos, lembretes dos anos que passamos longe um do outro.

Em resposta, Max me abraça apertado. Deixo a frente da camisa dele ensopada, mas ele não parece ligar e murmura a melodia da música no meu ouvido.

Estou encantada e absurdamente feliz, o que me deixa triste. E como não deixaria? É como se eu estivesse olhando do ponto mais alto a que vamos chegar, a melhor coisa que vou ter em toda a vida. Sei que a descida está adiante. Preciso me preparar para curtir o momento da queda em vez de ficar com medo da colisão.

– Preciso te dizer uma coisa – diz Max, com delicadeza.

Fico tensa. Não pensei que o momento da separação chegaria tão rápido.

Max me puxa de volta, sem dúvida percebendo a minha mudança de postura. Ele lê o medo nos meus olhos na mesma hora.

– Não, Riley, não é nada disso – me tranquiliza ele. – Jess tem que ir pra Nova York esta semana, e a equipe da Harcourt Homes está reduzida. Com esse interesse novo na casa, posso bancar uma contratação, mas preciso entrevistar e treinar a pessoa enquanto Jess está fora.

Sinto frio, mesmo com o calor abafado.

– Você quer ir pra casa.

– Na verdade, não quero. – Ele sorri ao dizer isso, como se estivesse surpreso consigo mesmo. Com dedos delicados, ele tira o cabelo da minha testa. – Quero ficar com você. Mas a gente não tem ensaio entre os dois fins de semana do Coachella. Eu posso treinar alguém novo e voltar a tempo do nosso segundo show. Eu te chamaria pra ir pra casa comigo, mas...

Balanço a cabeça, relutante. Tenho que lidar com a imprensa e filmar o comercial de uma campanha. São obrigações que, em geral, não me importo de cumprir. Normalmente eu gosto dessas coisas – as roupas, as fotos, a chance de compartilhar ou explicar a minha música.

Mas agora essas coisas só parecem forças que vão nos separar. Inevitáveis. Dolorosas, ainda que não cruéis.

– Eu não posso. Esta semana, não – respondo. Ouço a resignação na minha voz e me obrigo a lutar contra ela. – Mas não vai ser sempre assim. Turnê é uma coisa única.

Uma parte de mim confia nisso, a outra implora ao universo para estar certa.

– Eu sei. – A resposta de Max é leve, flutua no vento onde as minhas palavras pesam como pedra. – São só cinco dias, depois estou de volta. Ainda vamos ter muita turnê juntos.

Ele aninha o meu rosto nas mãos. Sua pele é macia, seus dedos me seguram com uma precisão cheia de amor. Tudo que ele faz com as mãos tem um objetivo.

– Vamos, sim – digo a ele.

Você faz dos dias noites estreladas, o verso inicial descartado se repete na minha cabeça. Ele se junta a outras letras que se desvendam com espontaneidade na minha memória, só agora vindo até mim. *Você faz dos dias noites estreladas, quando a pressão alivia, e a brisa é cálida.*

É bem expressivo, e de repente me vejo compondo a música em que estava trabalhando quando estivemos aqui pela última vez. Como uma memória musical me lembrando de não perder a fé. Eu me pergunto se podemos ser como a letra que comecei a compor no caminho de casa uma década atrás.

Não perdida. Incompleta.

23

Max

Acordo na cama dela.

Riley dormindo é a coisa mais maravilhosa. Até sonhar parece algo que ela faz com devoção. Isso confere uma serenidade linda às feições iluminadas pelo sol, às bochechas rosadas, aos lábios – aqueles que senti por todo canto na noite passada – entreabertos, como num convite.

As mudanças de posição durante o sono deixaram seu cabelo espalhado pelo travesseiro em um dourado reluzente. Ela sente muito calor – claro –, então, durante a noite, empurra os lençóis para o lado e deixa expostos os picos de suas curvas e a pele macia dos ombros, do pescoço, *ela toda*.

Eu a amo.

A constatação é inevitável – como se estivesse saindo de onde ficou esperando nos últimos dez anos dentro de mim –, mas reveladora. Não sei nem mesmo se mereço amá-la. Só sei que quero mais manhãs como esta, mais noites como a de ontem, mais de Riley de todas as formas.

Não tenho muito tempo para pensar nos meus sentimentos. Com o sol da manhã se espichando pelo quarto estiloso de Riley, eu a vejo abrir os olhos com uma empolgação imediata, como se isso já estivesse ali mesmo durante o sono.

Passei cada momento da semana passada sabendo muito bem que talvez a gente não desse certo, lembrando-me da nossa conversa no estúdio. Mesmo que as circunstâncias ou os rumos existenciais nos separem outra vez, a paixão vai ter valido a dor. A cada dia incerto, é como se eu estivesse caminhando no limite de nós dois.

A questão é que é um daqueles limites em que a vista é um *escândalo*.

Riley é o meu Empire State Building. É o meu rio Mississippi. É o meu Grand Canyon.

Ainda assim, o amor que sinto quando estou com ela me deixa incapaz de erradicar certas esperanças frágeis. Perguntas que só consigo sussurrar para mim mesmo no escuro.

Será que é possível mesmo?

Será que enfim vou poder amar Riley do jeito que estou louco para fazer?

Apesar do conforto e da tranquilidade do quarto, não podemos ficar muito tempo. Quando os estilistas chegam para preparar Riley para o dia, não vou embora e acabo ficando por perto, na casa ensolarada. Sei que a minha presença aqui vai espalhar boatos, mas não me importo. Vou para casa amanhã. Quero ficar o máximo possível com ela hoje.

Quando ela aparece, está vestindo uma saia branca leve com um top curto de macramê. É um charme. Os estilistas fizeram seu trabalho com perfeição – Riley parece ela mesma.

No caminho até a porta, ela entrelaça furtivamente os dedos aos meus por vários segundos. Depois de uma viagem rápida, chegamos ao chão de terra do Coachella.

Vagamos pelo festival juntos, verificando nossos instrumentos, parando para encontrar os fãs dela. Riley é a atração principal e vai fechar a noite, então temos o dia para curtir. Não tem nada a ver com a última vez que viemos juntos ao Coachella, mas, sob alguns aspectos, eu me sinto exatamente igual.

Ouvir música ao vivo com Riley é quase tão bom quanto tocar com ela. Estamos na área VIP agora, em vez de estarmos suando em bicas só para garantir bons lugares na grade, mas ainda sinto o coração dela acelerar no início de cada música, ainda vejo que ela não consegue resistir a dançar todos os ritmos. São lembretes de como tudo que Riley conquistou – cada manchete, álbum gravado ou estádio lotado – começou aqui, com seu amor pela música.

Os assessores nos dizem que temos que voltar para o trailer de Riley para nos aprontarmos para o show, então saímos mais cedo da pista. Riley parece absorver toda a energia à nossa volta, a alegria da multidão, a magia da música, a ardência do céu do meio-dia capturado por ela. Quando toco nela, sinto essa ardência interna me iluminando.

Questiono se este é o meu lugar. Pela primeira vez, começo a pensar em me organizar para fazer a Harcourt Homes funcionar sem mim e ajudar quando for necessário. Talvez todos estivessem certos. Talvez o meu lugar seja aqui, na estrada, no palco, no estúdio. Talvez eu tenha encontrado o destino do meu coração.

Quando estamos nos aproximando do trailer de Riley, ela aperta a minha mão. Ao contrário de hoje de manhã, ela não solta e deixa os dedos entrelaçados nos meus. Isso me puxa para o momento atual, e deixo de lado o futuro que estou contemplando.

– Você não precisa entrar se não quiser – diz Riley.

Eu a olho e vejo a preocupação estampada no seu rosto. Percebo que ela acha que estou quieto por estar temendo alguma coisa, e não por causa das possibilidades imprevistas que estão se desenrolando na minha cabeça.

– Por que eu não ia querer? – pergunto.

– Você não tem nenhum problema em encontrar um dos meus ex-namorados?

Riley não esconde o ceticismo.

Dou uma risada. Isso está na agenda desde antes de eu me juntar à turnê: Hawk Henderson vai ser o convidado-surpresa na apresentação de Riley no Coachella. Ela vai trazer o ex para cantarem juntos as duas canções mordazes que um compôs sobre o outro.

– Riley, eu tenho visto você cantar onze músicas sobre outros caras todo fim de semana há meses. Acho que eu consigo lidar com um encontro com o Hawk.

Vejo um breve lampejo de alívio nos olhos dela. Ainda assim, essa presença efêmera sugere que situações como essa provavelmente seriam bem diferentes se fosse com Wesley. A descrição que Riley faz do ex-marido é de um ser mesquinho e invejoso, o tipo de sujeito que sorri para as câmeras com a mão na cintura dela e depois fecha a cara na limusine na volta para casa.

Sua reação some num piscar de olhos, disfarçada de brincadeira. Riley ergue uma sobrancelha.

– Se você tem certeza... – diz ela.

Entramos no trailer, e, em contraste com o dia quente, o ar supergelado do ambiente é um conforto bem-vindo. A decoração é genérica, com um tapete estampado no chão, alto-falantes sem fio na ponta da mesa e petiscos orgânicos perto do espelho. É bem parecido com os camarins dos estádios em que tocamos. A única coisa que destoa ali é a figura sentada no pequeno sofá.

Hawk Henderson é exatamente como nas fotos. É magrelo, com um cabelo castanho comprido e ondulado que emoldura os olhos incrivelmente azuis. As tatuagens escapam da camisa branca com uma irregularidade quase precisa.

Ao ver Riley, ele dá um sorriso afetuoso.

– Garota Pesadelo! – cumprimenta ele.

Riley sorri de volta.

– Sr. Talvez – responde ela, com um trejeito de repreensão.

A música de Hawk em *O álbum do coração partido* é uma das minhas favoritas. É uma das mais engraçadas, cheia de versos perfeitos, descrevendo em detalhes como quase sempre ele dizia "talvez" no relacionamento deles quando o significado era sempre "não".

Hawk se levanta do sofá com elegância. Ele e Riley se abraçam como velhos amigos.

Observo da porta, um pouco surpreso. Eu esperava de Hawk Henderson uma postura de *babaca*, pelo jeito como ele se apresenta na música. Só que o cara à minha frente parece... maneiro. De boa.

Riley dá um passo atrás e se vira para mim.

– Este é Max "Até você" Harcourt. Max, este é o Hawk.

Hawk estende a mão para mim na hora. Quando nos cumprimentamos, seu sorriso não muda nada.

– Sinto que somos irmãos separados no nascimento. Camaradas de *O álbum do coração partido*. – Ele se inclina para mais perto de mim. – E também ficamos com as melhores músicas.

– Olha só – interrompe Riley, com as mãos nos quadris. – Eu me lembro de sete delas chegarem ao Top 10 da Billboard na primeira semana.

Hawk se diverte.

– Não é nesse sentido. O álbum todo é foda. Tô falando que a gente tem músicas que não fazem o sujeito parecer um babaca.

Riley arqueia as sobrancelhas com pena.

– Você ouviu "Sr. Talvez"? – Seu tom de voz não é venenoso.

– Claro que ouvi. – Ele dá de ombros. – Sou pintado como egocêntrico e inconstante... tudo que você sabia que eu era antes de começarmos a namorar. Prefiro isso a ser, sabe, o cara legal que aos poucos foi te destruindo. Aliás, falando nele...

Dou uma risada. Não consigo não gostar de Hawk Henderson.

– Wesley vem hoje à noite – conclui ele.

Vejo a cor sumir do rosto de Riley.

– Meu Deus – diz ela, conseguindo fazer um pouco de graça. – Vocês têm um grupo ou algo assim? Como é que você sabe?

Lembro a reação dela às flores que ele mandou e acabo dominado pela preocupação. Um mero buquê no camarim a tinha deixado transtornada, esquecendo a letra no palco de Houston – que *nem era* o destaque do show da turnê. Wesley aqui, ao vivo... não é bom. O jeito como Riley mantém a postura no momento é o testemunho perfeito e perverso de como ela é capaz de esconder as emoções quando quer.

Hawk faz uma careta, brincando.

– A gente estava num evento da CAA. Ele comentou comigo. Aliás, o maluco é um merda. De todos nós, você escolheu *ele* pra casar? Qual é o problema comigo ou com Max aqui?

Preciso desviar o olhar, retornando à primeira vez que vi Riley no palco usando um vestido de noiva, a réplica das minhas fantasias.

Com sua visão de águia, Hawk percebe. Ele me dá um olhar compreensivo.

Riley não cai na pilha, claramente acostumada às brincadeiras dele. Ela olha para além de nós, a expressão fixa, os olhos carregados, como se, em vez de ver a parede do trailer, estivesse encarando a multidão que a aguarda.

– Se Wesley quer aparecer na minha apresentação, vamos dar um show pra ele.

Hawk dá um sorriso torto.

– Bora.

– Tenho que me trocar – continua Riley. – Você precisa de alguma coisa? Ele balança a cabeça.

– Vou ficar de boa aqui com Max.

Quando Riley sai, me acomodo na cadeira em frente ao sofá.

– Não tem mesmo um grupo de vocês, tem? – pergunto.

– Nossa, não. – Ele ri. – Odeio a maioria daqueles caras. Sem querer ofender.

– Tranquilo. Também não sou fã deles.

Ficamos em silêncio por alguns segundos. No sofá, Hawk apoia o pé no joelho rasgado da calça jeans. Ele me avalia com o olhar, mas sem julgamento. Ou pelo menos é o que acho.

– Quer dizer que você é o primeiro a ter duas rodadas – diz ele, por fim. – Tenho que te dar o crédito. É muita coragem. Ou burrice. Nunca sei qual é qual. – Seu sorriso modesto parece treinado.

Sei que não há motivo para negar. Depois de se apaixonar por Riley, provavelmente é fácil reconhecer os sintomas nos outros. Encaro o olhar tranquilo do astro do rock.

– Quer dizer que você não tentaria de novo se ela te desse a chance? – retruco.

Hawk aponta um dedo preguiçoso para mim, me fazendo uma concessão.

– Boa. Beleza, deixa eu pensar.

Ele para, pensando no assunto. Pela primeira vez desde que entrei, seu semblante fica sério, até vulnerável. Isso me surpreende.

– Eu com certeza pensaria na possibilidade – diz ele. – Ela é um gênio criativo, e é revigorante ter Riley por perto. Mas – ele ergue os olhos – ela adora um drama. Ela se alimenta disso.

Estou começando a me opor, sabendo que muitos críticos encararam como "drama" as composições genuinamente emotivas e de proporções épicas de Riley, mas Hawk sorri.

– O problema é que eu também adoro um drama – admite ele. – A gente ficava amarradão em se pressionar, e acho de verdade que isso trouxe à tona as nossas versões de pesadelos. Então não – conclui ele, animado. – Tô de boa. Mas você claramente não se importa. Quero dizer, você sabe onde tá se metendo.

Trinco os dentes, sem me importar se seu olhar aguçado vai perceber. Não gosto de como ele caracterizou Riley. Como se ela fosse algo a ser tolerado. Claro, ela se inspira na própria vida. Ela sente as coisas de forma grandiosa e sem medo. Sim, às vezes ela até persegue uma ideia inconsequente só pela emoção. Mas não arruma briga nem pressiona as pessoas só para extrair canções de discussões acaloradas.

O fato de Hawk achar que ela faz isso me diz por que Riley terminou com ele.

Hawk se remexe no sofá.

– Mexi num ponto fraco?

– Não, tudo bem – respondo. – Você tem razão. Eu sei onde estou me metendo.

Eu queria poder me gabar que a conheço melhor do que ele. Queria poder alegar um tipo de supremacia secreta porque conheci a Riley compositora esforçada, a garota que nenhum dos caras famosos da vida dela conheceu. *Eu conheci a verdadeira Riley*, eu quero dizer.

Só que não é verdade. A Riley famosa *é* a verdadeira Riley. Eu sei que é. Acho que Hawk sabe. Não tenho nada além da esperança de ter conseguido desvendar a alma de Riley de um jeito que mais ninguém fez.

O sorrisinho que o Sr. Talvez me dá agora não é magnânimo.

– Você tá caidinho – comenta ele. – Eu entendo. De verdade. Tô ansioso pra ouvir a próxima música que Riley vai compor sobre você. Ei, talvez dessa vez nem seja uma música de término.

Dou um sorriso educado, apesar de estar desejando ter aceitado a proposta de Riley de eu ter o meu próprio trailer. Não é que eu me importe com a opinião de Hawk. Não me importo. O que ele falou não está muito distante do que Riley e eu decidimos no estúdio de gravação. Se a única coisa que a gente tirasse do nosso novo relacionamento fosse "Estrada da Dor" – quatro estrofes e um refrão de consolo –, ficaríamos bem.

Não, o que me deixa calado agora é como as palavras dele me fizeram imaginar o que eu realmente vou sentir se as coisas com Riley acabarem pela segunda vez. Se vou ficar só com a música de lembrança que gravamos no estúdio quando éramos nós dois. Neste trailer, a verdade me assola como o feedback crescente de uma guitarra estridente.

Eu *não* vou ficar bem.

Não quero ser a próxima música de término dela, mas a minha preocupação é que Riley pense diferente. Porque, se ela ficar bem só com uma música, ela não vai lutar por nós. Não de verdade. Estamos diante de tensões intimidantes: a música dela e o meu trabalho na Harcourt Homes, a presença da imprensa, impossível de ignorar, a sombra indigesta dos ex-namorados, que permanecem entrelaçados no legado de Riley. Em meio a tudo isso, nós vamos ter que *lutar* por nós.

É a única forma de durarmos, já que doze relacionamentos anteriores – doze canções incríveis e viscerais – não conseguiram.

24

Riley

O show foi perfeito.

O palco do Coachella era tudo que eu sempre sonhei quando tinha 15, 19, 23 anos, e me imaginava no meio da iluminação gloriosa, meu trono de luzes no centro do festival. A multidão se estendia até a icônica roda-gigante, que girava eternamente. O céu cristalino da noite sob o teto das estrelas do deserto estava aberto, como se esperasse por cada música.

Eu cravei todas as deixas, subi em cada nota alta, entreguei todos os acordes no palco com uma precisão perfeita. Quando chamei Hawk, o público foi à loucura. Escutei os gritos por literalmente minutos. Entramos de cabeça em "Garota pesadelo", depois "Sr. Talvez", nossas vozes em perfeita oposição, o teatrinho interpessoal da nossa apresentação juntos cativando todo mundo, até eu mesma. Não importa quais sejam os defeitos do meu ex, o cara é bom no que faz.

É claro que ele não era o ex que exigia mais da minha concentração. Nem Max, cuja entrega de coração em "Até você" eu não esperava.

Era Wesley que eu ficava imaginando, em algum lugar da área VIP. Mas eu não estava abalada, insegura nem deprimida. Eu estava *adorando*. Vislumbrar o sujeito sem um grama de talento musical, desejando poder se juntar a mim enquanto eu domino o palco – desejando poder roubar meu holofote, como um sanguessuga...

Era incandescente.

Meu show só terminou à uma da manhã. Mesmo assim, a noite ainda não estava encerrada. Decidi dar minha própria festinha pós-show, pedindo que a minha equipe chamasse uma lista de convidados muito seleta.

Eles já chegaram quando o carro da gravadora estaciona na minha garagem. A noite dos subúrbios de Palm Springs tem uma escuridão asfixiante. A silhueta estilosa da minha casa alugada se destaca iluminada na rua silenciosa.

Diante da minha porta, me vejo esperando, hesitando. Reconheço no meu íntimo o que estou sentindo, os sussurros na minha cabeça de como isso pode ser efêmero, como eu posso nunca mais ter isso.

Decidida, esmago as sensações sob o salto das botas pretas que usei no show. *Este momento é meu.* Trabalhei muito para chegar até aqui, sacrifiquei muita coisa. Agora, não é uma luz etérea que me escapa por entre os dedos. É uma volta da vitória, que vou curtir muito.

Entro em casa, e todos me aplaudem. Agradeço com uma reverência, depois aceno com as mãos em deferência.

– Por favor – digo acima da barulheira. – Vocês passaram muito tempo me vendo esta noite. Divirtam-se!

Na mesma hora, vejo Max tomando uma bebida no bar. Meu oásis no deserto. Ele ergue a taça para mim, fazendo um brinde.

Sorrio antes de ser puxada em várias direções. Pessoas da minha gravadora querem me parabenizar, ou, mais provavelmente, discutir cada relevância possível da aparição de Wesley no meu show, e eu as evito. A única jornalista que chamei, a jovem da *Soundbite*, cuja carreira quero ajudar, fica rondando por ali com educação. Outros músicos, que foram referências para mim a vida toda, querem me conhecer.

Parte do meu coração me puxa na direção de Max, para quem sempre sou atraída. Mesmo assim... Não quero perder nem um minuto *disso*. Jodi Hitchcock, tecladista lendária do Years, me parabeniza pelo show, mas não consigo deixar de olhar para o bar.

Quando procuro Max outra vez, eu o vejo lá fora, buscando a solidão perto da piscina.

Isso não me deixa magoada com ele, mas diminui a minha empolgação de um jeito complicado. Sei que essa não é a praia dele. Uma casa lotada de celebridades é bem o oposto da praia dele. Sou muito grata por ele estar aqui mesmo assim.

Contudo, é a *minha* praia. Fico irritada de sentir os limites dessa diferença crucial entre nós. Só que eu nunca vou abrir mão de noites como esta. Nem mesmo por ele.

Não preciso pensar nessa questão por muito tempo.

Há uma mudança na festa. *Ele* entra, deixando o ar carregado de um perigo em potencial. Sussurros e olhares correm pela sala.

Ajeito a postura. Isso também faz parte do meu momento.

O andar dele é lento. Wesley Jameson nunca se apressa quando sente olhos voltados para ele. O cara se move com um charme possessivo, disparando seu sorriso encantador para as celebridades mais famosas a seu alcance. Eu reconheço os movimentos, os maneirismos, o magnetismo. Reconheço o homem que me encantou em Hollywood, que me cativou em Paris, que me arrasou em milhões de momentos depois, na calada dos bastidores.

Não me aproximo dele. Não preciso. Eu sei por que ele está aqui.

Estou tirando uma selfie com a protagonista da minha série de romance sobrenatural favorita quando ele faz sua jogada. Cruzando o resto da sala em passos tranquilos, de repente ele está parado ao meu lado.

– Riley – diz meu ex-marido. – Maravilhosa como sempre.

Imaginei que esse momento fosse parecer a aproximação de dois ímãs de polos opostos. Não é. É mais como olhar para recantos sombreados. Não importa a escuridão, é só jogar luz neles para que fiquem inofensivos.

A atriz com quem estou tirando foto entende a situação na mesma hora. Ela pede licença e se apressa até o toalete.

Olho para ele, surpresa por me sentir tão calma.

– Ouvi dizer que você foi ao meu show. Eu teria te arrumado um ingresso – digo.

Ele sorri. Um sorriso falso, aquele que ele só começou a me dar no fim do nosso casamento. Vê-lo de novo dispara o primeiro lampejo de raiva. Não me importa se a conversa que estou tendo com ele agora é genuína. Eu simplesmente não consigo controlar a reação residual à lembrança de como aquele sorriso sombrio fazia eu me sentir *pequena*. Fico indignada em nome da minha antiga eu.

Infelizmente, sua expressão vazia não muda o fato de que ele está bonito. Wesley é gato, mas não de um jeito óbvio. Ele apenas se comporta do jeito que é, o que o torna um pouco mais valioso, intrigante. Ele vira cabeças em qualquer lugar que esteja.

Costumava virar a minha também. Agora não mais, como se eu tivesse desafiado a gravidade que esse desastre de cabelos escuros diante de mim exerceu um dia.

– Não seja ridícula – diz ele, bem devagar. Sua benevolência é como o aroma da colônia favorita dele: artificial e enjoativa. – Eu sempre vou querer apoiar a sua carreira.

– Que engraçado você só começar a fazer isso depois do divórcio.

Mesmo durante o relacionamento, eu nunca fiquei surpresa por ele demonstrar arrependimento ou ofensa profunda como se estivesse apenas atuando. Não fico surpresa agora.

– Riley – diz ele, com um biquinho. – A gente tem as nossas diferenças, mas você não pode realmente achar que eu não apoiava a sua carreira.

Vive pra sempre comigo, Riley?

Ao menos uma vez, não quero fazer parte de um espetáculo. O que eu quero é um pedido de desculpas – qualquer coisa que prove que o amor que um dia compartilhamos foi real, foi algo que valeu os meses que dediquei a ele e a dor com a qual ele me deixou. Luto para manter a voz agradável, ou ao menos agradável o suficiente para não deixar os convidados intrigados.

– Você odiava quando eu fazia shows.

– Não mesmo – responde ele de um jeito jovial.

A mentira descarada me leva ao limite. Não vou ser sua parceira de cena por nem mais um segundo.

– Me chamaram para me apresentar no Hollywood Bowl, e você falou que era inconveniente – lembro a ele.

Ele olha de soslaio, rindo como se eu tivesse contado uma piada.

– Era o único fim de semana que eu estava em casa naquele mês. É crime querer passar a noite de sábado com a minha mulher depois de um mês filmando na Croácia?

– Nunca te ocorreu que você podia passar um tempo comigo, ah, sei lá, indo ao meu show? – rebato.

Quando a expressão dele se torna mais sombria, fico maravilhada. É raro fazer Wesley sair do personagem que está interpretando e revelar seu verdadeiro eu. Duvido até mesmo que seus colegas de trabalho consigam.

Chego à conclusão de que isso é melhor do que um pedido de desculpas. Não preciso que a minha dor seja validada. Só preciso que ele se sinta tão pequeno quanto eu me senti. Quero constrangê-lo. Do mesmo jeito que fiquei constrangida quando liguei para Eileen recusando o convite para o melhor show da minha vida.

O silêncio do outro lado da linha ficou carregado pela desaprovação que Eileen era gentil demais para expressar, e eu corri para preencher o silêncio, dando desculpas vagas para poupar Wesley. *Não me sinto à altura. Ainda não é a hora certa.* Ele me transformou numa mentirosa.

– Eu te falei que haveria outras chances de tocar no Bowl – diz Wesley, mais baixo, com um tom de advertência na voz. – E eu tinha razão. Se você ligar para os caras amanhã, você vai poder escolher as datas.

Dou um passo em sua direção, porque ainda não terminei. Não vou deixar que ele reduza isso a quase nada – que ele *me* reduza. Ele nunca encarou as minhas arestas mais duras. Vai ter que encarar agora.

– A questão não é essa, Wesley – respondo, a voz ficando mais aguda, como o estalo de cordas de violão. – Eu recusei um sonho meu por você. E não é só isso. Você ficava sempre me afastando quando eu estava tentando compor e...

– Pra passar um tempo com você! – me interrompe ele. – Eu não tinha percebido que um marido não deve querer passar um tempo com a esposa.

– Você não quer uma esposa. Nunca quis. – Estou pegando impulso, correndo rumo à verdade que escondi nos cantos dos versos que não consegui cantar. – Você queria alguém pra te idolatrar a cada segundo do dia. Você queria uma *fã* permanente que morasse no trabalho.

O rosto dele fica vermelho. De repente, ele não tem mais nada de bonito. Está indignado e fraco, e eu devia ter percebido logo de cara. Ele *não* vale o que eu dei a ele. Não posso compor sobre um encerramento épico e trágico quando ele não passa de uma farsa.

– Bom, tudo que você queria era isso aqui, né? – pergunta ele, gesticulando para a casa, a noite, a turnê. – Pelo menos um de nós conseguiu o que queria. Por enquanto. Eu, pessoalmente, acho que as suas músicas de términos já eram ultrapassadas antes de você lançar um álbum inteiro com elas. Mas, no fim, todo mundo nesta sala vai se cansar disso, assim como os ex-namorados das canções que você compôs se cansaram de você. O que será que você vai cantar, então? Algo que tenha um mínimo de importância, quem sabe? – Ele dá de ombros, como se já estivesse cansado disso. De mim.

Dói. Tudo que ele disse é algo que a internet repete o tempo todo, é claro. Ouvir a rejeição dele é uma dor muito pior, incomensurável. Mas não me surpreende. Às vezes, uma voz – se for a voz certa – corta sem piedade onde outras foram uma faca cega.

Quando vejo a vitória presunçosa no olhar dele, decido que não vou dar a ele a satisfação de se afastar de mim. Segurando as lágrimas sem querer que ele veja como atingiu as minhas inseguranças mais profundas, giro no salto e murmuro "Com licença" para as pessoas ao redor.

Entro no corredor sem ser vista, indo para o quarto em que acordei. O som da festa está próximo, mas estranhamente distante, além da cortina fina de pesar atrás da qual estou presa. Só preciso de um momento.

Entro no quarto e fecho a porta sem fazer barulho.

Eu devia saber. Porra, eu devia saber que não ia ouvir um pedido de desculpas dele. Ainda assim, por *essa* eu não esperava. Ele me amou um dia, eu sei que amou. Por que não ouço nenhum eco disso no jeito como ele fala comigo agora? Nossa relação virou algo feio e cruel, deformada pelo uivo de um retorno de som distorcido.

Eu mereço isso, não consigo deixar de pensar.

Tem algo de errado comigo que afasta todo mundo da minha vida, me deixando com músicas que são meus únicos prêmios de consolação.

A porta se abre. O clique e o rangido são dolorosamente altos. Viro a cabeça, sem querer que um agente ou produtor me veja parecendo a caricatura que decidiram que as minhas músicas representam. "Lágrimas no Vale Coachella". Quem quer que seja provavelmente poderia compor o single por mim.

– Riley, você está bem?

Quando ouço a voz de Max, dou um soluço.

Na mesma hora, ele está ali, me envolvendo em um abraço, me consolando, acariciando o meu cabelo. Choro no seu ombro, sabendo que nenhuma presença poderia significar tanto quanto a dele. Se a voz certa pode ser cortante, talvez o ombro certo possa ser a cura perfeita.

– Ele é um escroto – me tranquiliza Max. – Não sei o que ele falou, mas não dê ouvidos.

Eu me afasto para olhar para ele. Bem nos olhos.

– Você já me odiou, Max?

Ele pisca, surpreso.

– Oi?

– Quando você não veio comigo naquele verão, quando percebeu que eu tinha seguido em frente, você me odiou?

É a pergunta mais fácil de fazer – aquela que ronda a periferia de cada conversa que tive com Max nos últimos meses –, ainda que seja a mais difícil de dizer em voz alta.

– Não – responde Max, sem dificuldade, como se fosse óbvio. Só quando ele percebe o medo estampado no meu rosto é que ele repete com firmeza. – *Não*. Você tá me ouvindo? Eu nunca te odiei.

Eu me concentro nele, tentando ouvir. Eu me forço a ignorar o refrãozinho sussurrado do qual nunca consigo fugir. *Ainda não*, diz. *Você não me odeia ainda*. Eu me levanto, querendo me livrar disso.

– Eu tô bem – insisto, odiando a minha falta de convicção. Se eu estivesse me ouvindo em uma gravação, jogaria o take fora, menosprezando a falta de autenticidade. – Não é nada. Só mais uma inspiração, né?

Dou uma risada sombria, que não vem de dentro. Ainda não.

– Não faz isso. – A seriedade suave da voz de Max me pega de surpresa. – Não transforma a crueldade de alguém em um tipo de presente.

Sei que ele quer ajudar, mas fico magoada com a reprimenda. Vivi a minha própria vida, com as minhas feridas, por dez anos sem ele. E deu tudo muito certo.

– Por que não? – rebato. – Por que eu não deveria aproveitar algo pra mim mesma?

– Você vai fazer isso? Ou só está cutucando mais a ferida?

Não respondo, sem saber mais o que é verdade. Costumava ser algo muito claro para mim. Agora é difícil até mesmo lembrar quais prêmios mesquinhos me imaginei segurando, não quando eles estão deslizando por entre os meus dedos como areia.

Max suspira.

– Por que ele veio? Pra que invadir a festa da ex-mulher?

– Ele não invadiu – digo. – Eu convidei ele.

Descobri que precisava fazer isso no dia em que recebi as flores dele em Houston. Era a única esperança que eu tinha de exorcizá-lo da minha vida, mesmo que eu estilhaçasse a minha alma no processo. Dar à minha gravadora o confronto que eles exigiam desesperadamente, só que *nos meus próprios termos*. Eu tinha que enfrentá-lo.

Max franze a testa. Ao menos uma vez, ele parece irritado. A mudança é impressionante.

– Por quê? – quer saber Max.

– Achei que ele pudesse se desculpar. Acho que eu estava errada – consigo dizer, sem forças, me sentindo uma boba. A parte ruim de sonhar é que me mostra como estou despreparada para momentos em que o destino me destrói. – Achei que, mesmo que ele não se desculpasse, talvez saber que ele viu isso, me viu nesse momento, faria...

Max se levanta.

– O quê? Te daria uma nova música? Faria você se sentir melhor? Qual foi a sua ideia?

Odeio a dúvida crescente deixada pelas perguntas que ele me faz e busco um motivo mais elevado.

– Eu vou compor sobre a minha vida, Max. A gente já conversou sobre isso.

Percebo com pesar a facilidade com que a atitude defensiva dele aparece, como riffs que sei tocar de olhos fechados.

– Isso não significa que você tem que se colocar em situações que vão te machucar – responde ele.

Embora ele esteja perto o suficiente para me tocar, de repente sinto que dez anos ou milhares de quilômetros cruzando o país não se comparam à distância entre nós agora.

Eu me pergunto se talvez seja uma distância que a gente nunca consiga encurtar.

Sinto uma raiva escaldante.

– Se apaixonar *sempre* provoca dor. Por que você acha que eu vendi tantos discos? Todo mundo se identifica com isso. Tem que ser muito ingênuo pra achar que não existem riscos.

Eu o magoei de verdade. Assim como ele consegue prever os meus improvisos quando tocamos juntos, sei que Max sente a mudança no tom da conversa agora. Não estou me referindo só ao amor. Estou me referindo a nós.

– Eu sei que é um risco. Estou preparado pra ele – diz Max. Sua voz está baixa, pronta para uma retaliação. – Eu já passei por isso. Eu te amei só pra te perder. Mas não posso entregar o meu coração pra alguém que não tem medo de parti-lo só pra ter uma *inspiração*.

Sinto o tempo passar mais devagar, o ritmo do momento colapsando em nada. Não há mais ritmo, só batidas. O meu coração dispara de um jeito errático. Wesley tinha razão. *Ele tinha razão*. Há muito tempo, eu me coloquei como a vidente inabalável, mas foi ele que fez uma profecia sobre Riley Wynn.

Todo mundo se cansa de mim.

Quero lutar contra isso. Quero dizer a Max que não vou partir o coração dele. Mas não posso. Não faz sentido resistir. Eu sei que não. Cada uma das minhas canções sabe que não.

O centro da minha música não é a melodia comovente. As minhas músicas ressoam por causa da conclusão incontestável que elas contêm. Como repeti nos palcos de Houston a Hollywood, os meus relacionamentos *sempre* terminam com alguém magoado. Estrada da Dor não é a jornada – é o destino. A música da minha vida está escrita. Desconfio que o destino vai me deixar cantando-a por muito tempo depois que as luzes do palco tiverem se apagado.

Então não digo nada. Posso compor essa música familiar em silêncio.

Vejo a expressão de Max quando ele entende. Eu sei que vou me lembrar de cada detalhe, uma fotografia instantânea gravada na minha alma.

É melhor que ele vá embora agora, antes que nossa relação se aprofunde tanto que ele vá embora me odiando, como Wesley. Porque eu não consigo lidar com Max me odiando. Não há prêmio de consolação que aliviaria essa dor. Nem música. Nada.

Max vai até a porta, e sei que chegamos à mesma conclusão horrível.

Quando ele fala, a voz está baixa, mas ouço cada palavra.

– Vou pra casa mais cedo. Acho que você conseguiu duas músicas com esta noite. Espero que elas te façam feliz.

Ele sai.

Quero me encolher. Como estrelas no espaço, quero implodir, devorada pela minha própria gravidade, virando um nada. Quero ceder à tristeza que finjo que dominei.

Mas não consigo. Esta noite é minha.

No banheiro, ajeito a maquiagem. Olho no espelho e vejo a Riley que eles esperam.

Estampo um sorriso no rosto e volto para a festa como se estivesse entrando num palco.

25

Max

Minha antiga vida me acolhe com tranquilidade.

Volto de Palm Springs para a Harcourt Homes, direto para a rotina confortável que consigo repetir de olhos fechados. Dirijo pela Sunset Boulevard. O cartaz de Riley foi retirado, substituído pelo drama mais recente da HBO. Contrato e treino funcionários novos. Analiso as finanças da casa, vendo que os novos residentes, que souberam de nós pelos holofotes da imprensa em cima de mim, renderam receita suficiente para permanecermos abertos.

Toda noite, dirijo da casa de repouso até o meu apartamento. Deixo o rádio sempre na estação de músicas antigas. Durmo profundamente. Pendurei cortinas.

A mudança é tão tranquila que faz com que os meses que passei cruzando o país com a música e com Riley pareçam quase um sonho. A mesma sensação de improbabilidade cerca tudo isso, os detalhes nítidos, mas em desalinho com a imensa familiaridade do mundo ao qual voltei.

Só tem uma parte diferente na minha nova/antiga vida. Não toco mais o piano na sala de jantar da Harcourt Homes.

Tocar música é algo conectado demais a Riley – a mesma Riley que eu me lembro de vir até esta mesma sala de jantar com um pedido de "mais um" nos lábios –, e tenho medo de encarar diretamente a ferida que a minha partida deixou no meu peito.

Sei que a realidade vai me atingir no momento em que eu fizer isso. Não vou ter como me esconder de mim. A vítima de uma tristeza autoimposta pela segunda vez.

Eu odeio como as coisas azedaram entre nós. Odeio ter deixado Riley. De novo. Muitas vezes, quando fecho os olhos, a primeira coisa que vejo é o rosto dela manchado de lágrimas na nossa última conversa. É a única parte dos últimos meses que não posso comparar com sonhos. É o meu pior pesadelo.

Eu me sinto desamparado. Não sei como convencê-la de que ela merece amor, não sofrimento. Acho que ninguém conseguirá convencê-la a não ser ela mesma. Se ela não conseguir, o nosso amor vai ser assim: como instrumentos sem ninguém para tocar.

Por isso, evito o piano. Extirpo essa parte de mim. Afasto as perguntas e os medos só por alguns dias, antes de ter que voltar para o deserto. Para Riley.

Na quinta-feira, janto com os meus pais. É legal. Comemos na sala de jantar depois dos residentes. Está vazia, pois a maioria dos funcionários já foi para casa. Respondo às várias perguntas sobre a turnê, sobre Riley, sobre as melhorias da casa de repouso que eu posso pagar. Com paciência, explico como a situação financeira está diferente agora. Quando eles me pedem para tocar, digo que fica para outra noite.

Minha mãe para na soleira quando os acompanho até a porta.

– Você parece... diferente – diz ela.

– Sair em turnê é cansativo. Eu só preciso de uns dias pra me recuperar – explico, sem ser de todo sincero.

Talvez eu passe a vida toda me recuperando de Riley.

Fico surpreso ao ver a minha mãe balançando a cabeça.

– Não, não é cansaço. Você parece... não sei. Decidido, talvez. Estou orgulhosa de você por ter tentado a música – diz ela.

Flagro o olhar que ela troca com o meu pai, o entendimento silencioso e característico entre eles.

– Com a casa indo bem – continua ela –, a escolha é sua. Não vamos vender se você não quiser.

Assinto. Meus pais param, como se estivessem esperando que eu tomasse a decisão agora. Em vez disso, eu os acompanho com uma alegria educada, preso na minha mente o tempo todo. Não sei direito como processar o que ela acabou de dizer.

Tudo que eu queria meses atrás era garantir que a Harcourt Homes sobrevivesse. E consegui. Meu reencontro com Riley nos palcos me deu tudo que eu queria.

Ou... nem tudo.

O que eu quero de verdade? Na hora, a resposta me vem com uma clareza visceral, como o brilho dos holofotes, o grito da multidão, a ressonância de rasgar a alma do dueto perfeito. *Quero voltar para Riley.*

Fazer o que quer que ela precise que eu faça para convencê-la de que a gente vai conseguir. Eu abriria mão de tudo por isso.

Mas será que eu devo? O antigo contracanto toca mais alto que a minha saudade súbita. Volto pelo corredor até a sala de jantar, perdido em pensamentos. O vazio me lembra dos palcos antes do show ou de estúdios de gravação à meia-noite. Reflito sobre os lugares onde estive, se traziam essa sensação de lar. Se algum dia poderiam trazer.

Se Riley não fizesse parte da equação, a minha resposta seria diferente?

Vou até o piano e me sento.

Toque como se quisesse me beijar.

A voz de Riley vem da lembrança. Em um espaço abandonado onde às vezes ensaiávamos, com várias camadas de tinta nas paredes e fendas no chão de concreto, ergui os olhos do piano e vi Riley sentada no amplificador, me observando com o tipo de olhar a que eu nunca conseguiria resistir.

Quando fiz menção de me levantar, ela balançou a cabeça.

"Toque como se quisesse me beijar", disse ela.

E eu toquei. Sentindo o olhar em mim, entreguei tudo no piano. Tudo. Só parei quando senti Riley sentar do meu lado. Com dedos delicados, ela me puxou pelo queixo até os seus lábios. Ela me beijou com tudo, sem hesitação.

Esse pedido permanece comigo agora. Começo a considerar se é isso que eu faço desde o começo. *Toque como se quisesse me beijar.*

Cada acorde que já busquei, cada música que ensaiei, foi por estar em busca de Riley? Querendo alcançá-la? Tocando tendo ela em mente? Talvez tenha sido, reflito agora. Cada palco livre, cada show de estádio, até mesmo cada noite na Harcourt Homes.

Talvez eu tenha mantido a música por perto para poder ficar próximo de Riley.

Sua voz ardente não está aqui agora. Eu me sento diante do piano, solitário. A sala está escura. Ninguém está ouvindo. Não toco só para mim mesmo há meses.

Respirando fundo, coloco as mãos nas teclas. Quando toco o primeiro acorde, sinto que estou ouvindo meu coração.

Começo com "Estrada da Dor", a ferida pungente ainda aberta. Depois, toco "Até você". Em seguida, faço uma transição para as que costumo tocar na Harcourt Homes. Toco todas elas. Finalizo com a música da minha infância, o Mozart e o Beethoven que aprendi bem aqui neste piano.

Toco os meus pensamentos, sentimentos, arrependimentos, esperanças. Ninguém os ouve, só eu. Estou suando, com a respiração pesada, mas me sinto confortável. Estou, como disse a minha mãe, decidido.

Na voz do piano, ouço a harmonia que estava buscando. Sei o que eu quero. Não quem. *O quê.*

Eu quero isto aqui. Preencher com música a vida daqueles que passam pela Harcourt Homes. Manter este lugar funcionando. As comparações com os palcos e estúdios se desintegram. É algo maior – é o meu lar.

Eu *poderia* abrir mão desse sentimento por Riley, a mulher que eu amo. Mas não seria justo com nenhum de nós. Riley merece alguém que tenha os mesmos sonhos que ela, que não a abandone do jeito que abandonei duas vezes, correndo para casa, para os meus próprios sonhos. Eu mereço alguém que acredite no nosso amor, que queira lutar por nós. Que não vai terminar as coisas por medo, me deixando sem nada, a não ser a vida que eu escolhi só por causa dela.

A canção me impulsiona, a música lê a minha mente. Eu a sigo, ouvindo a mensagem da melodia.

Meu lugar é aqui. Dei à música a maior chance que podia, toquei nos maiores palcos imagináveis, e agora sei, sem sombra de dúvida, que eu estava apenas realizando as esperanças dos outros. Tocar nesta sala não é apenas o suficiente. É tudo.

Sei o que preciso fazer agora. Não vai ser fácil, mas já sobrevivi a isso uma vez.

Termino de tocar e tiro as mãos das teclas. Fecho a tampa com delicadeza. Na sala vazia, ouço o eco do "mais um" de Riley meses atrás.

Mas, quando me viro para olhar, ela não está ali.

26

Riley

Sento à beira da piscina com os pés na água e o violão no colo enquanto o sol nasce. O deserto está colorido com suaves tons de roxo e laranja. Acordei cedo, torcendo para que a vista me inspirasse.

Ela deveria fazer isso. Este é o tipo de momento perfeito que eu busco.

Em vez disso, dedilho o violão de um jeito vazio. Espero que as letras surjam do deserto, que a brisa leve sussurre versos no meu ouvido. Eu me deparo só com a luz da manhã, trazendo nada. Estou travada. Como fiquei a semana toda, desde que Max foi embora.

Trabalhei em cada momento livre para preencher a ausência dele com composições. Nada apareceu. É bem irritante, até mesmo irônico, acho. A cantora do amor falido está tão arrasada que nem consegue compor. Fala sério.

Fico perdida em pensamentos sobre como ele está, o que está sentindo, em que pé estamos. Mas não liguei para ele, simplesmente porque foi ele que me deixou. Se Max quisesse conversar, ligaria. Meu iPhone está cheio de notificações, mas nenhuma é dele.

Não estou surpresa. Não vou correr atrás. Max é do tipo quieto, sempre foi.

Deixo o violão de lado. O corpo oco protesta com uma batida no chão de concreto. Suspiro e saio da piscina. Minhas pernas secam rápido no calor intenso.

O problema é superfrustrante. Não posso compor uma canção de término quando não sei se realmente terminamos. Não sei nem se ele ainda vem para o nosso segundo fim de semana de show no Coachella hoje à noite.

Falei para mim mesma que não me importo. É uma daquelas mentiras que quero que sejam verdade. Eu não deveria ser a atração principal do Coachella se a minha preocupação é saber se o meu namorado vai aparecer.

Ficar repetindo isso me dá forças ao longo do meu dia triste no festival. Dou uma passada em festas, vago de show em show vendo algumas bandas que conheço, outras não. Ignoro a agitação familiar de câmeras de celular erguidas aonde quer que eu vá. Perto da hora do meu show, me retiro para o trailer, onde deixo a minha equipe me preparar para a apresentação.

Chega o momento. Os assistentes me acompanham até o palco.

É aí que eu o vejo.

Max está na enorme coxia do palco principal com as mãos no bolso. Seus olhos encontram os meus. Eles não demonstram... nem saudade nem ressentimento. Não é diferente do jeito como os outros músicos da turnê me olhariam. Ele veio só para trabalhar.

É uma rápida solução para a dúvida em relação ao silêncio dele ao longo da semana. Ele não estava ansioso, esperando que eu o procurasse.

Na mesma hora, fico *puta*.

Ele foi embora daquele jeito e achou que não devia me mandar nem uma mensagem? Percebo que ele só está aqui pelo show, não por mim. Se não fosse a apresentação, nem teria voltado.

Acho que é *algum* progresso, no caso dele. Na última vez que me abandonou, ele não foi a nenhum dos shows que tínhamos planejado.

Passo direto por Max, sem querer conversa. Estou pronta para cantar umas canções de término.

Max não quer se explicar nem dar um jeito nisso? Beleza.

Entro no palco ao som familiar da bateria de abertura de "Um minuto". Minha marcha, meu arauto. Cravo as notas de abertura cheia de raiva. É meio que ótimo, na verdade, um dos raros momentos em que eu mesma me deixo arrepiada. Se eu não tirar nada do retorno de Max, só uma apresentação fervorosa, pelo menos vou incendiar o público.

A multidão está sentindo. Sugo a energia deles e a converto na minha. Acima do coro de gritos, entro na segunda canção, cheia de julgamentos. *O álbum do coração partido* fala de doze pessoas, mas hoje à noite todas as músicas se referem a Max.

É catártico saber que ele é a minha plateia cativa. Enquanto ele tem que assistir dos bastidores, eu preencho cada nota com todos os sentimentos que quero dizer para ele, imaginando que eles envolvem o coração de Max com acordes constritos.

Quando chego a "Até você", me sinto mais leve, como se eu tivesse tirado o peso ferido do meu coração. É como se eu estivesse voltando a ser a Riley que toca em palcos como este – bom, não *exatamente* como este –, há anos sem essa nova dor. Sob as luzes, posso começar a esquecer o sentimento de perder Max Harcourt pela segunda vez.

Bebo água para aplacar a minha garganta dolorida e vou até a beira do palco.

– Estou bem animada pra tocar a próxima música – confesso ao público. Eles respondem com um rugido. – Acho que preciso muito ouvi-la hoje à noite. E vocês? – Faço uma pausa descontraída. – Vocês precisam ouvi-la?

Pelo canto do olho, vejo Max entrar no palco. É notável a diferença desde a sua entrada aos tropeços no primeiro show. Fico impactada com o tanto de vida que fizemos caber nos últimos meses.

– Eu gostaria de chamar Max Harcourt pra tocar comigo – digo.

Com um modesto aceno de cabeça para os fãs, Max se dirige até o banco do piano. Eu me preparo para ouvi-lo tocar a música do jeito que tocou quando falei para ele libertar os sentimentos. Quando ele tocou como se odiasse a música. Cheio de ruídos e fúria, significando tudo.

Em vez disso, quando começa, Max toca a música como eu pretendia que ela soasse. Arrasada.

Seus acordes caem como pássaros com asas retorcidas no palco. Seus floreios se estendem a alturas que nunca vão alcançar. É horrível. É perfeito. Quando encontro seus olhos, só vejo sofrimento.

Sustento seu olhar, e o público todo desaparece. Canto a minha letra apenas para ele. Noite adentro, faço a mensagem das palavras ressoar alto. Como se eu estivesse lembrando a Max que ele pode me abandonar de novo, mas esta canção e os sentimentos que ele sabe que compartilhamos vão segui-lo para sempre.

– *Longos dias, breves anos* – canto. – *Esperanças antigas, medos novos. Futuro, presente, passado de um tempo inverso. Me sinto melhor quando o pior espero.*

Estou furiosa. Estou de coração partido. Estou pateticamente esperançosa. Ele não recua diante dos meus sentimentos. Ele encara tudo, sentindo tudo comigo. É o dueto mais puro, onde a harmonia vai além das notas e chega a canções não cantadas.

Não preciso ver a multidão para saber que a nossa apresentação é magnética. Quando a música chega ao fim, o estrondo dos aplausos toma conta de nós. Ouço o fervor à distância, como se eu estivesse tapando os ouvidos com as mãos.

Sem desviar o olhar de Max, descubro que meu rosto está molhado. Não enxugo as lágrimas. Não ia ter importância mesmo que eu fizesse isso. Imagino que vou sentir seus caminhos talhados para sempre. Encaro a multidão e me curvo enquanto Max faz o mesmo e depois sai do palco.

Entorpecida por essa droga dolorosa que é um coração partido, faço o show da minha vida. Esqueço de mim por completo, a música é o que me sustenta. Não sei nem quanto tempo se passa. Só percebo quando finalmente termino o set list, me sentindo como se tivesse perdido a minha última pele. Saio do palco zonza e esgotada. Não falo com ninguém.

Max está esperando na coxia. Nossos olhares se cruzam por um instante, e não precisamos dizer mais nada para saber o que vai acontecer a seguir. Dissemos no palco.

Ignoro todo mundo que quer me parabenizar, suas vozes se tornando um coro indistinto, e sigo para o meu trailer. Max vem logo atrás. Quando a noite pinica a minha pele, mal sinto o frio. Entro no trailer e deixo a porta aberta. Não me viro, nem quando o ouço fechar a porta. Nem quando as suas mãos envolvem a minha cintura, nem quando os seus lábios roçam no meu pescoço, nem quando sinto o seu coração batendo nas minhas costas.

Eu me encosto nele, me deliciando no seu calor. A semana que fiquei sem ele se parece, de alguma forma, com a eternidade abandonada na névoa. A cada carícia de seus lábios, de suas mãos, um verso é escrito na minha pele, se repetindo sem parar.

Isso é uma péssima ideia.

Eu sei e sei que ele sabe. A conversa que vamos ter depois aguarda no outro cômodo. Eu a ignoro um pouco mais, provando um aspecto inescapável sobre mim: *eu adoro péssimas ideias.*

Giro nos seus braços, capturando seus lábios nos meus. Estou chorando, ou ele está. É a mesma coisa, no fim das contas. Neste momento de colisão, somos um só. Ele tira o meu vestido, e eu estico a mão até o seu cinto. Maior, menor. Música, letra.

Aumentamos a velocidade como se estivéssemos em queda livre. *Uma última vez.*

Max me empurra contra a parede enquanto os meus instintos assumem o controle de cada filamento de coerência da minha mente. Tiro a calça dele, a camisa. Quando nossos peitos se encontram, o contato é eletrizante. E me estilhaça. Sem mais nenhum controle, ergo o queixo, olhando para cima, onde o teto do meu trailer oferece um substituto temporário para o céu.

Sem conseguir esperar, estendo a mão para baixo. Max para em uma resposta involuntária, surpreso por um instante e interrompendo os beijos que estava dedicando a cada pedaço exposto de mim.

Ajo por puro instinto, como faço no meio do meu show, cantando músicas minhas mil vezes. Essa memória muscular não as torna menos *eu mesma* – as torna ainda mais. Não há nada no meu caminho agora, nem eu mesma.

Surfando nessa crista irrefreável, pego a camisinha nas minhas coisas que estão no sofá perto de nós. Sinto Max, sua ereção. Suas mãos deixam de me acariciar para me apertar com firmeza, se agarrando às minhas curvas nuas como se ele nunca quisesse me soltar.

Só que ele vai, eu sei que vai.

Uma.

Ele me aperta contra a parede com um empurrão vigoroso. Arquejo de surpresa e êxtase, ainda sem fôlego depois do show. Levanto o joelho, apoio um pé na ponta do sofá e o posiciono onde quero.

Ele não hesita. Aos poucos, ele me adentra. Pressiono os lábios no seu ombro, soltando o ar com todo o meu corpo. Volto toda a atenção para essa sensação durante cada segundo devastador. Ele dentro de mim, aqui dentro comigo. É a mesma coisa. É o apogeu.

Última.

Encontramos o nosso ritmo. Cada estocada me empurra contra a parede do trailer. É como se tudo acontecesse agora, ondas de prazer se acumulando e subindo até o limiar do desconforto. O lembrete de que algo nos espera do outro lado dessa transa gloriosa.

Algo implacável. Algo final.

Vez.

Desço as mãos e seguro os quadris dele, sentindo cada movimento dos músculos a cada estocada que ele me dá. A fricção envia choques elétricos maravilhosos por todo o meu corpo, reprimindo todos os questionamentos.

Com a sensação crescendo cada vez mais em mim, de repente tenho a percepção de que estou... terminando a música que eu e Max passamos os últimos dez anos compondo de uma forma ou de outra. Em canções literais, mesclando a nossa música. Nos refrões suaves de uma conversa íntima ou de bate-papos vazios. Em refrões arrasadores como este aqui.

É a expressão perfeita de nós dois. Isso aqui, agora mesmo. Nenhuma harmonia foi assim até hoje.

Como se estivesse sentindo a mesma coisa, Max de repente entra ainda mais fundo em mim e fica ali. Ele encosta a testa no meu rosto, roçando os lábios no canto dos meus.

– *Riley* – diz ele, com um suspiro.

Pela primeira vez, fico sem palavras. Eu o beijo, torcendo para que isso diga tudo. *Eu senti a sua falta. Eu preciso de você. Eu vou me lembrar de você, Max.*

Eu o seguro com firmeza, me esfrego nele com mais força. Quando explodo, tudo em mim se ilumina como os holofotes que eu amo, e Max faz o mesmo.

Até que, enquanto nos abraçamos, os holofotes se apagam. Sinto que cada um de nós desistiu de algo que nunca vamos ter de novo. O cômodo está quieto. O frio da noite seca o nosso suor misturado.

Não importa a paz, o momento está manchado pela sensação de encerramento – o eco de nós dois.

27

Max

Riley veste o casaco e o capuz jogados sem cuidado no sofá. Visto as minhas roupas outra vez. Não falamos nada. Tocamos o nosso bis. Agora só nos resta ir para casa.

Riley se serve de um copo de água.

– Fez boa viagem? – pergunta ela.

Está jogando conversa fora. Um papo rígido, impessoal. É assim que eu sei que acabou de verdade. Na última década, oscilamos dos picos da paixão que exaltam a alma para um silêncio tão imenso que engole os anos. É quase impossível lembrar que os lábios dela estavam no meu peito, que eu estava tocando em cada pedacinho dela, compondo canções de amor em rabiscos frenéticos no mapa do meu coração.

– Fiz – respondo. Eu me agarro à minha decisão e continuo com serenidade. – Me desculpa pelo jeito como fui embora.

Ela se larga na cadeira perto da porta, mais distante de mim. Não reconheço seus movimentos, suas pernas estão fracas pela exaustão. Quero fingir que é só por causa do show épico que ela acabou de fazer. Bem lá no fundo, eu sei que não é.

– Eu não devia ter me surpreendido – diz ela, sem emoção. – Pra ser sincera, eu nem achei que você fosse voltar pra finalizar a turnê.

Eu queria não ter merecido esse ataque doloroso.

– Bom... – começo, remexendo os pés, encarando a mensagem que decidi que precisava dar a ela quando eu estava na sala de jantar da Harcourt Homes, no escuro. – Acho que seria melhor eu ir embora.

Riley dá um suspiro pesado.

– E aí está – diz ela, sarcástica, sem humor algum.

– Riley. – Ouço a tensão cheia de tristeza na minha voz.

– O que é? Você está me abandonando do mesmo jeito que fez dez anos atrás.

Ela está com raiva, mas consigo ver que, por baixo, há mágoa, e ela tenta esconder isso. A última coisa que quero é magoá-la. É duplamente doloroso para o meu coração.

– Sério, você acha que pode me pedir pra ficar quando praticamente falou que a gente nunca vai passar de mais uma canção de término?

Ela olha para a frente, o olhar opaco fixo no nada. Seu silêncio diz tudo, é a única resposta que consegue dar. Não senti menos medo por saber que isso ia acontecer.

Isso faz com que eu me aprofunde em mim mesmo, arrancando algo que estava bem arraigado.

– Eu te amo – declaro.

Palavras que não dirijo a Riley há muito tempo. Não sei dizer se elas soam dissonantes ou totalmente claras.

Ela me olha.

– Não faz isso – pede ela. – Não fala que você me ama quando está terminando comigo. Não é justo.

Eu estremeço, torturado pela urgência.

– Você acha que eu quero fazer isso? – respondo. As minhas palavras ganham velocidade, o ímpeto singular de espirais descendentes. – Não quero. *É claro* que eu não quero. Passei cada minuto dessa semana tentando me convencer a não fazer isso, a acreditar que se eu só... me entregasse pra você, se eu te deixasse partir o meu coração, ainda assim eu ficaria feliz de ter sei lá mais quantos dias, semanas, anos com você.

Ela arregala os olhos. Sei que não sou do tipo que fala abertamente sobre sentimentos. Mas, neste momento, não consigo parar.

– Mas não sei se é verdade – continuo, encarando a essência das minhas palavras. – Acho que eu tenho que viver a minha vida nos meus termos, mas, até você acreditar que o que temos é forte o suficiente pra durar, isso não é nada.

– Não é assim – responde Riley na mesma hora. A voz dela falha com um peso sombrio, como se, enquanto eu estivesse falando, ela fosse aos poucos ressecando cada recanto de si. – Você. Nós. Isso é tudo pra mim.

Você não vê? Não enxerga o fato de que eu me arriscar a sentir ainda mais dor só para estar com você é prova do quanto eu te amo?

A declaração que ela enfia no meio da pergunta abre a conversa bem no âmago. Tudo para até ela continuar. A voz está diferente. Antes ela estava protestando, agora está implorando.

– Eu te *amo*, Max. Nunca deixei de te amar. Cada canção, cada porra de acorde que eu canto é inspirado por você.

São as palavras que eu sempre quis ouvir. Agora elas me deixam mortificado, sonhos estilhaçados e afiados como adagas.

Não sei como explicar a Riley que essas palavras não consertam o que há de errado em nós dois. No fim, a questão não é se você ama alguém – é como você ama.

– Então eu estou te dando o que você quer, né? – pergunto. – É só escrever uma canção de término agora.

Riley esmorece, magoada.

– Eu não... Não foi isso que eu quis dizer. Você é mais do que uma canção para mim.

Balanço a cabeça, odiando como tudo naquele trailer está ficando gravado na minha cabeça. De certa forma, a sensação é de que nunca vou sair daqui. O paraíso agora é o purgatório.

– Não é em mim que você não acredita – respondo. – É em si mesma. Você acha que não merece um amor duradouro. A impressão que dá é que você contou essa história a si mesma vezes demais para não acreditar nela. Você é a Rainha do Término.

Riley está se levantando para me interromper quando continuo:

– Mas eu queria que você soubesse que você compõe canções de término incríveis porque você é você, e não o contrário.

A expressão dela se fecha. A luz no seu semblante é de fragilidade. Entendo o motivo, entendo mesmo. Ouvir-se descaracterizada dói, claro que dói. Ouvir-se descrita com precisão, até as falhas, que geram consequências tão dolorosas e inescapáveis, dói mais ainda.

É por isso que a minha voz é gentil.

– Você pode compor qualquer coisa, Riley. Você pode *ser* qualquer coisa. Eu torço muito mesmo pra que você veja isso um dia. E vou te escutar até o dia que isso acontecer.

Fico em silêncio depois de chegar ao fim. Não só do meu discurso. De... tudo. Espero, sem saber por quê. Riley me observa, e em seus olhos há apenas dureza. A convicção feroz tão característica *dela*. Riley não vai ceder. Não vai prometer algo que não pode cumprir.

Eu a amo por isso. Amo mesmo.

No fim da conversa, começo a perceber sons do lado de fora, como se eu estivesse voltando ao mundo. As batidas da música nas festas do festival continuam a toda nas tendas que vão funcionar noite adentro. O pessoal da segurança está do lado de fora, os carros nas ruas da cidade não muito longe dali.

O surrealismo disso, a improbabilidade, é avassalador. Estou tendo a conversa mais importante e mais dolorosa da minha vida no meio do Coachella, no trailer da atração principal.

Ela se levanta e estende a mão para mim. De um jeito impossível, seus lábios se curvam em um sorrisinho.

– Obrigada por tocar comigo, Max Harcourt.

Seguro a mão dela, sabendo que talvez seja a última vez que vou encostar em Riley. Isso despedaça o meu coração. Mas vou ouvir sua voz no rádio ou na minha vitrola sempre que quiser. É alguma coisa. Uma tortura que vou apreciar para sempre.

A ideia de Riley soltar a minha mão, cortando a ligação, é insuportável. Não quero soltá-la, ainda não. Em vez disso, eu a puxo para um abraço final, esmagando o soluço no meu peito no corpo dela.

Ela acaricia as minhas costas.

– Você vai ter a vida mais feliz do mundo – diz ela. O sussurro é quase irreconhecível, vindo da mulher cuja voz poderia preencher o mundo. – Você merece. Vai encontrar alguém que é tudo que não sou, tudo que você precisa que ela seja. Você vai ficar bem.

Meu corpo estremece. São palavras que sei que ela disse para si mesma na calada de outras noites, aquelas que ela colocou em letras como ninguém mais poderia colocar. Ela não está só se despedindo. Ela está cantando para mim a música mais pura que conhece.

– É uma honra ter o coração partido por você – continua com a voz entrecortada.

Dou uma risada úmida. A sensação de buscar as últimas coisas que quero dizer a ela é estranha. Encontro uma.

– Você também me ensinou o que é amor, sabe? Era por isso que eu não conseguia ouvir "Até você". Eu não queria me lembrar daquilo – confesso. – Agora não vou esquecer.

Riley dá um sorriso triste.

– Você preferia que eu tivesse escrito pra você uma música fácil de esquecer?

Quer saiba ou não, ela acerta a pergunta com a qual tenho me debatido desde o dia em que descobri que eu era a inspiração da música. Será que eu preferia que ela não tivesse desfiado o nosso amor fugaz em um dos maiores sucessos das paradas?

– Não – respondo, com sinceridade. – Ela é perfeita.

Sinto, na mais ínfima alteração no seu corpo, que ela fica aliviada.

Eu me afasto.

– Se cuida, Riley.

Cada palavra, cada segundo, é um esforço. Quando vou até a porta, sinto que estou me arrancando dela. Se eu não fizesse isso, nunca iria embora. Ela é a minha sereia, mesmo quando não está cantando.

Preciso me concentrar em cada movimento das minhas pernas enquanto caminho até a porta. Com apenas a noite me esperando, saio da vida de Riley pela última vez.

28

Riley

Estou vivendo a minha letra outra vez.

As semanas seguintes passam em uma névoa esquecível do que se tornou a minha vida. Vou de avião do Coachella até Chicago para dar continuidade à minha turnê sem Max. Em cada assento no Soldier Field, com anéis de luz me cercando do chão ao céu, vejo alguém que pode estar se sentindo como eu ou que tenha se sentido assim algum dia. Ponho todo o meu sofrimento nas apresentações, sem nunca esquecer a oportunidade que a ferida aberta me dá, deixando jorrar a música.

Loto estádios. Toco "Até você" no violão.

Sempre que me pego imaginando se acabei de ver o rosto de Max no público, nos corredores do estádio ou no camarim, espanto a esperança cheia de culpa. Sempre que a minha mãe pergunta, eu respondo que estou *bem* com a partida dele.

Não estou, é óbvio.

As especulações dispararam. Na internet e nas revistas, todos afirmam que passei por mais um término. Em vez de trabalhar para ignorar como sempre, eu me entrego aos comentários maldosos. Quando leio desconhecidos se perguntando se é *algum tipo de arte performática*, me pergunto junto com eles.

Vou a um programa de TV, e a primeira coisa que indagam é se estou solteira. Dou um sorriso e digo que sempre estou apaixonada. Executo a minha música sob as luzes do estúdio, cantando a dor como uma segunda natureza. Volto para o hotel, onde continuo representando-a de outras maneiras. De certa forma, começo a sentir que estou desempenhando um papel em todos os minutos de todos os dias.

Deitada no ônibus, luto para não imaginar Max dormindo a poucos centímetros de mim. Quando não consigo, busco conforto na sala de estar, onde canções vêm até mim. Isso continua acontecendo. Nunca dormi tão pouco na vida nem me senti tão assustada diante das garras da inspiração. Rabisco letras por toda parte: copos de café, recibos, guardanapos, até na mão.

Penso tanto em Max enquanto componho que a lembrança de nós dois perde força. Ainda sinto falta dele com uma dor que nunca se apaga, mas não tenho mais lágrimas para derramar por ele.

Sigo de cidade em cidade. Em St. Louis, invento desculpas para não ir para casa, sabendo muito bem que não estou pronta para combinar a perda de Max com o que vou encontrar – caixas de papelão com os pertences da minha mãe que aguardam transporte para onde ela for se mudar.

O meio da minha turnê, a poucas horas de subir no palco, não é momento para pensar nos sentimentos que tenho sobre o novo formato da minha família, quaisquer que sejam eles. Em vez disso, fico entocada no hotel, onde não faço nada.

Minha mãe, espero eu, faz o mesmo. Não falamos mais sobre as mudanças que ela está pensando em realizar na própria vida. Ainda assim, acho que ela está usando a turnê para ter um pouco de espaço do casamento falido, não para se enfiar em uma arrumação corrida nos subúrbios a quinze minutos daqui.

Meu pai vem almoçar comigo no meu quarto. É muito, muito bom, mesmo que ele enxergue através da minha positividade, uma chapa forjada para as feridas que estou escondendo. É claro que ele leu todas as manchetes. Sabe como, apenas poucos meses depois do divórcio, o meu relacionamento *seguinte* já não deu certo. Ainda assim, estou aqui, tocando para os fãs como se eu fosse a mesma Riley de sempre.

Ele diz que isso o preocupa, e eu dou risada.

Dou tudo de mim no show de St. Louis, assim como a cidade me deu tudo. Na manhã seguinte, já fui embora.

O Lucas Oil Stadium, em Indianápolis, é, de forma inesperada, uma das minhas paradas favoritas. Por dentro das paredes magníficas do estádio, acho que sinto, pela primeira vez nos últimos tempos, que todo mundo está *feliz* de me ver, e não curioso. Depois do primeiro show, não volto para o hotel. Descobri que compor no hotel é mais difícil. Os quartos são projetados para passar uma sensação de lousas em branco.

Não preciso delas. Preciso de textura. Preciso do lugar onde Max moldava os acordes com as mãos tocando a mesa como se fosse o piano no meio da noite, onde ele nos fez rir e nos impressionou com os figurinos que escolhi para ele. Preciso da casa que senti como se fosse minha nos últimos meses, a mais difícil e mais feliz da minha vida.

Está um clima agradável do lado de fora, no meio da noite. O ônibus está na parte de trás do hotel, onde estacionamos. Cantarolo a linha melódica que empacou na minha cabeça enquanto sigo até lá, com a urgência de ideias empolgantes me fazendo acelerar o passo.

Mas, quando chego até as portas, vejo... fita adesiva na janela.

Paro, confusa, me lembrando da conversa que tive com Max a respeito de como deveríamos indicar que tínhamos levado alguém para o ônibus. Mas Max foi embora. Só a minha mãe...

Sinto a cor desaparecer do meu rosto. Digo com propriedade que a melodia que eu estava cantarolando desapareceu da minha cabeça. Bem devagar, com delicadeza, vou recuando como se o estacionamento estivesse repleto de minas.

É tarde demais. A porta se abre, revelando Frank.

Por um momento, fico perdida. Como é que Frank descobriu o sistema da fita? Será que eu não me lembro direito dessa conversa? Ele estava lá? Será que *ele* levou alguém para o ônibus?

Estou tentando desvendar o mistério quando a minha mãe surge na porta ao lado dele. Seu rosto está da cor de cravos cor-de-rosa.

É impossível não ficar boquiaberta.

– A gente estava só, hã, terminando... quero dizer, saindo. A gente estava saindo – diz Frank, se atrapalhando. Ele se esforça para parecer indiferente. – O que você tá fazendo aqui, Riley?

Sério, para um motorista de viagens longas grandalhão e tatuado, ele fica bem fofo envergonhado. Ele se remexe na porta, com o ombro encostado na estrutura de metal.

Coloco uma das mãos no quadril com um ar jocoso. A minha vergonha vai diminuindo diante da força da dele.

Sim, é um pouco esquisito saber qualquer coisa sobre a vida sexual da minha mãe, mais ainda quando não envolve mais o meu pai. Ainda assim, fico feliz por ela seguir em frente. Sei melhor do que ninguém como isso é importante. A recuperação é o próprio ritual, com suas alegrias e oportunidades. O nascer do sol tem maravilhas que a luz do sol não tem.

– Há quanto tempo isso está rolando? – pergunto, curiosa de verdade.

Pela proximidade dos dois, tenho a sensação de que não é a primeira vez que se encontram. Fico impressionada com a discrição deles.

Minha mãe faz uma careta.

– Desde que você foi tocar no Coachella – confessa ela.

As peças se encaixam, e dou um sorrisinho.

– E você ainda falou que não queria ir junto porque era, nas suas palavras, *quente demais, barulhento demais, sem banheiros suficientes* – digo a ela, curtindo repetir as desculpas que ouvi várias vezes nas semanas que antecederam o festival. – Você podia ter me falado que queria ficar com o Frank.

– Riley, desculpa. Sei que isso é desconfortável – diz Frank. Ele coça a cabeça, parecendo muito inquieto. – Acho que ultrapassei todos os limites.

– Ah, dá um tempo – respondo, sem hesitar. – Eu te amo, Frank. Se a minha mãe vai sair com alguém, quero mais que seja com você.

Frank assente, ainda tenso, mas consegue dar um sorriso.

– Tá bem. Ótimo. Tenho muito respeito por, hum, vocês duas. É óbvio.

Do jeito mais divertido, sou lembrada de que turnês assim não oferecem apenas as alegrias de ser a atração principal. Há vários presentes secretos, floreios inesperados do universo. *Beignets* perfeitos, jams de improviso, pessoas que eu nunca encontraria. Frank é uma delas. Sem as noites na estrada, eu nunca teria conhecido um dos homens mais leais e absurdamente gentis que já conheci. Nem a minha mãe.

– Se você quiser ir embora agora, tudo bem – encorajo Frank com delicadeza.

– Graças a Deus – diz ele, afoito.

Dou risada e troco um olhar com a minha mãe, que está lutando para não sorrir. Com um aceno, incentivo Frank a descer do ônibus. Quando ele passa por mim, para e olha para a minha mãe.

– Te ligo mais tarde – promete ele.

É bom ouvir o Frank sendo ele mesmo de novo, com seu jeito sereno.

Minha mãe perde a luta contra o sorriso. Ela não precisa responder. O brilho em seu rosto diz que ela ia gostar muito que Frank ligasse.

Ela sai da porta, e eu a sigo ônibus adentro, onde ela se deixa cair no sofá. Está escuro na sala de estar, o palco tão familiar de vários momentos que nunca vou esquecer. Este com certeza é um deles.

– Agora sei como você se sentiu quando te flagramos com o... qual era o nome dele? Nick sei lá o quê?... saindo escondido do seu quarto quando você estava no ensino médio – diz minha mãe, baixinho.

– Nick Lynn – respondo. – E eu nem te dei uma dura como você e o papai fizeram comigo.

Ela assente, pois sabe que tenho razão. Eu fiquei de castigo por semanas, e inclusive perdi o show do Yeah Yeah Yeahs, que eu estava ansiosa para ver. A visita noturna de Nick não valeu mesmo a pena.

Minha mãe me encara, com o semblante mais sério.

– Seja sincera, tudo bem pra você?

Não hesito.

– Sim. Sei que o papai está namorando. Você devia fazer o mesmo. É esquisito, mas não de um jeito ruim. Só... preciso me acostumar.

Minha mãe me observa, analisando se estou falando a verdade. Quando chega a uma conclusão, assente.

– Você tinha razão em me trazer pra turnê. Fico feliz de ter vindo.

Reparo na cadência incomum das palavras dela. Interromper os encontros da minha mãe com certeza é novidade. Uma discussão como essa é reveladora e complexa. Aqui não sou a filha no ensino médio que ficou de castigo nem a estrela precoce, tampouco ela é a mãe cansada e sábia. Estamos próximas de uma relação de igualdade, dividindo a vida.

– Eu também fico feliz – digo.

Ela se endireita, olhando ao redor como se tivesse se dado conta de algo.

– O que você veio fazer aqui? – pergunta. – Por que não está no quarto do hotel?

Olho para além dela. O estojo com meu violão está escorado no balcão. Procuro entre todas as respostas que eu poderia dar. *Não consigo dormir. Não consigo parar de compor. Não consigo parar.*

– Aqui eu componho melhor – acabo dizendo.

Minha mãe franze a testa. Ela consegue ler muito além dos meus versos, não importa o que eu diga. Sei onde isso vai dar, então me levanto e pego o violão. Espero conseguir passar a mensagem de que não quero ter essa conversa.

– Riley. – A voz dela é firme e paciente.

– Eu estou bem, sério – falo, me antecipando. – Já levei um pé na bunda antes. Vou superar como sempre.

– Mas você não precisa se fazer de forte. Não comigo. Sei o que Max significa pra você.

Destravo o estojo do violão. O instrumento ali dentro é um dos meus amigos mais antigos do mundo. Puxo o Taylor, fixando o olhar no seu corpo reluzente, as cordas prateadas pelo luar.

– Eu deixo o meu coração jorrar em cada música todas as noites – lembro a ela. – Não estou exatamente me fazendo de forte.

Ela balança a cabeça.

– Eu não quis dizer isso. Estou falando de agora, quando somos só nós duas. Sem música.

É só porque estou com os dedos nas cordas que consigo lutar contra a frustração que as palavras dela me trazem. Ela não entende. Eu me ressinto por ficar ressentida.

Solto o ar.

– Não posso – explico, com paciência. – Não posso deixar um momento de tristeza estragar isso. Trabalhei por essa turnê praticamente a vida toda. Se eu deixar que o término com o meu namorado estrague tudo, vou ser exatamente o que todos os meus haters dizem que sou. Dramática demais, fútil. Além disso...

As palavras seguintes não vêm tão rápido, porque preciso que a minha mãe entenda e deixe para lá. Afundando no sofá em frente a ela, eu me concentro como faço no meio da noite, quando sinto o refrão perfeito ao alcance dos dedos.

– Eu não acho de verdade que tenho o direito de ficar chateada. Quero dizer, isso aqui, a minha carreira, é por causa dos meus términos. Eu deveria ser grata – digo, repetindo as palavras que transformei em rotina nas declamações diárias. – Eu *sou* grata. Quem garante que eu teria isso tudo se Max e eu tivéssemos vivido felizes pra sempre dez anos atrás?

A verdade é que tenho detalhes bem dentro de mim que nunca tive coragem de colocar em uma música. Retratei as mágoas, as alegrias, as esperanças, os medos. Nunca compus sobre o que poderia ter sido. Essas imagens ficaram gravadas nos meus olhos de tanto que eu as imaginei. *Saímos em turnê, nos formamos juntos, vamos morar juntos em algum lugar perto da Harcourt Homes. Max ajuda a família, e eu nunca vou parar de seguir o meu sonho. Fazemos isso juntos.*

É a única coisa que eu tenho medo de escrever.

– Isso é... – começa a minha mãe. Ela se interrompe, olhando pela janela na direção do estacionamento escuro e pensando melhor. – Eu entendo.

Arregalo os olhos. Com certeza não é a resposta que eu esperava para o meu dilema pessoal cheio de culpa. Não sei se estou mais surpresa ou aliviada.

– Quando a vida é boa, quando alcançamos os nossos objetivos, quando temos motivos para esperar pelo amanhã – diz ela, com cuidado, como se estivesse montando as peças de um quebra-cabeça –, é fácil justificar todo o resto. Tudo que não é bom. É como se fossem sacrifícios necessários ou pagamentos. O que a vida quer que você coloque no outro prato da balança.

Eu a observo, e as minhas mãos inquietas ficam imóveis no violão. Vejo que puxei um pouco da veia poética da minha mãe, mas o que me deixa em silêncio não é essa descoberta.

– Eu... – continua ela. – Bom, eu nunca falei pra ninguém, mas eu não estava feliz no meu casamento tinha muito tempo. Eu disse a mim mesma que a infelicidade não importava. Era uma coisa pequena diante de todo o resto que o casamento me trouxe... tudo que eu queria. Você, uma família, a nossa casa. Eu sabia que faltava algo no jeito como eu e seu pai interagíamos. Eu só me convenci de que isso não era um problema.

Eu nunca tinha visto tanta tristeza nos olhos da minha mãe quanto agora. Por anos a fio, foi como se ela nunca tivesse aberto a porta do lugar onde o sentimento se esconde. Eu a observo bem de perto, com um leve sorriso.

– Foi preciso que o seu pai tomasse a decisão por mim, e eu fico feliz por ele ter feito isso – diz ela.

O tom de humor na sua voz é acanhado. Ela sabe que *feliz* não é exatamente como eu descreveria as conversas angustiadas que tivemos no chão da minha casa nova ou as semanas de telefonemas em que ela não dava uma risada.

Mas compor me deu instintos para sentir o significado de cada palavra. Às vezes, *feliz* significa acolhimento sem significar luz.

Ela continua falando, e eu fico escutando.

– Eu não devia ter sofrido calada só pensando no que um dia eu tive no casamento – diz ela. – Você também não. Você não precisa viver sofrendo, Riley. Você não precisa fingir que isso é bom. Porque, quando você deixar de lado o que te machuca, vai poder encontrar muito mais.

Ela pega a minha mão. É interessante perceber a diferença entre os nossos calos. Os meus, por causa das cordas do violão; os dela, por causa da jardinagem. Com a mão dela na minha, elas parecem quase iguais.

– Eu nunca teria ido nessa turnê. Nunca teria conhecido o Frank. Nunca teria considerado morar em um lugar novo. – A voz dela falha do mesmo jeito que falhava nas nossas conversas logo depois do divórcio, só que agora com a emoção oposta. O mesmo som, mas sujeito às revisões incandescentes do universo. – Estou muito feliz por ter essa chance, porque acredito de verdade que existem coisas ótimas pra mim no futuro.

Aperto a mão dela.

– Existem mesmo.

Ela sorri.

– Existem pra você também.

Eu me permito ouvi-la de verdade. Minha respiração acelera um pouco, vira quase um soluço, quase um suspiro de alívio. Não sei o que dizer. Só sei o quanto preciso da minha mãe. Mesmo agora, com o meu nome estampado ao contrário na janela pela qual olho lá para fora, com o som do estádio que lotei ainda ressoando nos ouvidos. Talvez ainda mais agora.

– Vou te deixar com a sua música – diz ela, se levantando. – Mas talvez não até tão tarde hoje à noite, tá?

– Tá bom, tá bom.

Dou uma risada, cheia de nostalgia pelas noites em dias de escola, no meu quarto da infância, pelas músicas que eu ainda estava aprendendo a compor, pelos sonhos cujos custos ainda não se revelaram de fato para mim.

Satisfeita, minha mãe sorri. Ela sai do ônibus e se dirige ao hotel.

Com a companhia apenas do meu violão, eu me sento na quietude da noite. Puxo o instrumento para o colo, acariciando os calos dos dedos da mão esquerda. Dediquei tanta dor a isso. Transformei a dor do término em arte, em sucesso, em fama e nas mais loucas fantasias. Eu a tornei o alicerce dos monumentos que mandei direto para o céu, incapaz de serem ignorados. Eu me deleitei no esplendor do meu reino de tristeza.

Mas dói muito. Demais.

Começo a acreditar que a minha mãe tem razão. E se eu estiver me privando de algo ainda maior? Eu tentei acreditar que os meus sacrifícios valiam a pena.

Agora, sem Max, já não sei mais.

Com as pernas bambas, vou até o estojo do violão, que está escorado no balcão da minicozinha. Lutando contra mim mesma, destranco as travas e exponho o interior de veludo. Coloco o violão ali dentro e fecho a tampa.

Sob o luar, eu me permito chorar.

29

Max

A música do piano enche a sala. Ocupa o espaço como o raio de sol que entra pelas janelas, em todo lugar e em lugar nenhum. É "Für Elise", delicada, enigmática. Não é perfeita – ainda que cada nota esteja no lugar certo, elas são tocadas com hesitação. Eu me pego lembrando do que Riley me disse. A música não precisa ser perfeita. Às vezes, é mais humana se não for.

No teclado que a neta lhe deu de presente pelos 89 anos, Linda toca a peça. Com o pé, bato no chão para marcar o andamento principal, relaxado. Estamos no quarto dela na Harcourt Homes, onde continuo de onde paramos as aulas que eu estava lhe dando antes de sair em turnê.

Eu estaria mentindo se dissesse que estou feliz desde que deixei para trás a Turnê do Coração Partido. Estou arrasado, ainda que estar aqui pareça a coisa certa. Sei, sem sombra de dúvida, que é onde devo estar.

Mesmo assim, eu queria ter resolvido as coisas com Riley. Queria que ela tivesse acreditado que o nosso amor não precisava acabar daquele jeito.

Sinto saudade dela. Ou sinto saudade de *estar* com ela, porque, de outras formas, não dá para escapar. Sua voz, seu rosto, as manchetes com seu nome em destaque. Ela está em toda parte, como há anos. Meu velho labirinto, onde as paredes só ficam mais altas.

Quando Linda termina a música, bato palmas um segundo tarde demais.

Ela se vira para mim com olhos acusatórios.

– Estou te deixando entediado? – pergunta.

Eu me endireito, sem graça.

– Não – respondo, sincero. – Foi maravilhoso. Esta semana vamos trabalhar no ritmo, e não enfatizar cada compasso. Pense em cada arranjo como se fosse uma frase. Só algumas palavras são enfatizadas.

Linda dispensa a minha instrução com um aceno. Eu sabia que ela faria isso. Depois de provocada, não é tão fácil desarmar sua prepotência.

– Se você vai ficar perdido em pensamentos durante as aulas que eu pago – responde ela, bem arrogante –, vai ter que dividir esses pensamentos comigo.

Solto uma risada.

– Eu só estava pensando em como é bom estar em casa – conto, com sinceridade.

Linda estreita os olhos.

– Eu estou feliz de verdade por estar em casa – insisto, sem saber muito bem por que me sinto coagido a convencê-la. – Eu tentei o lance da música. Mas prefiro que seja... assim. – Indico com a cabeça o teclado de Linda. – A Harcourt Homes é o meu lugar.

– Bom, é claro – responde Linda, impaciente. – Mas não era bem para a *música* que você estava dando outra chance, né?

Eu me levanto. Não vou discutir isso nem mesmo com a minha residente favorita.

– Não importa, sério – respondo.

Algumas decisões são medidas pela integridade do conforto que proporcionam, mas outras pesam pelo sofrimento. Sei que a escolha de deixar Riley foi certa *porque* eu não hesitei, ainda que doa profundamente. A dor é prova disso.

Diante da decepção inquisitiva de Linda, mudo de assunto.

– Você vai para a festa de despedida da Jess hoje à noite, né?

Esta é a última semana da minha irmã na Harcourt Homes, antes da mudança para Nova York. Estou planejando essa surpresa para ela com os funcionários há semanas. Isso ajudou a me distrair da realidade da partida dela. Primeiro, tudo que aconteceu com Riley, e agora a minha irmã indo embora para Nova York – para mim, chega de mudanças de vida em um futuro próximo. Depois de tudo que passei, é claro que a ironia não passa batida. No fim das contas, eu vou ficar aqui enquanto Jess está indo embora.

– Sem dúvida.

Linda parece indignada por eu ter ousado pensar que ela poderia não vir. Dou um sorriso. Começo a me dirigir até a porta quando ela bota a mão no bolso.

Quando a introdução de "Estrada da Dor" toma conta do quarto atrás de mim, me pergunto se não estou sonhando. Uma vez me deparei com a presença inesperada de Riley na sala de jantar lá embaixo, como uma miragem. Sinto a mesma coisa agora, ouvindo a nossa criação, o legado do nosso amor.

Vem dos alto-falantes do celular da Linda. O som é baixo, até mesmo frágil.

Riley lançou a música umas semanas atrás. Ela me ligou para pedir permissão. Eu dei, só pedi para ser creditado sob um pseudônimo. Particularmente, achei bem apropriado. Ao ouvir a gravação, é como se a pessoa que tocou o piano no estúdio em Houston não tivesse sido eu.

É mais um sucesso, disputando com "Até você" nas paradas de sucesso. Claro que é. A música é fantástica, não importa que as nossas versões, que agora não existem mais, estejam tocando seus acordes.

Não quero ouvi-la agora, mesmo que o dinheiro pelo crédito da composição tenha me permitido analisar a compra do terreno baldio atrás da Harcourt Homes para expandi-la. Gosto da sensação desse novo sonho. É o que eu quero – não o que eu *poderia* querer um dia.

Nesse aspecto, continuei grato por essa música. Não dá para ouvi-la. Ia me fazer sentir uma falta insuportável de Riley, e não só por ouvir a sua voz. No caso dessa música, eu sei exatamente de quais recantos do coração ela tirou as peças. Vou me lembrar de cada detalhe da noite em que a compusemos, uma das melhores da minha vida.

– Que música linda – observa Linda. – Gosto principalmente da parte do piano. A pessoa que gravou realmente pensou em cada arranjo como uma frase.

Os olhos dela quase brilham sob a luz esvanecida do entardecer.

Dou uma risada.

– Então você *estava* prestando atenção – falo. – Bom saber que pelo menos parte do seu dinheiro está sendo bem gasto nas nossas aulas.

Ela abana a mão com doçura.

– Vou trabalhar nisto esta semana.

Eu me levanto para ir embora, me sentindo um pouco melhor. Talvez seja bom mesmo compartilhar a sua música com as pessoas. Talvez ajude a suportar as emoções contidas nas notas. Essa percepção só me faz me sentir mais perto de Riley.

– Max. – A voz de Linda me faz parar na porta. – Eu acho mesmo que ela te ama.

Eu não olho para ela.

– É. – Assinto. – Eu também acho.

Fecho a porta, saindo para o corredor. Há menos barulho, mas não silêncio nas tardes de sábado. Alguns residentes estão com a porta dos quartos aberta. Por elas, capto fragmentos de conversas dos familiares que vieram fazer uma visita. É uma das minhas partes favoritas deste lugar, de verdade. Quantas histórias independentes, quantas vidas em sua infinita complexidade, tudo isso contido em fileiras perfeitas. Dá para comparar com quartos de hospital ou de hotel. Aliás, é um pouco de cada.

Porém, a comparação que a minha mente estabelece é com as cabines de som dos estúdios de gravação, só por causa de Riley.

Precisando de um momento sozinho, vou para o meu escritório. No caminho, passo por partes da casa que reparo que precisam de conserto. O corrimão meio frouxo, o dano causado por uma infiltração que remendamos no teto do solário anos atrás.

São problemas que não pesam mais nos meus ombros. Gosto de consertar essas coisas. Sou grato a Riley por poder fazer isso.

É bom, só que, por um lado, não é. A cada reparo, encontro novas lembranças de Riley, novas pontadas de saudade. Eu queria não ter que sentir a perda misturada com a alegria da restauração deste lugar. Não sei quando tudo que me lembra ela vai deixar de doer. Será que um dia eu não vou mais pensar nela, a não ser que passe por cartazes com sua imagem enquanto dirijo ou que ouça sua voz no rádio?

Não consigo imaginar isso agora. A saudade é constante.

Fecho a porta do escritório e me sento na cadeira. Já estive aqui por mais tempo do que posso contar e em qualquer circunstância, mas a lembrança que o lugar evoca é do dia em que ela esteve aqui, quando veio perguntar se eu já tinha ouvido "Até você". É como se eu ainda pudesse vê-la, como se o cheiro dela ainda estivesse presente na sala. É o jeito impossível de ser de Riley, me deixando na corda bamba entre esperançoso e atormentado.

Desistir de tocar música em shows não foi difícil porque não era o meu sonho. Riley é o meu sonho.

Eu faria qualquer coisa para não ter que desistir dela.

Nas profundezas de momentos como este, sei que não adianta lutar contra a dor. É melhor ceder a ela. Quero ouvir a voz de Riley. Eu *preciso* ouvir a voz dela. Não é possível eu me sentir pior do que isso.

Encontro "Estrada da Dor" no Spotify. Quando boto para tocar, a introdução que ouvi no quarto de Linda toma conta do escritório com uma força sufocante. O ritmo me joga direto nas estradas pavimentadas de paixão, cheias de paradas para descansar que eu raramente visito agora. A escuridão do ônibus da turnê, onde fizemos música juntos. O som da respiração dela quando eu a acordava à noite. Nosso beijo no piano. Os pequenos momentos, não aqueles em que estávamos no palco. Agora eles parecem fugazes, parecem roubados.

Estou tão perdido na música que não ouço alguém se aproximando até a minha porta ser aberta de repente. Corro para fechar o computador, mas é tarde demais.

Jess está parada na porta.

– Meu Deus do céu, Max – repreende ela, de brincadeira. – Parece que eu tô no ensino médio de novo, te pegando todo deprimido e ouvindo uma das músicas que você e Riley tocavam em um dueto.

– Você não deveria estar aqui. Você não é mais funcionária da Harcourt Homes – consigo dizer, sabendo que ela tem razão.

Fazer a comparação entre o meu eu de agora e o meu eu da faculdade é, sinceramente, até bondade. Minha atual fossa por amor é bem pior.

– Eu não queria me atrasar pra minha festa-surpresa – diz ela, revirando os olhos.

Nem me dou o trabalho de brigar com ela: Jess sempre teve um jeitinho para obter informação privilegiada dos nossos pais. Ela sabe o que é cada presente de aniversário e de Natal desde que éramos pequenos.

Minha irmã se senta na cadeira que costumava ser dela, em frente à mesa que esvaziou dias atrás.

– Sério, maninho. Você tá bem? – pergunta ela, os olhos cheios de preocupação.

Sei que Jess sente que está me abandonando por se mudar no meio da minha dor de cotovelo. Mas também sei que não posso mentir para minha irmã, porque ela perceberia, assim como percebeu o estratagema dos meus pais de dar uma passada aqui hoje à noite, antes do jantar, para pegar um suéter que minha mãe "esqueceu".

– Como é que eu supero alguém como ela?

Não consigo esconder a tensão penetrante na pergunta. É bom poder falar isso em voz alta em vez de ficar remoendo sem parar na minha cabeça.

– Assim... como é que alguém consegue superar ela? – insisto. – O país todo ama Riley. Ela está em todo canto, menos aqui comigo.

Só de me ouvir falando, sei que o meu apelo ao universo soa frívolo. Não tenho o direito de me agarrar ao meu devaneio só porque me agarrei a ela um dia.

– É só saudade dela – concluo, debilmente.

Jess assente, compreensiva. Em seguida, seus olhos se iluminam.

– É, você tem razão – diz ela, como se estivesse bolando algo. – Ela está em todo canto. Se você está com saudade dela – Jess dá de ombros, como se a conclusão fosse óbvia –, vai lá vê-la.

Eu me curvo na cadeira.

– A gente já disse tudo que tinha pra dizer um pro outro.

– Não, não estou falando de falar com ela – rebate Jess, determinada. – Estou dizendo: *vai lá vê-la*. Do mesmo jeito que a cidade inteira de Los Angeles está louca pra vê-la.

Ergo a cabeça, com o coração disparando.

Mas é claro. Durante meses, acompanhei adoradores se arrebanharem no templo da música de Riley Wynn. Posso chegar perto dela do mesmo jeito. Posso estar lá por ela sem estar lá *com* ela. Não preciso me fechar totalmente para ela. Quebrei a promessa de tocar na turnê, mas ainda posso ir ao último show.

Lendo a minha expressão, Jess sorri.

Apressado pela nova urgência, abro o computador de novo. É surreal sentir a saudade começar a arrefecer. Com o coração mais leve, faço o que deveria ter feito na primeira vez que Riley saiu em turnê.

Compro ingressos para o show dela.

30

Riley

Fico feliz de estar em casa.

Estar de volta a Los Angeles é providencial de um jeito que eu não esperava. Eu adoro a estrada, mas voltar para cá traz a satisfação na alma de concluir algo. Apesar das turbulências pessoais, estou orgulhosa da turnê. Não foi necessariamente tudo que *eu* queria, mas foi tudo que eu queria dar aos fãs.

Esse sentimento de realização exaustiva é o que me encontra no camarim dos figurinos na noite do último show da Turnê do Coração Partido nos Estados Unidos. Vou me apresentar no Rose Bowl, o famoso estádio da cidade. É mais um sonho improvável ao meu alcance. Ainda não me acostumei com a magia de esperanças tão distantes agora realizadas. Tomara que eu nunca me acostume.

Em poucos meses, vou começar a etapa internacional da turnê. Nesse meio-tempo, estou doida para passar uns dias de descanso aqui. Estou pronta para voltar para a minha casa vazia e torná-la *minha*. Para compor músicas novas lá. Para descobrir qual vai ser o próximo capítulo.

Mas, antes, vou me despedir por um tempinho de *O álbum do coração partido*. E vou fazer com todo o meu ser.

Entro no vestido de noiva, que não parece mais do Wesley. Parece mais com as dezesseis cidades país afora – enclaves de lembranças, palcos onde abri o caleidoscópio de mim mesma em outras noites como esta. Parece mais com os meus fãs, com o amor que compartilho com eles. Antes, o vestido representava romance, mas agora há um tipo diferente de relacionamento, aquele que estou grata por ter com as pessoas que foram tocadas pela minha música.

Uma hora antes do show, vou até o camarim. Todos estão se sentindo como eu. Sou atingida pela combinação de orgulho e nostalgia na mesma hora. É como andar por uma névoa cheia de eletricidade. A banda não vai me acompanhar na etapa internacional da turnê, então a sensação de encerramento é ainda mais forte. Aperto a mão de todos, sinceramente grata por cada um. Kev, solenemente focado. Hamid, pilhado de empolgação ou cafeína. Savannah, de fones até eu me aproximar. Vanessa, marcando com os dedos diferentes ritmos em qualquer superfície.

Enfim, hora do show.

Ando até o palco ouvindo a contagem e a música pré-show. Deixo que isso acelere os meus batimentos, assim como a bateria da abertura guia o meu coração. Quando as luzes me atingem, sorrio para o estádio – para as pessoas que me apoiaram, que tornaram tudo possível.

O Rose Bowl está radiante. A vista é Los Angeles todinha, as montanhas sob o crepúsculo rosado acima da borda branca e alta do estádio.

Inúmeros flashes me recebem. Permito apenas uma única pontada de dor no coração por saber que Max não é um deles.

Começo o show, determinada a curtir cada segundo. E é o que eu faço. Subo acelerada as encostas íngremes de "Um minuto", me delicio no doce balanço de "Sacramento", me perco na calmaria de "Novembros".

Quando chego a "Até você", que se tornou mais difícil de tocar desde que Max foi embora, lembro a mim mesma que a música não é mais só nossa. Ela encontrou um caminho em outros corações, se entrelaçando com perdas das quais eu nunca vou ficar sabendo, alimentando lampejos de esperança em recantos particulares de outras vidas.

Dedilho os acordes iniciais, ainda relutante em tocar a canção no piano. Minha habilidade com as teclas não está à altura da performance que eu desejo, então eu poderia ter chamado outra pessoa para tocá-la.

Eu não quis, é claro. Não consigo imaginar essa música com alguém que não seja Max. "Até você" encontrou um lar em incontáveis corações, e o jeito como a escuto no meu é indissociável dele.

Eu o imagino na Harcourt Homes, tocando algo antigo no piano. Talvez ele esteja pensando em mim. Seria orgulho ou narcisismo imaginar isso? É mais uma sensação de paz, a ideia de que a canção dele vai continuar tocando em outro lugar, mesmo que eu não vá mais ouvi-la.

Espero que ele esteja feliz.

Enquanto os acordes tomam conta do estádio, concluo que feliz não é tudo. Espero que ele saiba que eu sempre vou amá-lo, do jeito que eu amo a minha primeira música favorita. Ela vive no meu coração, ainda que meu léxico musical tenha se tornado mais vasto, a forma mutável do amor, com nostalgia, graça e gratidão moldando-a em algo que vai mais além da pura paixão. Quero que Max saiba que agora ele é parte de mim.

Em vez de continuar a tocar a introdução de "Até você", dedilho acordes iniciais enquanto vou até a frente do palco e me dirijo ao público. A animação não para, mas sinto uma pausa coletiva, algo indiscernível mudando na noite. É como se todo o estádio sentisse o limite que estou cruzando.

– Sabe, eu costumava pensar que todas as minhas separações valiam a pena contanto que eu saísse delas com uma nova canção – digo. – Eu adoro a minha arte, adoro compor canções de término. Acho que a gente precisa de canções de término... Sei que eu preciso, sem a menor dúvida.

Paro e sorrio para os fãs, deixando que eles entendam a piada. É a magia que conduzo em cada palco, o fascínio de criar intimidade em lugares como este. Eu adoro isso. Quero que todos aqui, aglomerados com estranhos ao redor, sintam que têm um bilhete particular para os corredores do meu coração.

Hoje de manhã, acordei querendo fazer desse show algo especial. Com uma apresentação, posso encerrar uma era da minha carreira e abrir as portas para outra.

Mudo os acordes sob os meus dedos.

"Até você" não surge do meu violão. Em vez disso, o que se forma é algo determinado e cheio de doçura. Com a repetição, a melodia começa a parecer estruturada, como versos na poesia. Não é só mais um dedilhado. É uma música.

Sentindo a mudança, a multidão começa a gritar.

– Eu nunca vou parar de compor canções de término. Mas acho que preciso admitir que estou um pouco cansada de ter o coração partido.

Ouço alguém gritar tão alto que chega até o palco:

– Você vai ficar bem, Riley!

Eu sorrio e continuo tocando.

– Acho que a próxima vez que eu me apaixonar, vou compor mais canções como esta. Canções de amor – digo. – Esta se chama "Sem nome".

É a música que comecei no deserto uma década atrás. Eu a terminei ontem, no quarto de música da minha casa em Hills, no meu exorcismo emocional particular. Eu me senti esquisita ao entrar no cômodo que era meu favorito, porque uma das únicas lembranças que eu tinha era de quando Max tocou "Até você" para mim. Era como se ele ainda estivesse lá, ou devesse estar.

Então, ontem, eu deixei que ele entrasse. Terminar a canção que ele inspirou com os raios de sol banhando o piano foi como sentir Max ali.

Canto os primeiros versos.

– *Você faz dos dias noites estreladas, quando a pressão alivia, e a brisa é cálida.* – Minha voz flutua sobre a multidão, que fica louca ao me ouvir tocando algo novo. – *Escrevemos juntos na escuridão pura. Suas palavras me cativam, e sinto nelas a fagulha.*

É difícil. Não, é difícil *pra caralho* tocar essa música que não foi testada. Não tenho nenhuma das bases habituais que costumo usar para me dar confiança. Ninguém ouviu a música. Nem Eileen, nem minha mãe. Tem uma fragilidade recém-nascida – e é dolorosa. Dói pensar no amor que não desapareceu do meu coração, dói lembrar que parte disso foi escrita quando eu e Max ainda estávamos juntos.

Dói como eu sabia que canções de amor doíam. Estou vivendo a exata razão do meu medo de escrevê-las. Términos são eternos. O amor pode desaparecer. Estou em um dos maiores palcos da minha vida, cantando o que deveria ser a canção mais feliz da minha vida, mas estou cheia de tristeza.

Não, eu me corrijo.

Não é só tristeza que encontro nessa música, porque ela não fala só de Max. Ela também fala de mim, da Riley que ousou compô-la, que ousou amar. Pelos minutos seguintes, eu sou ela. Embora machuque, não é uma punição. É só um presente complicado.

Parece certo. Parece esperança.

Esperança de que, um dia, isso dure com alguém. Porque eu mereço.

31

Max

A centenas de metros de Riley, eu a vejo cantar uma canção de amor em uma tela gigante.

O público ao meu redor está quieto, cativo do silêncio em êxtase coletivo. Na escuridão da noite no Rose Bowl, o palco onde Riley dedilha o violão é um ponto de luz impressionante, como se a lua tivesse descido em meio a nós. Riley desfia a primeira estrofe, e todo mundo ouve com atenção.

Ninguém tanto quanto eu.

– *O estúdio fica pra trás, a história gravada no chão. Você me deu tudo de bom, e mais ainda ao meu coração* – canta ela no ritmo retumbante da música. – *Corro em busca de canções que nem sei. Só consegui terminar porque foi em seu nome, meu bem.*

Com o dedilhado como uma pontuação, ela chega ao refrão.

– *Você me faz cantar o que eu deixaria sem nome.*

Reconheço a letra. É sobre... mim.

E é uma canção de amor.

Riley escreveu uma canção de amor para mim.

O estúdio fica pra trás, a história gravada no chão. Com "Até você", Riley apresentou de um jeito inesquecível um dos dias mais difíceis da minha vida. Com "Sem nome", ela imortaliza a noite mais maravilhosa da minha vida. *Nossa* noite.

Eu observo Riley, fascinado. Os telões exibem tudo em detalhes conhecidos e cativantes. O jeito como os lábios dela se mexem, o modo como ela balança no ritmo da música, a forma como seu peito sobe e desce conforme canta.

Só a potência da canção consegue me distrair de como ela está linda. É... incrível. Ainda é triste, com a melancolia que Riley escreve tão bem, mas é amorosa, sincera e cheia de esperança.

O jeito como Riley canta, o jeito como se dedica à própria música enquanto se conecta com a multidão, dá a impressão de que está cantando para *todos* nós uma canção de amor. Aperto o braço da cadeira até os nós dos dedos ficarem brancos. O amor da minha vida está cantando uma canção de amor para mim e nem sabe disso.

Quero ficar de pé, levantar os braços, gritar e dizer a ela: *Estou aqui. Estou aqui. Estou ouvindo.*

Eu também te amo.

Não é só a canção. É que ela a compôs, ela me ouviu quando falei que precisava que ela tentasse acreditar na gente. Acreditar que ela era digna de compor uma canção de amor.

Agora que ela fez isso, não quero ficar nem mais um segundo sem ela. Sinto a ironia dolorosa de saber que eu podia estar no palco com ela agora. Riley estaria cantando essa música para mim e só para mim. Fico com ciúme. Quero ser o único neste estádio. Quero estar ao lado dela. Quero ir para casa com ela, acordar com ela amanhã de manhã, ouvir essa música na mesa da cozinha, no banho juntos, quando ela ainda não aqueceu a voz e as notas falham.

Em vez disso, estou preso a metros e mais metros, assistindo, sem poder culpar ninguém além de mim mesmo.

Sinto Jess me cutucar com o cotovelo. Quando desvio o foco de Riley no telão, vejo a minha irmã me observando com os olhos cheios de lágrimas. Ela sorri, dizendo que está do meu lado. Ela entende.

Grato por sua presença, me recosto nela, enquanto Riley termina a declaração de amor para um público de oitenta mil pessoas do qual ela não sabe que faço parte. Quero acreditar desesperadamente que não acabei com o nosso relacionamento. Que não destruí a nossa última chance de felicidade juntos. Isso torna a apresentação de Riley igualmente maravilhosa e angustiante.

Quando ela termina a canção, bato palmas como todo mundo. Só mais um rosto sem nome no meio do público que ama Riley Wynn.

Na tela, ela sorri para mim – para todo mundo –, linda e acanhada. Seus olhos correm por todo o estádio. *Será que ela está me procurando?*, meu coração arrasado se pergunta. É mais provável que esteja só assimilando o momento. Ela solta o violão e tira o microfone do suporte.

Ela está sem fôlego ao falar.

– Obrigada por me agradarem. Eu nunca vou me esquecer de ter tocado essa aqui, na minha cidade. – Ela aguarda enquanto toda a cidade a ovaciona. – Agora – continua, a voz mais firme, novamente com o sorrisinho maroto –, de volta às canções de término.

Eu me agarro às palavras dela, perdido no seu feitiço. Ela parece mais livre. Durante o show, Riley dá tudo de si em cada música e se diverte. Ela é cativante, como sempre – eu só não tivera a chance de sentir a sua radiância do ponto de vista do público. Vê-la no show é um presente, melhor ainda do que me apresentar com ela, porque me permite ficar ali sentado, fascinado.

– Mas eu quero fazer uma coisa diferente na próxima música – continua ela. – Não é segredo que, por boa parte da turnê, tive ao meu lado um pianista incrível. Sem ele, toquei "Até você" no violão. Não sou uma boa pianista, e...

Ela olha para baixo, engolindo em seco, como se um nó surgisse na garganta, quase a levando às lágrimas.

O martelar no meu peito poderia preencher o estádio. Poderia preencher o mundo. Não sei se estou pronto para ouvir "Até você" tocada sem mim. Não vai ressoar só com as lembranças que compartilhamos meses a fio na turnê. Vai ressoar com aquelas que eu passei tanto tempo da vida escrevendo.

– Eu não quis tocar com mais ninguém que não fosse Max – admite ela.

Ouvir o meu nome nos alto-falantes do Rose Bowl é ter o coração partido em uma só sílaba.

Riley brinca com o microfone na mão.

– Mas, na última noite desta turnê, quero tocar essa música do jeito que ela nasceu pra ser tocada – diz ela. – Por favor, sejam gentis comigo tocando piano.

A multidão responde efusiva enquanto ela vai, trêmula pela primeira vez em cima de um palco, até o piano que deveria ser meu. Não sei se o momento parece roubado ou se o piano está nas mãos de quem deveria estar.

Riley se senta, ajusta o microfone e pousa os dedos nas teclas.

A música que ela toca é hesitante, como se a canção não soubesse bem como acolher seu novo mestre. Ela toca alguns acordes no tom da música, se aquecendo, e erra uma nota. Diante dos aros imponentes do estádio, suas fileiras repletas de luzes de câmeras, ela se contrai dramaticamente. Não é intencional. Mais um dos jeitinhos como ela nos insere no mundo que está conjurando no palco.

Recompondo-se, Riley recomeça com uma introdução simplificada. O elegante esqueleto de "Até você" apresentado na sua estrutura caprichada.

Fico sedento por cada nota. Riley não é muito confiante ao piano, mas é uma musicista incrível. As escolhas que ela faz para encaixar a música nas próprias habilidades são inteligentes – apesar das limitações técnicas, ela entende o piano. Não há destreza que se compare à intuição da sua execução, à forma como ela guia a façanha emocional da canção com um tato astuto. É o esboço da melodia feito em carvão.

E isso... está machucando Riley.

Em um instante, vejo o que o resto da multidão não consegue enxergar. A dificuldade nos olhos dela exposta nos telões gigantescos. Ela sabe que não está dando à música tudo que ela merece, e Riley não gosta disso.

Sua habilidade no piano também não é o único revés. Eu a conheço bem demais para ler cada traço no seu rosto e percebo que ela está lutando contra a mudança de uma canção para outra. Ela acabou de entregar seu coração à canção de amor, à *nossa* canção de amor. Agora está cantando o nosso término. Votos matrimoniais à nossa elegia. Ela sente um peso em "Até você" que não existia nas outras noites, em outras cidades.

Em um instante, sei o que preciso fazer.

Não estou nem aí se é impossível. Riley faz o impossível parecer possível para mim todos os dias. Impossível como ouvir alguém compor as músicas que estão no seu coração. Impossível como se transformar em doze versões de si mesma sob os holofotes. Com Riley, consigo ver em mim alguém que não sabe o que é medo nem reserva. Apenas necessidade.

Eu preciso tocar essa música com ela.

Eu me viro para Jess, prestes a começar a explicar, mas ela me interrompe:

– Sobe lá.

Eu me levanto da cadeira por puro impulso e vou deslizando pela fileira. Quando chego ao corredor da escada, tiro o telefone do bolso. Cada momento parece improvisado, como posicionar os dedos nas teclas e esperar que o meu instinto encontre a melodia. Sei o que eu *quero*, sei aonde estou indo. O que acontece vai se formando segundo a segundo diante de mim.

Continuo improvisando. Enquanto desço a escada do meu setor, ligo para Eileen.

O telefone toca – e toca, e toca –, e desço mais degraus. Quando a ligação cai na caixa postal, começo a suar ao ver como ainda estou longe do palco. As espirais sombrias do desespero vão me levando para mais perto.

Quando chego ao pé da escada, o setor da pista se abre diante de mim. Perto, mas ainda fora de alcance. Se eu começar a correr, talvez consiga chegar até a pista. Mas, se eu correr, vou ser contido antes de chegar ao palco.

Não, eu me repreendo. Eu não vou desistir.

Isso é tudo. Música, amor.

Ainda mais decidido, sigo em frente. Saio ziguezagueando por entre as pessoas e, quando ninguém está olhando, pulo para a pista. O impacto faz os meus joelhos tremerem.

A trilha sonora do meu percurso é arrancada dos meus sonhos. No palco, Riley chega ao refrão. Os acordes caem como uma chuva forte sob a insistência dos dedos dela. A voz está tensa de tanta emoção. Eu me lembro de encontrar Riley na calada da noite compondo "Estrada da Dor" e de como ela parecia vulnerável cantando naquele dia. Aquilo não é nada comparado à dor exposta em cada palavra que ela canta agora.

Entendo o motivo. Ela compôs "Estrada da Dor" para lidar com o presente, com o que ela estava sentindo no momento. Ela compôs "Até você" para lidar com o passado.

Agora, o passado de "Até você" se tornou o presente, se repetindo na vida dela de forma devastadora. A parte difícil para ela não é *reviver* a letra. A parte difícil é *vivê-la*. E, mais uma vez, por minha causa.

Estou louco para apagar essas novas ressonâncias da canção. Quero, como diria Riley, deixar as partes mais tristes *sem nome*. Não quero que a única coisa que eu vá ter de Riley sejam as lembranças dela...

Compondo no ônibus.

Da improvisação, surge a inspiração. Todos que estavam na turnê têm os telefones de seus motoristas para emergências. Frenético, ligo para Frank.

Quando ele atende, me sinto inundado de alívio.

– Frank – digo, sem fôlego.

– Rapaz, você tá me ligando pra quê? – Frank parece estar só fingindo não ter paciência. – Você não tá mais no meu ônibus.

– Eu estou no show – explico. Falo correndo, sentindo a magnitude da minha vida se espremer no tempo de uma canção. – Eu preciso subir ao palco e tocar com Riley.

Com o barulho à volta e o eco do telefone, é difícil ouvir, mas a voz de Frank é claríssima quando ele responde:

– Porra, até que enfim. – Do outro lado da linha, ouço mais algumas coisas indistintas e... é a voz de Riley? Parece mais alta. – Estou vendo o show com a Carrie. Aqui – diz Frank.

Em seguida, ouço a voz da mãe de Riley. Frank passou o telefone para ela. Que interessante ela estar com ele, parte de mim percebe. São só eles?

– Max, sobe logo lá – ordena ela. – Estou falando com a Eileen, que vai avisar aos seguranças pra deixarem você subir no palco. Você consegue chegar lá na frente?

Ao ouvir sua praticidade sem rodeios, sou dominado por uma gratidão rara na minha vida. Se der certo, vou ficar devendo a vida a esses dois.

– Vou conseguir – respondo.

A pausa do outro lado da linha é levemente perceptível.

– Espero que isso signifique o que estou pensando – comenta Carrie, com um desprendimento impressionante.

Vou abrindo caminho por entre as pessoas e recebendo olhares de raiva. Não estou nem aí. O ritmo acelerado do meu coração me consome por inteiro.

– Eu também espero – respondo.

– Ótimo. Vai lá.

Desligo. A parte da frente do setor está cada vez mais perto. Estou andando em direção a uma miragem. Riley já está na segunda estrofe agora e aos prantos no palco. Isso a faz errar notas no piano e perder a voz. Ela continua se obrigando a seguir adiante. Só a sua musicalidade permite que aquilo pareça uma canção apesar do que realmente é: uma marcha sobre cacos de vidro.

Estou louco para abraçá-la, mas ninguém me deixa passar e chegar até a frente. Não tenho como forçar passagem sem correr o risco de nocautear alguém, o que é obvio que não vou fazer. Estou emperrado a poucos metros, e a minha ampulheta musical está quase vazia. Tudo que posso fazer é ver Riley arrasada no palco.

– Eita, porra – diz alguém de repente ali perto, quebrando o poder de Riley sobre a multidão. – Aquele é Max Harcourt?

Outras vozes repetem.

– *Ai, meu Deus.*

– É, sim.

– Max!

– *Essa música é sobre ele.*

A multidão se remexe, e rostos cheios de curiosidade me analisam. Parece ser a última coisa que preciso agora... até que me dou conta de que pode ser *exatamente* o que preciso agora.

Falo direto com os meus novos espectadores, sem conter nem um pingo do meu desespero.

– Eu preciso subir ao palco.

Uma menina na minha frente bate no braço da amiga.

– Eu *sabia*. Você ainda ama a Riley. Ai, meu Deus.

Fico esperando, sem saber como lidar com esse tipo de atenção e contando cada arranjo de "Até você" que toca no palco.

Não preciso esperar muito. A garota, a minha nova defensora, endireita a postura.

– Abram caminho! – diz ela para as pessoas à volta.

Sua urgência é inspiradora. Sussurros começam a se espalhar. Alguns fãs me observam de olhos arregalados, outros com as mãos no coração.

Mas dá certo. Vejo um caminho até o palco se abrir diante de mim, a multidão de pessoas se separando como se uma mágica ou um magnetismo as puxasse. Com o palco finalmente ao alcance, não ouso nutrir esperanças. Ainda não. As minhas esperanças desmoronaram mesmo quando achei que estivessem garantidas.

Sigo até a frente, onde um segurança está de olho na muvuca. Eu me aproximo meio hesitante. Se Eileen não falou com ele, a minha esperança acaba aqui.

– Max? – pergunta o segurança, como se soubesse quem eu sou.

Assinto. Não consigo falar. Meus nervos travaram as minhas cordas vocais. A voz de Riley domina os meus ouvidos.

Sem aviso, o segurança me faz passar por cima da grade. Ele me acompanha, praticamente me puxando pela escada que vai dar no palco, me arrastando apressado direto até os meus sonhos mais apaixonados. Meu coração está disparado. Eu estava tão concentrado em *chegar* ao palco que não pensei no que ia fazer quando chegasse lá. Eu vou mesmo pedir a Riley para voltar comigo na frente de um estádio lotado?

Lógico que vou.

A decisão deixa tudo mais à flor da pele. Desta vez, não tropeço. Já me juntei a Riley no palco outras vezes, mas nunca me senti assim. Nem só porque agora meu destino amoroso me aguarda. Em todas as outras noites, parte do meu íntimo sabia que eu não estava vivendo para valer o meu sonho mais profundo. Neste momento, estou presente com todo o coração.

Riley não nota a minha presença. Ela toca outro acorde errado na ponte, e isso a deixa acabada. Eu sei que está perdida. Seu coração está pesado demais para que ela encontre o caminho.

Olhando para ela, estou no meu dormitório com partituras espalhadas para todo lado, com meu teclado em cima da mesa. Riley, concentrada, desvendando pacientemente os acordes de "Songbird". O Rose Bowl desaparece como se o mundo se desfizesse. Somos só nós dois, perdidos juntos na música.

Não estou usando um microfone. Minha voz não vai além do palco. Com isso em mente, falo apenas para Riley:

– Ré menor, depois dó. Você consegue. Só continua.

Os acordes de "Até você" estão escritos no meu coração.

Riley ergue o olhar ao ouvir a minha voz, a esperança cintilando nos seus olhos. Ela acerta os acordes como se buscasse alças para desacelerar a queda na escuridão.

Dá certo. A voz dela parece mais confiante quando ela canta a ponte.

– *Será que vou ouvir as músicas que a gente tocaria* – repete ela, os versos tão familiares – *sem pensar nos rumos que a vida tomaria? Será que vou ficar bem de ter perdido tudo? Será que um dia vou ficar livre desse luto...*

O olhar dela se prende ao meu.

– ... *De fingir por toda a minha vida que você é um verso que não se finda.*

Eu me deixo levar pela música e faço algo que não faço desde os nossos primeiros duetos no dormitório, quando não tínhamos ideia de aonde eles nos levariam.

Canto com ela, concluindo o verso. Não sou cantor, assim como Riley não é pianista – mas, quando as nossas vozes se unem, é o som mais incrível que já ouvi.

Os olhos dela reluzem de alegria, e ela ri no meio da letra. É fascinante. Riley parece cintilar de felicidade, transformando a canção em algo de outro mundo.

Quando os versos terminam, Riley me observa, impressionada e impressionante.

– O que você está fazendo aqui? – pergunta ela no microfone, e sua voz ressoa por todo o estádio.

Eu poderia lotar discos com as confissões de amor que estão esperando no meu coração. Mas opto pela resposta mais simples.

– Eu vim tocar com você, se você aceitar – respondo.

Riley assente, e vou até o piano para me sentar ao lado dela. Na minha cabeça, me lembro do infindável mar de fãs que nos observa, memorizando cada momento. Mas, para o resto de mim, somos só nós dois.

Ainda tocando, Riley ergue a mão esquerda e entrega a clave de baixo para mim. Entro rapidamente, observando os dedos dela nas teclas. No acorde seguinte, compartilhamos o piano como se estivéssemos de mãos dadas no caminho de ébano e marfim.

Quando Riley tira a mão direita das teclas, os nossos dedos se esbarram no mais breve dos beijos antes que eu conclua os acordes. Ela se apoia em mim, e continuamos "Até você" desse jeito.

Apesar do tom triste da música, cada nota é iluminada. É "Até você" como eu nunca tinha ouvido antes, como *ninguém* tinha ouvido antes. É o auge de cada momento perfeito que tive com Riley, experimentando o que agora sinto em um choque de reconhecimento cheio de êxtase: toda canção é uma canção de amor se for tocada com a pessoa certa.

Na última estrofe – a que é esperançosa –, Riley canta para mim. O microfone está bem na minha frente, e Riley não o recolhe. Em vez disso, ela se inclina mais para perto enquanto mergulha na letra e deixa os nossos rostos bem próximos. A voz dela, exausta de chorar, se torna doce com a nova esperança.

Não desvio o olhar nem por um instante, colocando todo o amor que sinto por ela na melodia que sai dos meus dedos. Sem pressa, Riley vai escalando até o refrão, confissão, apelo e promessa juntos em um só.

– *Eu não vou saber o que é amor* – canta Riley, colocando todo o coração no refrão – *até você... voltar pra mim.*

A música acaba rápido demais. Olhando nos olhos de Riley, eu hesito, me debatendo com a enormidade do desejo que carreguei comigo até pisar no palco. Estou torcendo para que o final da música possa ser o começo de algo novo. Isso me deixou arrebatado e nervoso, em parte desejando que eu pudesse viver para sempre no doce refúgio das letras com Riley.

Em vez disso, diante do rugido da multidão, ela cobre o microfone com a mão, e parece que seu coração está pleno, transbordando.

– Você veio ao meu show – diz ela.

Dou um sorriso. Tudo levou a isto aqui. A longa estrada finalmente nos levou para casa.

– Eu vim pra isso – digo.

Coloco o polegar no queixo dela e puxo seu rosto até o meu. Na frente do mundo todo, eu a beijo.

Quando ela retribui com um beijo intenso, a sensação que tenho é de voar – bem acima do Rose Bowl, da cidade, de cada cidade em que estive com Riley, da própria vida. Ignoramos os milhares de pessoas nos ovacionando. As luzes à nossa volta envolvem o nosso beijo em uma radiância interminável. Estico a mão para envolver a cintura dela.

Eu errei quando disse que segurá-la era como capturar um relâmpago. Segurar Riley Wynn é como segurar uma canção de amor.

Quando enfim recua, Riley está com um sorriso imenso no rosto. Ela se levanta e pega o microfone do suporte.

– Obrigada, Los Angeles – diz ela, a voz trêmula de emoção. – Este show foi inesquecível. Amo vocês. Boa noite!

Com as luzes diminuindo, ela volta até mim e segura a minha mão. Riley me conduz até a escuridão da coxia e me arrasta para as sombras, onde me beija na mesma hora. O beijo é profundo, desesperado, alegre, como a melhor canção de amor de todas. É tudo. Eu me deleito nela, e a sensação de nossos lábios unidos me deixa à beira das lágrimas.

Riley. Não sei se sussurro nos seus lábios ou se é uma agitação no meu peito. *Ah, Riley...*

Eu a abraço com força, e ela faz o mesmo, se apertando contra mim como se não suportasse que nem um centímetro nos separasse.

– Que bom te ver – sussurra ela nos meus lábios.

Não consigo vê-la direito porque estamos enroscados um no outro, mas sinto o sorriso no contorno do rosto dela e no tom da voz.

Meu coração está cheio de luz.

– Gostei da canção de amor – digo.

– Eu também.

– Volta comigo, Riley. Por favor, volta comigo – imploro a ela.

As palavras simplesmente saem, é impossível contê-las. Não sei se esperei dez anos, dez meses ou dez minutos para dizê-las. Não tem a menor importância. Preciso dizê-las agora.

– Eu juro que nunca mais vou te deixar. Vou te dar tudo de mim.

O público ainda está eufórico aplaudindo – esperando pelo bis. Membros da equipe correm em todas as direções à nossa volta. Nada disso me importa. Meu mundo todo é a mulher na minha frente neste momento.

– Eu vou te amar pra sempre – digo. – Eu sempre amei.

Riley não se apressa. Ela encosta a testa na minha. Depois, pega as minhas mãos e entrelaça os nossos dedos. O resto todo desacelera. Tudo ao redor é silêncio.

– Você vai me tirar de vez do mercado das canções de término – diz ela, com delicadeza, e a reprimenda jocosa não esconde a frágil alegria na sua voz, a esperança hesitante dos sonhos ganhando vida. – Mas acho que isso vai nos dar mais do que só uma música.

Meu sorriso é pura esperança.

– Um álbum inteiro, quem sabe? – arrisco.

Riley balança a cabeça.

– Não. A gente pode ter tudo.

Quando ela me beija, sei que já temos.

Epílogo

Riley

Acordo no meio da noite e descubro que a música dos meus sonhos ainda está tocando.

À luz da lua, sorrio e saio da cama. O chão está frio, então me apresso até o corredor. Agora já desempacotei tudo, e a minha casa tem cara de lar, cheia de sinais de vida vivida, não só na estrada. Fotos da turnê, a vitrola incrivelmente antiga no aparador, os livros de receita de onde tiramos algo para cozinhar todo fim de semana.

Esta última coisa ainda me faz dar risada. Eu sou dona de *livros de receita* agora. Faz a minha mãe rir também.

Quando chego à escada, a melodia fica mais forte. Não se parece com nada que eu já tenha ouvido. Sonhadora, nostálgica, romântica. É tocada com destreza em uma execução abrangente pelas teclas do piano.

Não sei quando a música noturna vai acabar. Só sei que não quero que acabe. Desço a escada mais rápido, tremendo com o frio da noite – ou, pelo menos, está frio para Hollywood Hills. Apenas a penumbra natural ilumina o meu caminho, e eu sigo pelos corredores, agora bem conhecidos, do meu lar.

Na porta do quarto de música, eu paro.

Lá está ele, os óculos desalinhados, o cabelo desgrenhado, usando a camisa macia que usou para dormir.

Fico olhando e revivo a noite em que o vi pela primeira vez. É como o nosso refrão, a vida o repetindo para incrustá-lo no nosso coração. Quando acordei no salão da nossa faculdade e me deparei com Max Harcourt tocando piano, eu jamais poderia imaginar que um dia eu acordaria no meio da noite na casa que dividimos e o encontraria no andar de baixo tocando piano.

Só que talvez eu imaginasse.

Mas, naquela época, eu não ouvia a melodia que ele tocava. Hoje à noite, eu ouço. Ouço tudo com Max agora.

Enquanto ele toca a canção, perdido na própria música, fico quieta, curtindo. Letras começam a vir até mim. Algo que abarca as lembranças, que conecta os refrãos. Algo para nos lembrar de onde começamos sempre que pararmos para pensar onde estamos agora.

Quero tocar no seu piano preferido, que a sua família abriga, um precioso bem, ouço em minha mente.

Não canto as palavras porque não quero interrompê-lo. Ouvi-lo é uma das minhas coisas favoritas na nossa nova vida juntos. Ele tem feito isso nas últimas semanas, compondo quando chega da Harcourt Homes. Às vezes, ele toca suas composições para os residentes, às vezes só para mim. Administrar a casa de repouso é o que Max ama fazer, mas ele não desistiu da música.

Eu me dou conta de que ele quase nunca desiste das coisas. Quando Max ama algo, é para sempre.

Ele chega ao acorde final, e seus ombros relaxam, como se agora ele pudesse finalmente dormir. Dou um sorriso. Eu sei bem como é. Ele e eu amamos a música, cada um do seu jeito, mas a profundidade da devoção é igual. É a nossa harmonia oculta, o nosso lembrete da única coisa que não mudou ao longo dos anos.

Baixinho, da porta, bato palmas. Max se vira, assustado até me ver.

– Mais uma – digo, com a voz rouca de sono.

É mais um dos refrãos repetidos da nossa vida.

Ele sorri e abre os braços para mim. Já virou hábito eu atravessar o quarto, sentar no colo dele e lhe dar um beijo.

– Desculpa te acordar – diz ele.

– Não precisa se desculpar – sussurro, com sinceridade. – Toca de novo.

Começo a me levantar, louca para ouvir a canção outra vez, mas Max me segura no colo. Agora estou de frente para as teclas.

– Fica – diz ele, com um quê de urgência na voz ao beijar o meu pescoço.

Ele apoia a cabeça no meu ombro e estica as mãos para o piano.

Não deixo que ele comece a música logo de cara e toco na aliança na sua mão esquerda. Aquela que coloquei ali horas atrás, em uma cerimônia particular. *Nosso casamento.* A ideia em si parece improvável, até mesmo mágica. Só os nossos pais, Frank, Eileen, Jess e April compareceram. Ficamos no jardim bem em frente à janela enquanto o sol se punha nas colinas.

Fui eu que pedi Max em casamento uma semana atrás. Foi ele que marcou a data – tínhamos esperado dez anos, e ele não quis esperar nem mais um dia além do necessário.

Eu não teria nem usado um vestido de casamento, sério mesmo, porque não estava nem aí para o que ia usar contanto que eu me casasse com Max. Só que, quando falei isso para ele, Max sorriu e ficou quieto. Eu percebi – *é claro.* Ele tinha visto eu me apresentar durante meses usando um vestido de noiva que eu tinha usado para outro homem.

Eu não podia deixar que aquele fosse o único vestido de casamento que Max me veria usando. Eu precisava de um para Max.

Ele ficou surpreso ao me ver sair do nosso banheiro com esse vestido, minutos antes de os nossos convidados chegarem. Não tinha nada a ver com o que eu tinha usado no palco. Meu vestido para Max era – é – todo de renda, delicado, romântico. Ele chorou, e eu sequei as suas lágrimas antes de recebermos a nossa família e os nossos amigos.

Minha mãe ficou tão agitada com o nervosismo pré-casamento que não conseguiu disfarçar. Ela agora mora em Nova Orleans, isso quando não está na estrada com Frank. Meu pai veio de St. Louis, o cabelo recém-cortado. Os dois se cumprimentaram com afeto.

Não vou fingir que eles ficaram felizes de se encontrar – eu conheço muito bem a distância dolorosa entre ex-casais –, mas hoje eles eram mais do que isso. Eles eram os pais da noiva. Quando meu pai viu Frank, os dois trocaram um aperto de mãos, pois já se conheciam da minha primeira turnê.

Isso fez o dia parecer antigo e novo. Diferente, só que *não tão* diferente sob alguns aspectos.

Eu chorei. Minha mãe chorou. Meu pai chorou. Ele me conduziu de uma ponta do jardim até a outra, onde Max esperava sob a laranjeira. Nossa festa de casamento contou apenas com Jess, que me abraçou oito vezes, e Eileen. Enquanto os nossos convidados tomavam champanhe, eu lia os votos que escrevi em forma de poesia, letras para o resto da nossa vida.

No pouco que já vivi, lotei estádios, dormi com astros do cinema e ganhei discos de platina. Ao me casar pela segunda vez, cercada por todos que eu amo, no meu jardim, nunca me senti mais sortuda na vida.

O dia foi nosso – todo nosso. Sem redes sociais, sem declarações, sem notificação até mesmo para a minha gravadora, a quem Eileen jurou que não ia contar nada. Eles vão odiar saber que tenho a intenção de ser uma mulher casada e feliz para sempre, mas vou mandar para eles canções melhores e novas. O resto do mundo não vai saber que a Rainha do Término está casada, não por enquanto, a menos que percebam isso na música que estou compondo.

E a noite...

A noite foi nossa de um jeito maravilhoso, que não é possível pôr em palavras. Na nossa cama, e não nos beliches solitários. A névoa gloriosa dos momentos mais felizes da nossa vida ainda não deixou o nosso rosto. Beijos como sonhos. Amor como promessas. Nada nos separando, ambos perdidos na doce sensação do "para sempre".

Nem todos os dias vão ser como este, é claro. Em poucas semanas, vou viajar para a etapa europeia da turnê. Estou absurdamente feliz que a gente tenha se casado antes disso. Max vai ficar por aqui, administrando a Harcourt Homes, durante boa parte dos meses que eu estiver na Europa. Mas decidimos pegar uma semana de lua de mel na Itália. Ele até vai se juntar a mim no palco em Roma.

Estamos encaixando a nossa vida separada em uma só, descobrindo como as duas se identificam. Melodia e contramelodia. Não são iguais, mas são harmoniosas.

Encaramos cada dia como mais um. Se Max quiser ficar em Los Angeles enquanto estou em turnê, ótimo. Se quiser ir comigo, ótimo também. Se quiser tocar ou não comigo, compor ou não comigo, tudo é conversado com sinceridade. Podemos tocar a nossa canção de amor em diversas variações do mesmo tema.

Os dedos de Max se movem pelas teclas, a aliança reluzindo sob o luar. Ele toca mais devagar enquanto estou no seu colo. É encantador.

– Qual é o nome? – pergunto, me referindo à música.

– Você que vai escolher – responde ele. Eu me viro no seu colo, buscando a resposta nas suas feições tranquilas. – É o meu presente de casamento. Você pode fazer a letra. Quero dizer, se quiser.

Fico radiante de felicidade. Encontro sem dificuldade a minha voz, cantando as palavras com delicadeza por cima do refrão que ele está tocando.

– *Quero tocar no seu piano preferido, que a sua família abriga, um precioso bem. Quero cantar o nosso amor tão lindo, em melodias nossas e de mais ninguém.*

Atrás de mim, ouço o sorriso de Max.

– As pessoas vão ficar sabendo que você não está mais solteira quando escutarem esta aqui.

Dou de ombros.

– Não tô nem aí. Quero que seja só a gente por mais um tempo. Afinal, o *pra sempre* é nosso.

Max continua tocando. É seu jeito de concordar, na sua linguagem preferida.

Eu escuto, sabendo que só vou ouvir a música desse jeito uma vez. Assim como cada amor, cada execução de uma melodia é única, cada uma é o reflexo harmonioso das pessoas que estão tocando a música. Sem nós para apreciar suas complexidades, para infundir vida nelas, para torná-las nossas, elas desaparecem no silêncio.

Então, quando a gente encontra uma música que sente que preenche cada recanto da nossa alma, a gente fica no palco e canta com todo o coração.

Quando Max beija o meu pescoço, olho para o jardim, onde o céu finalmente começa a clarear.

O nascer do sol, depois de tanto tempo.

"Até você"

Riley Eleanora Wynn, compositora
Stereosonic Records, 2024

Noites adentro, novos lares
Suas mãos no piano
Seus dedos despertaram meu coração
Tocando notas lentas que nunca foram em vão

Luzes etéreas, corações unidos
Eu já sentia o fim no início
Palavras que, sem saber, você não pretendia dizer
"Eu amo você" é o que me faria ver

Eu não sabia o que é amor
Eu não sei o que é amor
Eu não vou saber o que é amor
Até você
Abrir a porta

Chega o dia, quero você
As estradas são o nosso lance
Você parece torcer pra me ver vencer
E, mesmo tentando, não tenho chance

A gente sabe que a verdade não é dita
Quando você diz que logo vamos nos ver
Seus olhos de joia abrem em mim uma ferida
E é o que me faz perceber...

Eu não sabia o que é amor
Eu não sei o que é amor
Eu não vou saber o que é amor
Até você
Dizer que é

Será que vou ouvir as músicas que a gente tocaria
Sem pensar nos rumos que a vida tomaria?
Será que vou ficar bem de ter perdido tudo?
Será que um dia vou ficar livre desse luto?
De fingir por toda a minha vida
Que você é um verso que não se finda

Longos dias, breves anos
Esperanças antigas, medos novos
Futuro, presente, passado de um tempo inverso
Me sinto melhor quando o pior espero

Eu mudo, você fica
Amor não é disciplina
Vou esperar, querer, desejar até aprender
A não chorar só de pensar em você

Eu não sabia o que é amor
Eu não sei o que é amor
Eu não vou saber o que é amor
Até você
Voltar pra mim

"Estrada da Dor"

Riley Eleanora Wynn e Joseph Nash (pseudônimo de Maxwell Joseph Harcourt), compositores
Stereosonic Records, 2024

Eu e você, pegando a estrada
Pisando fundo, sem ligar pra mais nada
Cabelos ao vento, nada no retrovisor
Perto do horizonte e, quem sabe, da dor

Quem dera não saber o fim do caminho
De corações partidos que um dia foram amigos
Cheios de esperança ou cientes da verdade
Refazendo nossos passos até o adeus da saudade

Sigo na Estrada da Dor
Sinto a sua mão na minha na
Estrada da Dor
Lá se vão dez anos na
Estrada da Dor
Te beijar é bom na
Estrada da Dor
Nos levando a lugar nenhum

Não preciso de mapa, já estive aqui antes
Sinto a dor no peito e piso fundo adiante
As faixas estão livres, nada nos detém
Vamos seguindo,
seguindo,
seguindo

Agarro o volante como se fosse você
Piso bem fundo pra tentar esquecer
O sinal fica verde, e, quem sabe juntos,
A velha estrada trilhe um novo rumo

Sigo na Estrada da Dor
Sinto a sua mão na minha na
Estrada da Dor
Lá se vão dez anos na
Estrada da Dor
Te beijar é bom na
Estrada da Dor
Nos levando a lugar nenhum

Cruzo sinais vermelhos chorando e
corações solitários se partindo e
estações de amores sonhando
Com você

Aonde a estrada vai dar?
Espero um dia chegar lá

Sigo na Estrada da Dor
Sinto a sua mão na minha na
Estrada da Dor
Lá se vão dez anos na
Estrada da Dor
Te beijar é bom na
Estrada da Dor
Nos levando, nos levando, nos levando

"Sem nome"

Riley Eleanora Wynn, compositora
Stereosonic Records, 2025

Você faz dos dias
noites estreladas,
quando a pressão alivia,
e a brisa é cálida

Escrevemos juntos
Na escuridão pura
Suas palavras me cativam
E sinto nelas a fagulha

O estúdio fica pra trás,
A história gravada no chão.
Você me deu tudo de bom
E mais ainda ao meu coração

Corro em busca
De canções que nem sei
Só consegui terminar porque
Foi em seu nome, meu bem

Você me faz cantar o que eu deixaria sem nome
Você me faz sentir como a única da sua vida
Você me faz cantar o que não deixo sem nome
Você completa a minha voz, o único da minha vida

Nas estradas,
Cidades vêm e vão,
Um amor cantado a duras penas
Como uma secreta canção.

Você me deixou sozinha
Me achou em casa, na minha
Ouvimos acordes só nossos,
Que negamos por um tempo indócil

A gente nunca devia
Ter aceitado sem luta
Os dias sem vida
Que vivemos na penúria

Agora espero você,
Como uma música que aguarda,
Há esperança em cada verso
Como uma graça iluminada

Você me faz cantar o que eu deixaria sem nome
Você me faz sentir como a única da sua vida
Você me faz cantar o que não deixo sem nome
Você completa a minha voz, o único da minha vida

Quem dera não ter
Desperdiçado anos
Quando tudo que eu
preciso está bem aqui, alcançando acordes de um amor sem fim...
Bem aqui com você.
Você me abraça forte,
Quando o refrão se finda

Porque, no fim,
Cada canção escrita
Cada frase vivida
Cada noite aflita
Cada embalo da cantiga
Cada rima esmaecida
É você, como um som,
Um eco que só meu coração ouve
Quando a escuridão engole tudo
Me agarro à sua luz em mim.
Você liberta canções que um dia eu deixaria
Sem nome

Agradecimentos

Como muitas ótimas canções, *A Turnê do Coração Partido* é o produto da colaboração, da inspiração e do apoio de outras pessoas, por cuja contribuição somos eternamente gratos. Somos gratos por vocês cantarem as nossas harmonias.

Katie Shea Boutillier, depois de nove livros, não temos como estar mais honrados pela sua defesa incessante do nosso trabalho nem poderíamos estar mais felizes de dizer que você é uma das nossas amigas mais antigas e verdadeiras no mercado editorial. Você sabe muito bem o que significa para nós. Por nunca ter nos levado para o caminho errado, por lutar por nós, por nos manter sonhando alto, nós te amamos. Você é uma superestrela em todos os sentidos.

Kristine Swartz, somos eternamente gratos e honrados por sua orientação editorial incrível, delicada e perspicaz, mesmo nos prazos mais apertados. Nosso mais sincero agradecimento por nos encorajar a ir atrás desta história. Nós nos lembramos de estar discutindo possíveis ideias para este livro, e você disse que queria ler "o romance da Taylor Swift". Olha só o que você fez a gente fazer. Não poderíamos estar mais felizes!

Vi-An Nguyen, cada versão de capa deste livro era mais linda que a outra, e ficamos sem palavras e imensamente gratos pelos seus poderes fantásticos de vislumbrar exatamente a imagem certa para esta história em cores vivas. Depois de três livros na Berkley, não temos ideia de como você sempre se supera, mas estamos muito, muito felizes por você se superar. Um design como este nunca sai de moda. Somos gratos a Andressa Meissner pela belíssima ilustração.

Trabalhar com o pessoal da Berkley é algo que não podíamos imaginar nem nos nossos sonhos mais loucos. Este livro deve sua beleza a Katy Riegel, que deu vida à história (e às letras). Somos gratos a Caitlin Lonning, Kayley Hoffman e Claire Sullivan, pelo inestimável refinamento que vocês deram a cada verso (e por nos ajudarem a aprender algumas regras de estilo novas, que achamos fascinantes!), e a Megha Jain, Christine Legon e Mary Baker, por fazerem a harmonia de tudo, como as notas de um acorde. Jessica Plummer e Hillary Tacuri, somos muitíssimo gratos pelo seu trabalho incrível de espalhar esta história por aí. Kristin Cipolla e Tina Joell, nossas assessoras de imprensa que estão de volta, ainda estamos encantados por termos vocês ajudando os leitores a conhecerem Riley e Max!

Nossos queridos amigos, Bridget Morrissey, Maura Milan, Gabrielle Gold, Gretchen Schreiber, Rebekah Faubion, Derek Milman, Brian Murray Williams, Farrah Penn, Lindsay Grossman, Kalie Holford... esse amor é bom. Pelas conversas no café e pelas conversas em grupo, pela empatia e pela celebração, vocês enchem de luz a nossa jornada editorial e a nossa vida. A comunidade de romances continua sendo um lar acolhedor e inspirador para o nosso trabalho, e somos muito gratos pelos leitores e autores que ofereceram as opiniões e os incentivos que tanto apreciamos. Jodi Picoult, você mais do que mereceu o nome que pegamos emprestado para dar à famosa tecladista; suas sinopses e sua amizade são incomparáveis.

Por fim, somos gratos à nossa família. Sem ela, nada disso seria possível.

CONHEÇA OUTRO LIVRO DOS AUTORES

O rascunho do amor

Há três anos, Katrina Freeling e Nathan Van Huysen eram estrelas literárias e o romance que escreveram juntos estava no topo da lista de mais vendidos. Porém, a parceria deles terminou mal, sem nenhuma explicação ou comunicado oficial.

Os dois planejavam não se falar mais, só que há um grande problema: eles têm um contrato exigindo que elaborem mais um livro conjunto.

Enfrentando questões pessoais e profissionais delicadas, Katrina e Nathan são obrigados a se reencontrar e precisam voltar à casa onde escreveram o último livro para tentar criar um novo manuscrito.

Não será nada fácil ter que reviver as razões que os levaram a se odiarem, especialmente enquanto constroem uma história romântica.

À medida que a paixão e a prosa os aproximam em meio ao calor da Flórida, os dois aprendem que os relacionamentos – assim como os livros – às vezes exigem alguns rascunhos antes de chegarem a sua melhor versão.

CONHEÇA OS LIVROS DOS AUTORES

O rascunho do amor

A Turnê do Coração Partido

Para saber mais sobre os títulos e autores da Editora Arqueiro,
visite o nosso site e siga as nossas redes sociais.
Além de informações sobre os próximos lançamentos,
você terá acesso a conteúdos exclusivos
e poderá participar de promoções e sorteios.

editoraarqueiro.com.br